Martina Kempff
Kehrblechblues

Martina Kempff ist Autorin und Übersetzerin und hat mehr als die Hälfte ihres Lebens im Ausland verbracht: In San Francisco, Berlin und Helsinki aufgewachsen, zog es sie nach der Zeit als Redakteurin und Reporterin bei der ›Berliner Morgenpost‹, ›Die Welt‹ und ›Bunte‹ nach Griechenland. Nach zwölf Jahren in Amsterdam führte die Sehnsucht nach dem deutschen Sprachraum sie in die Eifel. Hier spielen ihre Krimis um die Hobby-Gastronomin Katja Klein und den belgischen Polizeiinspektor Marcel Langer.

MARTINA KEMPFF

KEHRBLECH-BLUES

KBV

Originalausgabe

www.kbv-verlag.de
E-Mail: info@kbv-verlag.de
Telefon: 0 65 93 - 998 96-0
Fax: 0 65 93 - 998 96-20
Umschlaggestaltung: Ralf Kramp
unter Verwendung von: © Andi Taranczuk, © Smileus,
© prosign und © manyasha - www.fotolia.de
Lektorat: Volker Maria Neumann, Köln
Druck: CPI books, Ebner & Spiegel GmbH, Ulm
Printed in Germany
ISBN 978-3-95441-317-1

Für Nathalie Heinen,
die meinen deutschsprachigen Belgiern
nicht nur beim Quatschverzähl
mit dem Bic die Cric und anderes in den Mund legt.

ÜBER DIE EIFEL:

»Unsere Geschichte ist vielgestaltig
wie das herbe Land von Venn und Schneifel,
spannend und vielschichtig zu jeder Zeit.
Wohl haben sich die Schichten
in den letzten hundert Jahren verengt,
sie sind näher aneinandergerückt, haben sich überlagert
und sind durchsichtiger geworden,
wohl deswegen auch konfliktträchtiger.

Ein scheinbar unbegrenzter Fortschritt
und eine rasante geistige Umschichtung
haben innerhalb von zwei Generationen
das Eifeldorf total verändert.
Grenzpolitische Umwälzungen überlagerten
zusätzlich diese Entwicklung,
sie schufen eine neue Werteskala,
sie wiesen neue Orientierungen.«

Hubert Jenniges *(Streiflichter)*,
belgischer Publizist (1934-2012)

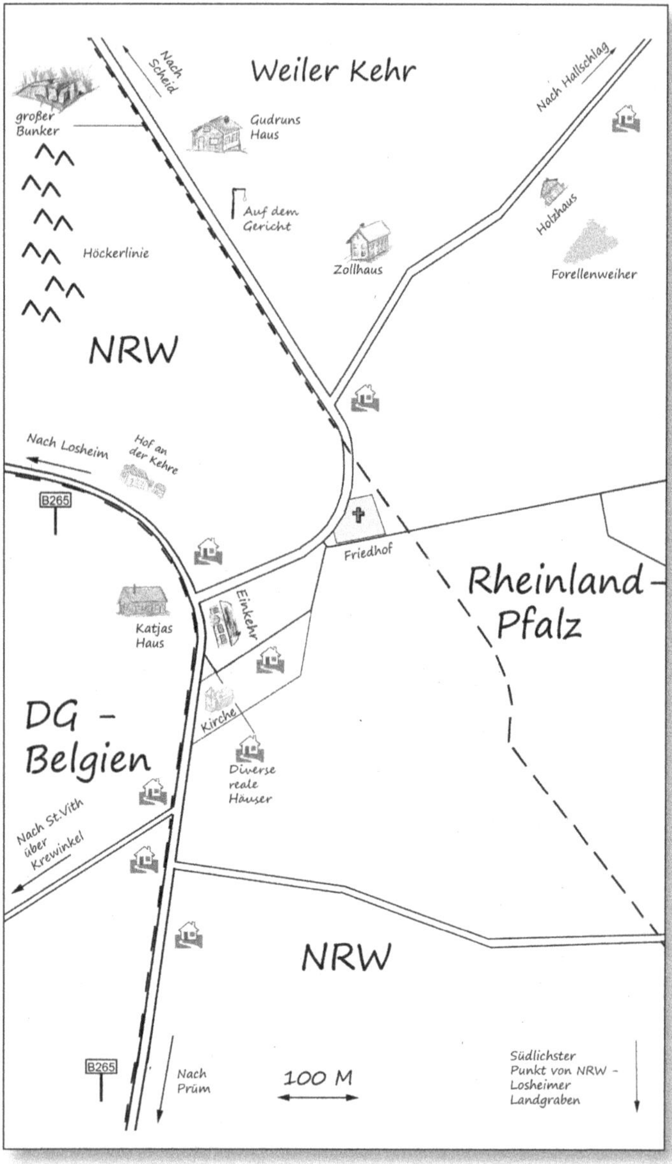
Weiler Kehr
Nach Scheid
Nach Hallschlag
großer Bunker
Gudruns Haus
Auf dem Gericht
Höckerlinie
Zollhaus
Holzhaus
Forellenweiher
NRW
Nach Losheim
Hof an der Kehre
B265
Friedhof
Rheinland-Pfalz
Einkehr
Katjas Haus
Kirche
DG - Belgien
Diverse reale Häuser
Nach St.Vith über Krewinkel
NRW
B265
Nach Prüm
100 M
Südlichster Punkt von NRW - Losheimer Landgraben

KEHRseite für Einsteiger

Die Kehr gibt es tatsächlich.

In diesem verschlafenen Weiler der Schnee-Eifel (siehe Karte) treffen Belgien, Nordrhein-Westfalen und Rheinland-Pfalz aufeinander. Die heute noch gebräuchliche Flurbezeichnung »Auf der Kehr« stammt aus den Dreißigerjahren des 19. Jahrhunderts. Entstanden ist die Ortschaft, als die alte Straße von Trier über Prüm, Losheim und Büllingen nach Aachen ausgebaut wurde. Ebenjene Staatsstraße, die seit 1922 die Kehr in einen belgischen und einen deutschen Teil zerschneidet und die auf der Kehr eine Kurve, eine Kehre eben, beschreibt. Einigen Gerüchten zufolge soll der Flecken seinen Namen allerdings von der einstigen Hinrichtungsstätte beziehen, die heute noch *Auf dem Gericht* heißt: Missetäter seien dort früher vom Galgen »weggekehrt« worden.

In Wirklichkeit leben dort sechzig Menschen; in meinen sieben Kehr-Krimis stoßen nach und nach dazu:

Katja Klein: Die einstige Berliner Moderedakteurin geriet auf der Suche nach ihren Wurzeln in einen Mordfall und blieb danach auf der Kehr hängen. Wie das Böse auch. Katja wird ständig in Verbrechen verwickelt, dabei möchte sie eigentlich nur abenteuerliche Gerichte für die *Einkehr* ersinnen. Ihr Restaurant steht auf der deutschen, ihr Wohnhaus hingegen auf der belgischen Seite der Bundesstraße.

Marcel Langer: belgischer Polizeiinspektor mit wenig Sinn für geordnete Kleidung und konventionelle Ermittlungsmethoden. Er ist Katja lange Zeit in besonderer Weise verbunden gewesen, und es ist durchaus denkbar, dass dies wieder so werden könnte.

Gudrun Arndt: Katjas Freundin und Mitarbeiterin in der *Einkehr,* die immer wieder an problematische Männer gerät, derzeit eine feste Beziehung hat, aber vor allem frisch gewienerte Böden liebt. Sie ist auf der Kehr aufgewachsen und wohnt wieder in ihrem einstigen Elternhaus, das eine böse Geschichte hat.

Hein Mertes: ein ehemaliger Kölner Eventmanager, der zwar nicht mit Geld, aber sehr gut mit dem Internet umgehen kann. Er hilft Katja als Kellner und Webseitenmanager. Die *Einkehr* war früher sein Elternhaus. Er fährt mit der »Roten Zora« einen teuren Sportwagen, hat ein Faible für extravagantes Schuhwerk, sarkastische Bemerkungen und wechselt gerne mal die Haarfarbe.

Jupp Esch: Heins Lebenspartner, der mit ihm und dem Pferd Jumbo im nahe gelegenen Losheim wohnt. Ein sanftmütiger Riese, der als genialer Handwerker alles reparieren kann, nebenbei Zeit für feine Handarbeiten findet und für alles und jeden Verständnis hat.

David Quirk: Die Mutter des Texaners stammt von der Kehr, weshalb es ihn vor Jahren dorthin verschlagen hat. Mit Gudrun unterhält der wenig entschlussfreudige Koch der *Einkehr* eine wechselhafte Beziehung. Derzeit ist von Hochzeit die Rede.

Daniel Seifenbach: Der junge Mann liebt alle Kreaturen, auch seinen Vater David Quirk, den er erst unter dramatischen Umständen als Halbwüchsiger auf der Kehr kennengelernt hat. Ganz besonders liegt ihm **Linus** am Herzen, der Labrador-Staffordshireterrier, den Katja geerbt hat und dem mehr als einmal eine lebensrettende Rolle zugekommen ist.

Zum **Auftakt** bricht erst
ein heilloses Durcheinander aus,
dann jemand in die *Einkehr* ein,
dadurch etwas in Katja auf,
und schließlich macht sich
auch noch jemand einen Reim darauf.

Rindfleischauflauf mit jungem Gemüse und einem Schluck Schnaps:

Gebratenes Rindfleisch in dünne Scheiben schneiden, Möhren, Paprika, Zucchini und Lauchzwiebeln sehr kurz in Sesamöl anbraten, eine Auflaufform abwechselnd mit einer Lage Fleisch und Gemüse auslegen.
Etwas kochende Gemüsebrühe mit Sahne, süßer Chilisauce, italienischen Kräutern und einem Schuss Schnaps vermischen, darüber gießen, alles mit geraspeltem Käse bestreuen und bei 180 Grad Umluft etwa 45 Minuten garen lassen.

Als Erster riecht der Hund den Braten.

Der schwarze Labrador-Staffordshireterrier springt vom handgeklöppelten Ruhekissen und wirft bellend seinen mächtigen Leib gegen die geschlossene Tür des Restaurants. Die ich vor lauter Schreck aufstoße. Schon ist der Hund hinausgeflitzt und um die Ecke verschwunden.

»Linus! Komm sofort zurück!«

Eine völlig nutzlose Aufforderung.

Gudrun stürzt aus der Küche herbei. »Katja?!«

Ich breite verzweifelt die Arme aus. »Linus ist mir abgehauen. Kannst du …«

Meine patente Mitarbeiterin hebt eine Hand und hält die andere ans Ohr. »Komm mit!«, faucht sie dann, schnappt sich das Telefon und rennt in ihren Birkenstocksandalen in den kalten, matschigen Morgen hinaus. Hinter ihr schwingt die Holztür wieder zu.

»Warum das Telefon?«, murmele ich. »Mein Hund hat doch kein Handy.« Als ich in meine Gummistiefel steigen will, schreckt mich plötzliches Gerumpel auf.

Tellerstapel scheppern auf der Anrichte, Gläser klirren, und an der Wand zittern Jupps Landschaftsbilder. Unter mir vibriert der Holzboden.

Kein Poltergeist, kein Erdbeben: Der Lärm kommt von draußen.

Ich reiße die Haustür weit auf. Dabei fällt ein Engel aus der Adventsdeko. Was ich erst merke, als ich ihm auf der Schwelle einen Flügel zertrete. Das Plastikteil bohrt sich durch meinen Pantoffel. Doch der Schmerzensschrei bleibt mir im Hals stecken. Was ich sehe, ist sehr viel schlimmer als das, was mich unterm Schuh drückt.

»Komm sofort her, Katja, hilf mir!«

Das kann Gudrun unmöglich ernst meinen. Ich stelle mich doch keiner Horde wild gewordener Kühe in den Weg! Die Erde bebt. Dutzende dieser Rindviecher, gefühlt Hunderte, kommen in einem Affenzahn aus Richtung Hallschlag herangeschossen. Einige machen solche Bocksprünge, dass mir angst und bange wird. Ein Wunder, dass sie sich nicht gegenseitig zertrampeln! Gudrun ist zur Seite gehüpft. Sie brüllt, macht sich lang und wedelt mit den Armen. Doch gegen Linus kann sie nichts ausrichten. Der treibt fröhlich bellend die Tiere vor sich her – direkt auf die Bundesstraße zu, die Deutschland von Belgien trennt. Die schwarz-weiße Welle ist nicht aufzuhalten.

Dann geht alles ganz schnell. Reifen quietschen, es knallt. Wagentüren oder Blech auf Blech, das kann ich von meiner Warte aus nicht sehen. Wohl aber die Männer, die brüllend an den Tierleibern vorbeitanzen und durch Herumfuchteln und Aufstampfen Ordnung in das Chaos zu bringen versuchen. Todesmutig halten sie das Viehzeug davon ab, sich auf der Bundesstraße zu verlaufen. In Windeseile stellen sie zwischen Deutschland und Belgien einen tierischen Transitkorridor her.

Als ich endlich wieder Luft holen kann, ist das galoppierende Unheil bereits auf meinem Grundstück im Königreich auf der anderen Straßenseite eingezogen. Irgendjemand muss das Gatter zur einstigen Weide hinter dem Haus geöffnet haben. Erstaunlich, wie schnell sich die rasende Horde auf der nie gemähten Fläche in eine friedlich grasende Herde verwandelt. Welch unfassbares Glück, dass sich der aktuelle Verkehr aus kuherprobten Eifelern zusammengesetzt hat!

Eilig schlüpfe ich in meine Gummistiefel, stolpere die drei Stufen hinunter und blicke voller Bangen auf die Straße. Kreuz und quer stehen da fünf Autos, eines fast im Straßengraben. Nur zwei scheinen sich etwas zu nah gekommen zu sein. Ein Mann in Leuchtweste stellt in der Kurve der Kehr sein Warndreieck auf. Ich atme tief durch. Kein totes Tier, kein toter Mensch. Und hundert Kühe hinter meinem Wohnhaus.

Linus kommt über die Straße gehetzt, um sich von mir sein Lob abzuholen. Sein fröhliches Gekläff mündet in empörtes, als ich ihn flugs ins Hinterzimmer sperre. Dann eile ich los, um Gudrun zur Seite zu springen, die vor meinem Bruchsteinhaus von aufgebrachten Männern angeschrien wird. Jedenfalls mit dieser Spezies kann ich besser umgehen als sie.

»Seid doch froh, dass nix passiert ist!«, rufe ich, als ich mit Schnapsgläsern und einer Flasche Eifelbrand auf dem Tablett die Straße überquere.

»Die sind nicht uns, die Viecher!«, wehrt Gudrun verzweifelt die Männer ab, schreit dann ins Telefon: »Martin, deine Kühe stehen in Belgien. Komm sofort her!«

»Erst mal die Autos ordentlich parken«, sage ich. »Und dann den Schreck runterspülen.« Ich stelle das Tablett auf der Bank vor meinem Haus ab und fülle die Gläser. Meine Frage, ob ich die Polizei rufen sollte, wird mit Verständnislosigkeit quittiert.

»Wofür das denn?«

Die beiden Männer mit kleinen Blechschäden einigen sich so untereinander, wie das hier üblich ist. Jeder hilft sich selbst, seinem Nächsten und notfalls eben auch entlaufenen Kühen beim Grenzübertritt.

Wenig später kehrt die animalische Hundertschaft unter Leitung des herbeigeeilten Eigentümers über die Bundesstraße wieder nach Deutschland zurück. Bauer Martin Quetsch entschuldigt sich für das Ungemach. Am Türpfosten seines Laufstalls habe sich der Stift der obersten Kette gelöst, erklärt er. Deshalb hätten die Tiere quer durch den Melkstand und die Melkküche ins Freie entwischen können.

Beim geordneten Rückzug wandern auch zwei der Helfer als Nachhut die Straße zum Hof hinunter.

Kopfschüttelnd blicke ich dem Almabtrieb hinterher. »Dass diese dicken Eifeler Rinder so sprinten können …«

»Das sind keine Rinder«, unterbricht mich Gudrun. »Das sind Kühe.«

»Jede Kuh ist doch ein Rind!« Offenbar nicht hier in der Eifel.

»Ein Rind wird erst zur Kuh, wenn es gekalbt hat. Davor ist es ein Rind, danach nicht mehr.«

»Wie kann man dann aus einer Kuh Rindersuppe machen?«

»Aus einem Stier auch«, antwortet sie ungerührt. »Das ist ganz was anderes. Martin hat keine Rinder, nur Kühe.«

Ich bleibe vor den drei Stufen zur *Einkehr* stehen. »Wo ist der Engel?« Den Schmerz der scharfen Flügelkante spüre ich immer noch unter meiner Fußsohle. Das Teil selbst ist von der Stufe verschwunden.

Gudrun zieht die Tür auf. Knallt sie aber sofort wieder zu und sieht mich entgeistert an. »Einbrecher!«, flüstert sie und deutet zur Tür. »Da drin.«

»Unsinn. War doch gar nicht abgeschlossen.« Ich reiße die Tür weit auf.

Seltsame Einbrecher. Direkt vor dem Eingang sind fünf Stühle ordentlich aufgereiht. Auf dem mittleren lehnt der zertretene Engel an einer Stumpenkerze mit flackerndem Docht und sieht mich schief an.

»Hallo?«, rufe ich in den Gastraum und puste die Kerze aus.

»Advent, Advent, kein Lichtlein brennt, und hier ist keiner, der mich kennt.«

Ein kindliches Stimmchen. Vor mir materialisiert sich ein schmächtiges Wesen, das ich erst auf den zweiten Blick als vielleicht vierzehnjähriges Mädchen erkenne. Das kurze, dunkelbraune Haar steht in alle Richtungen vom Kopf ab. Die Kleine trägt nicht nur einen viel zu großen, grünen Overall, sondern auch unsere Registrierkasse. Besser gesagt, sie schleppt sich damit ab. Und hält mir jetzt das Ding über die Neubestuhlung hin.

»Macht hoch die Tür, die To-hor macht weit, ich brauche Geld, hab kei-heine Zeit«, singt sie.

Ich fackele nicht lange, sondern werfe meine zwei Zentner augenblicklich in die Schlacht. Der Engelssitz stürzt um, die Registrierkasse knallt zu Boden und das Mädchen auch.

»Rotzgöre! Mach, dass du rauskommst!«

Sie schüttelt den Kopf und deutet mit einem zittrigen Finger zur Tür.

Ich drehe mich um. »Gudrun«, sage ich heiser. »Das brauchen wir jetzt wirklich nicht.«

»Wir haben ja sonst keine Waffe hier«, sagt sie und lässt das Beil sinken.

»Hau ab!«, schreie ich das Mädchen an. »Oder willst du etwa, dass wir die Polizei rufen?«

»Ja«, jubelt sie. »Die Polizei, die macht mich frei, herbei, herbei, die Polizei.« Im Takt zu ihrem Reim haut sie mit den Fäusten auf den Boden, rappelt sich dann auf und setzt höflich hinzu: »Aber bitte nur die belgische Polizei.«

Gudrun und ich sehen einander an.

»Das ist kein Einbruch«, verkündet meine Freundin kopfschüttelnd. »Bist du von zu Hause weggelaufen, Kind?«

»Ich bin kein Kind. Ich bin Belgierin. Rufen Sie bitte sofort Polizeiinspektor Marcel Langer an!«

»Marcel Langer?«

Zumindest verfügt Gudrun noch über die zwei Wörter, die diesen Namen ausmachen. Mir hat es schon wieder die

Sprache verschlagen. Was ist dies nur für ein Tag? Lauter verhaltensgestörte Wesen, erst der Hund, dann die Kühe, jetzt dieses Kind. Das einen Namen ausgesprochen hat, der in diesen vier Wänden sehr lange nicht erwähnt wurde. Fast genauso lange, wie sich dieser Mann hier nicht hat blicken lassen. Aus gutem Grund, wie meine Freunde wissen. Für Außenstehende hat nur eine wechselhafte Beziehung ihr natürliches Ende gefunden. Vor anderthalb Jahren ist Katja Klein ihr langjähriger Lebenspartner abhandengekommen. So was passiert nun mal.

»Genau. Marcel Langer«, wiederholt das Mädchen. »Rufen Sie den an, oh Mann.«

Ohne zu mir hinzublicken, drückt Gudrun entschlossen aufs Telefon. Die Nummer ist immer noch gespeichert. »Marcel? Hier ist Gudrun.« Sie schweigt einen Moment und setzt ihren Nachnamen hinzu: »Arndt. Du musst sofort herkommen. Für eine kleine, belgische Ausreißerin abzuholen.«

Das Mädchen hebt den ramponierten Engel auf und flegelt sich auf einen Stuhl. »Wann kommt er?«, fragt sie, als Gudrun aufgelegt hat.

»Gleich«, antwortet meine Freundin und sieht mich intensiv an.

Ich stelle die Registrierkasse aufs Buffet. »Dann gehe ich mal einkaufen«, sage ich.

»Nix da! Du bleibst hier. Das ist dein Restaurant, deine Einbrecherin und dein …«

»… Problem«, komme ich Gudrun zuvor.

»Genau. Hast du Hunger?«, fragt sie die Teenagerin.

Die streichelt dem Engel das goldene Plastikhaar und schüttelt den Kopf. Plötzlich wirkt sie ausgesprochen verängstigt. Kann ich nachempfinden. Nicht nur sie hat mit einem Mal der Mut verlassen.

Ich flüchte in die Küche, als ich wenig später den belgischen Polizeijeep vorfahren höre.

»Tach, Gudrun, was ist denn hier los?«

Als wäre er gestern zum letzten Mal hereingeschneit. Ich öffne die Gefriertruhe, ziehe ein steif gefrorenes Rinderfilet hervor und drücke es mir ans Herz.

Unverständliches Murmeln von Gudrun. Dann wieder Marcels Stimme: »Wie heißt du, Frolleinchen?«

»Anouk.«

»Und weiter?«

»Langer. Anouk Langer.«

Ich muss mich verhört haben. Andererseits: Es gibt sehr viele Langers in der Deutschsprachigen Gemeinschaft Belgiens, kurz DG genannt. Nah verwandt kann das Mädchen mit Marcel schließlich nicht sein, wenn er sie nicht mal kennt. Meine Neugier ist jetzt größer als die Beklommenheit, Marcel ins Gesicht zu sehen. Mit dem Rinderfilet im Arm schreite ich in den Gastraum.

Marcel hat mir den Rücken zugekehrt. Mein Gott, wie gebeugt er da steht! Er ist noch dünner geworden und das zerzauste Haar mehr grau als schwarz.

»Was tust du hier, Anouk Langer?«

»Eingebrochen ist sie«, meldet sich Gudrun.

Das Mädchen hebt die dünnen Arme. »Konnt nicht ruh'n, musst was tun. Will nämlich gern dich kennenlern' … Opa.«

Das Rinderfilet rutscht mir aus den Armen, donnert erst auf den bereits von unten geschädigten Fuß, schliddert dann über den Holzfußboden und knallt gegen Marcels Hacke.

Der dreht sich blitzschnell um. Erschrocken hält er sich die Hände vors Gesicht. Hoffentlich hat ihn mein Anblick nicht bestürzt. Sondern nur das aggressive Rindfleisch. Oder die Botschaft, dass er plötzlich Opa geworden ist.

Wie sich als **ERSTES**
ein buntes Bild blutrot einfärbt.

Carpaccio aus verschiedenfarbigen Beten:

Rohe Weiße, Gelbe und Rot-weiße Bete in hauchdünne Scheiben schneiden, in einer Honigsenfsauce marinieren und fächerförmig auf dem Rand eines großen Tellers verteilen.
Auf Rucolablätter in der Mitte den Rest der Marinade schütten, darauf vorsichtig Scheiben der getrennt marinierten Roten Bete legen, diese mit kleinen Stückchen Ziegenkäse garnieren, der mit Thymian und Orangensenf verfeinert wird.
Geröstete Pinienkerne darüberstreuen.

Eine Stunde später

Wie kannst du denn nicht wissen, dass Marcel eine Enkelin hat!« Hein lässt das Bündel Bunter Bete vom Wochenmarkt vor dem runden Tisch zu Boden fallen und schüttelt anklagend die Fäuste zum Fenster hin. Aus dem starre ich schon seit fast einer Stunde. Marcel und Anouk sitzen immer noch im belgischen Polizeijeep vor der *Einkehr* und lernen sich kennen. Ich platze fast vor Neugier. Doch die beschlagenen Scheiben erlauben nur eingeschränkten Blick auf gestikulierende Schemen.

»Wo ich doch grad erst geputzt habe!« Mit spitzen Fingern hebt Gudrun den Gemüsebund auf und bringt ihn in die Küche.

Heins Lebenspartner Jupp lässt sich neben mir nieder und schüttelt bekümmert den Kopf. »Marcel hat es doch selbst nicht gewusst. Das ist sehr, sehr traurig. Wenn man nicht mal seine eigene Familie kennt.«

»Sieh's positiv: Was man nicht kennt, kann man auch nicht hassen.« Hein wirft sich auf einen Stuhl. »Was hocken die beiden da draußen im Auto rum?«

Ich fasse das Wenige zusammen, was ich bisher weiß: »Anouk macht auf dem Campingplatz in Hallschlag Ferien ...«

»Ferien? Haben die in Belgien etwa schon Weihnachtsferien?«

»Was weiß ich. Jedenfalls ist sie da mit ihrer Mutter, also Marcels Tochter ...«

»Eine Tochter hat er auch noch?«

»Irgendjemand muss ihn ja zum Opa gemacht haben. Jetzt lass mich doch mal ausreden, Hein! So wie ich das verstanden habe, hatte Anouk einen Riesenkrach mit ihrer Mutter. Da ist sie abgehauen und in die *Einkehr* eingedrungen. Und jetzt will sie ums Verrecken nicht zum Camping zurück.«

»Was wollte sie denn hier?«

»Sie hat gehört, dass ihr Opa bei uns verkehrt«, antwortet Gudrun, die jetzt mit Blech und Besen über die drei Erdkrümel auf dem Holzfußboden herfällt.

»Verkehrt«, echot Hein spöttisch und hebt die Füße. Prompt fährt ihm Gudrun mit dem Handfeger auch noch über die Sohlen.

»Grundverkehrt«, stimme ich zu. »Möchte mal wissen, wer dem Mädchen eine derart verkehrte Information gegeben hat.«

Jupp deutet aus dem Fenster. »Aber jetzt ist Marcel doch wieder da.« Seine Stimme klingt hoffnungsvoll.

»Draußen vor der Tür«, sagt Hein, »warum nicht hier im Warmen? Damit wir auch was mitbekommen.«

Genau deshalb hatte ich Opa und Enkelin das akustisch schlecht isolierte Hinterzimmer für die kleine Familienkonferenz angeboten.

»Da könnt ihr ganz in Ruhe miteinander reden.«

Die ersten Worte, die ich nach anderthalb Jahren an meinen einstigen Lebensgefährten richtete, gingen mir erstaunlich leicht über die Lippen. Vermutlich, weil ich geschäftig Richtung Ausweichzimmer deutete, um gar nicht erst Augenkontakt herzustellen. Die außerordentliche Situation hatte uns beiden jedenfalls höfliche Fragen nach der jeweiligen Befindlichkeit erspart.

»Nee, lieber nicht, danke«, lehnte Marcel ab. »Ich erinnere mich noch gut an die Ohren dieser Wände.«

Zwischen denen sich plötzlich laut kläffend auch eine Kehle meldete. Klar, Linus hatte endlich gecheckt, dass sein alter Freund wieder aufgetaucht war.

Verschreckt zuckte Anouk zusammen. »Hab Angst vor Hunden zu allen Stunden«, flüsterte sie. »Krieg Panikattacke … meine Hacke!«

»Hat Frau Klein früher auch gehabt.« Marcel klopfte ihr begütigend auf die Schulter. »Aber dieser liebe Hund hat sie ihr ausgetrieben. Er heißt Linus.«

»Ist niedlich und friedlich? Stubenrein und winzig klein?«, sang sie hoffnungsvoll.

Marcel und ich wechselten zum ersten Mal einen Blick. Ganz unverfänglich und in bestem Einvernehmen. Wie das eben ist, wenn man sich wortlos darauf einigt, einen halben Kampfhund zum ganzen Schoßhund zu deklarieren.

»Nicht so ganz winzig«, sagte Marcel prompt.

»Schon etwas größer als Snoopy«, ergänzte ich genauso vorsichtig.

The hound from hell hatte ich das schwarze Ungetüm bei unserer ersten Begegnung sieben Jahre zuvor genannt. Nicht auszudenken, wie Anouk reagiert hätte, wenn ihr das riesige, schwarze, inzwischen stellenweise grau gewordene Vieh im Gastraum entgegengesprungen wäre. Wer solch finsterer Gestalt unvermittelt gegenübersteht, kann ja nicht wissen, dass sein gutmütiges Wesen sein Erscheinungsbild Lügen straft. Schreiend wäre Anouk auf die Straße gestürzt, hätte Chaos in den geordneten Rückzug der Kühe gebracht und wäre womöglich selbst überfahren worden. Mein schlechtes Gewissen, den Hund wieder einmal eingesperrt zu haben, wich großer Erleichterung.

Bis Marcel etwas sagte, das mich in höchste Alarmbereitschaft versetzte: »Geh du schon mal zu meinem Auto, Anouk, ich muss noch kurz mit Frau Klein reden.«

Ich erschrak. Um Himmels willen, jetzt bitte keine Aussprache, keine Vergangenheitsbewältigung, keine Erklärung. Vor allem kein Alleinsein mit dem Mann, der mir im vorigen Jahr in seinem letzten Satz angekündigt hatte, sehr lange wegbleiben zu wollen und sich daran auch gehalten hat.

Zum Glück machte Anouk keinerlei Anstalten, der Aufforderung Folge zu leisten. Stattdessen griff sie sich eine Gabel aus dem Besteckkasten.

»Ich sage dir, ich bleibe hier!«, rappte sie, schlug im

Rhythmus dazu mit der Gabel erst auf die Registrierkasse, dann gegen ein Weinglas und sang in dessen Klingen hinein: »Willst mich zu meiner Mama bringen, werd ich aus deinem Auto springen!«

Marcel applaudierte kurz. »Hübsch gedichtet, aber du wärst die Erste, die aus einem Polizeijeep rausspringen kann.« Er warf die Autoschlüssel auf den runden Tisch. »Damit du beruhigt bist, Anouk. Ich will nur gemütlich mit dir reden. Jetzt geh schon, sing im Auto weiter, aber lass die Cric in Ruhe und die Scheiben ganz. Bin gleich da.«

Die Kleine legte die Gabel in den Besteckkasten zurück. Sie blieb einen Augenblick lang unschlüssig am Buffet stehen. Dann schlang sie plötzlich die Arme um Marcel und drückte ihm einen Kuss auf die Wange. Die hochgerutschten Hosenbeine legten zierliche Knöchel frei. Den einen umhüllte eine grasgrüne Baumwollsocke, den anderen eine azurblaue. Ganz der Opa. Letzter Zweifel an der Verwandtschaft des Mädchens mit Marcel war zerstreut und meine Fassung gänzlich dahin. Wahrscheinlich bin ich der einzige Mensch auf der Welt, dem der Anblick ungleicher Socken zu verstörender Erkenntnis verhilft: Über die Sache mit Marcel bin ich noch lange nicht so hinweg, wie ich es mir in den vergangenen Monaten vorgegaukelt habe.

»Der Schnurrbart kratzt, wenn man dich schmatzt.«

Auch das noch. Bloß nicht dran denken.

Marcel klopfte dem Mädchen unbeholfen auf den Rücken. »Jetzt geh zum Auto, Anouk. Ich hab hier noch was zu erledigen.«

Wahrscheinlich mich. Endgültig. Mit den Augen bedeutete ich Gudrun, sich jetzt bloß nicht auch noch zu verdrücken. Ich brauchte jeden Beistand, den ich kriegen konnte. Doch sie missverstand mich gründlich.

»Ich muss auch was erledigen. Die Axt zurückbringen und den Dreck von den Kühen draußen wegräumen. Kannst mir helfen, Anouk.«

Die beiden waren schneller zur Tür raus, als ich Luft holen konnte.

»Kühe?«, rätselte Marcel.

Ich atmete aus. Kühe waren ungefährlich. Wenigstens als Gesprächsthema. »Die Stampede von vorhin. Martins Kühe sind ausgebüxt.«

»Was passiert?«

»Ging glimpflich ab.«

»Glück gehabt. Kann bös enden, so was.«

»Ich weiß!« Oje, da hatte mir meine Stimme einen Streich gespielt. Falscher Ton. Er hallte wie eine Rechtfertigung nach. Schrill, verzweifelt. Ja, ich weiß, dass ich im vergangenen Jahr einen gewaltigen Fehler gemacht habe! »Alles gut gegangen«, setzte ich leise nach. »Kühe wieder im Stall.«

Marcel nickte.

»Danke.«

»Wofür?«

»Dass du hier warst.«

»Wegen Anouk?«

»Genau. Und überhaupt.« Er streckte eine Hand aus. »Freunde?« Es klang sehr unverbindlich. Gleichzeitig befremdlich und befreiend.

Nicht lange überlegen, dachte ich. Einschlagen, aber nicht zögerlich, sondern kräftig. Ein fester Händedruck eben. Genau das wünschte ich mir doch: eine normale

Freundschaft zu Marcel. Aber was ist hier auf der Kehr schon normal?

Die Tür flog auf. Anouk stürzte herein und schnappte sich den Autoschlüssel vom runden Tisch.

Marcel packte sie am Schlafittchen, bevor sie wieder rausrennen konnte. »Halt, Frolleinchen!«

»Auto ist zu, mein Opa bist du.« Über seinen Kopf hinweg drückte sie auf den Türöffner, riss sich dann los und tauschte am Buffet den Autoschlüssel gegen den zertretenen Engel ein.

»Den will ich zurück, der bringt mir Glück! Bin schon weg vom Fleck!«

»Ich komm gleich nach.«

Da wir jetzt wieder Freunde waren, konnte ich Marcel die gleiche Frage stellen, die mir Hein später im Restaurant zuschleudern würde: »Warum wusstest du nichts von deiner Enkelin?«

»Lange Geschichte.«

»Kurzfassung?«

»Als meine Ex schwanger war, hat sie sich in einen anderen verliebt und ist mit dem abgehauen. Kein Kontakt seitdem.«

»Auch nicht später zu deinem Kind?«

»War nicht erwünscht.«

»Unterhalt?«

»Bis Josephine erwachsen war. Dann habe ich ihr geschrieben. Der Brief kam zurück. Ende der Geschichte.«

»Wieso hast du mir das nie erzählt?«

»Wem hätte das geholfen?«

Mir, dachte ich. Mir hätte es geholfen, vieles besser zu verstehen, vor allem Marcels ungewöhnlich emotionales

Engagement, wenn es darum ging, Schaden von jungen Mädchen abzuhalten. Hätte ich wenigstens diesen Teil seines Familiengeheimnisses schon im vorigen Jahr gekannt, hätte unsere Beziehung womöglich die Zerreißprobe bestanden. Weil ich ihm gegenüber dann bestimmt ehrlicher gewesen wäre.

»Wie geht es jetzt weiter? Mit Anouk?«, setzte ich eilig hinzu.

»Erst mal kennenlernen. Mir einen Reim auf sie machen.« Er hob eine Augenbraue. »Und dann mit ihrer Mutter reden.«

»Und was ist mit ihrer Großmutter?«

»Was soll mit der sein?«

»Wirst du mit ihr auch reden?«

Marcels Gesicht verdunkelte sich. Aber nur sehr kurz. Dann kehrte das schiefe Lächeln wieder zurück, das ich seit Monaten nur noch in meinen Träumen gesehen hatte.

»Eifersüchtig?« Er trat einen Schritt auf mich zu. Näher ging nicht ohne Berührung. Also hob ich eine Hand und fuhr ihm so wie früher mit den Fingern durch das wirre Haar.

»Oh, oh, oh!«, gluckste es von der Tür. »Ihr habt euch also wieder lieb!«

»Nicht übertreiben, Gudrun. Bis gleich.« Und damit schob er sich an ihr vorbei.

Erwartungsvoll sah sie mich an.

»Nix Liebe, Gudrun, wir sind nur wieder Freunde, das ist alles.«

»Das ist doch schon mal ein Anfang. Muss ich sofort David erzählen.«

Seither ist eine Stunde vergangen. In dieser Zeit hat Gudrun ihren Freund David auf der anderen Seite des Großen Teichs aus dem Schlaf gerissen. Die frohe Botschaft von Marcels Wiedererscheinen auf der Kehr und die erstaunliche über die unbekannte Enkelin verband sie mit dem Flehen, er möge bald wieder heimkehren. Und seine Mama mitholen. Nein, nein, nein, nicht wegen ihrer anstehenden Hochzeit, da wolle sie gar nicht drängen. Aber seiner leidenden Mutter könne in Deutschland bestimmt viel besser geholfen werden. Man höre ja so schreckliche Dinge über die amerikanische Krankenversorgung.

Ja, ja, ja, er dürfe jetzt weiterschlafen, sie müsse ohnehin kochen. Letzteres brüllte sie mehr mir zu als ihm. Doch auf dem Ohr war ich taub, denn ich war nicht gewillt, meinen Aussichtsposten zu verlassen.

Dabei hätte ich mich schon längst an die Vorbereitung für die Abendgäste begeben sollen. Hein und Jupp zeigten sich also ziemlich erstaunt, als sie mich träge am runden Tisch aus dem Fenster schauen sahen. Nach ihrer Rückkehr vom Wochenmarkt hatten sie aufgeregt bei Marcel ans Auto geklopft, aber nur erfahren, dass er in Ruhe mit seiner Enkelin sprechen wolle. Womit wir wieder im Hier und Jetzt gelandet sind.

»Schön«, sagt Jupp versonnen. Der vierschrötige Mann hat die mächtigen Ellenbogen auf den Tisch gestützt, sein Gesicht in beide Pranken geschmiegt und strahlt zum Fenster hinaus.

»Was ist schön, Jupp?«, frage ich verständnislos.

»Dass du vielleicht bald Oma wirst, Katja.«

Noch einer, der auf meine Wiedervereinigung mit Marcel versessen ist! Wo ich doch selbst noch nicht einmal weiß, ob uns beiden das gut täte.

»Und das ganz ohne Schwangerschaftsstreifen und schreiendes Baby«, ergänzt Hein. »Aber der Pubertätsstress, oje ... Schon herausgefunden, was die Kleine für Macken pflegt?«

»Sie dichtet.«

»Herz, Schmerz. Dann hat sie Liebeskummer. Wie du.«

»Hab ich nicht. Nur Sorge, dass Gudrun die Rote Bete mit den anderen mischt und sich dann alles einheitlich blutrot einfärbt. Ich geh mal in die Küche.«

»Schöne Farben in all dem Grau«, höre ich Jupp sagen, als ich schon im Flur bin. »Aber warum kommen die nur so angerannt?«

Ich bleibe stehen.

»Was? Schon wieder Kühe?«

»Unsere Syrer«, Hein springt auf und reißt die Eingangstür so heftig auf, dass die gesamte Adventsdeko vom Türhaken fällt. »Die kommen nicht zum Essenholen. Da muss was passiert sein. Wenn die sich schon freiwillig auf ein Polizeiauto stürzen! Mal sehen, was da los ist.«

Ich bin ihm auf den Fersen.

»Vorsicht!« Jupp nimmt mich am Arm, kickt das elende Zweiggebilde von den Stufen und rennt dann mit mir hinter Hein her.

Marcel ist bereits aus dem Wagen gestiegen. Umringt von den bunt gekleideten Frauen und Kindern der beiden geflüchteten Familien, die vor Kurzem in einem leer stehenden Nachbarhof untergebracht worden sind, versucht er, sich in lautem Geschrei, Geheul und Gewusel Gehör zu verschaffen. »What, what, what?« Sein Englisch ist eine Katastrophe. Aber »dead« und »killed« versteht auch er.

»Katja!«, ruft er und winkt mich herbei. »Frag sie, wer tot ist. Was zum Teufel ist hier los?«

Alima, die ältere der beiden Frauen, fällt mir um den Hals. »Marita is dead, Katja!«, schluchzt sie. »Someone killed her. We can't go back. The children …«

»Wer um Himmels willen ist Marita?«, fragt Marcel.

»Kommt ins Haus«, sagt Jupp und nimmt eines der Kinder an die Hand.

»Na los, auf zum Hof!«, drängt Hein.

»Kümmer dich um die Leute!«, fahre ich ihn an. »So wie sie!« Ich löse mich von Alima, deute auf Anouk, die einem fünfjährigen Jungen ihren Engel zeigt, das Kind dann auf den Arm nimmt und mit ihm aufs Restaurant zugeht.

Marcel ist sichtlich überfordert.

»Wer ist Marita? Wo kommen bloß die ganzen Leute her?«

»All go inside please! We'll take care of everything.«

Als ob wir das könnten. Alles unter Kontrolle kriegen. Aber mein gebieterischer Ruf wirkt. Innerhalb von Sekunden sind Marcel und ich allein.

»Mein Gott«, sage ich, hole tief Luft und setze zu einem Sprint an. »Wir müssen sofort rüber. Zum Hof hinter der Kurve. Vielleicht können wir Marita ja noch retten.«

Meine Hoffnung ist gering. Unsere syrischen Nachbarn haben in ihrem heimatlichen Aleppo und auf ihrer jahrelangen Flucht hinreichend mit Mord und Unheil zu tun gehabt. Sie wissen, wie ein toter Mensch aussieht. Andererseits sind sie schrecklich traumatisiert. Vielleicht haben sie doch nur Gespenster gesehen.

»Komm!«, bringe ich hervor und bedeute Marcel mit beiden Händen, mir zu folgen.

»Mit dem Auto!«

»Bis du den Schlüssel von da drinnen …« Weiter kann ich nichts sagen. Mir ist schon nach zwanzig Metern die Puste ausgegangen.

Der Motor heult auf. Natürlich, der Eifeler geht nicht nur nie zu Fuß, sondern lässt seinen Autoschlüssel auch nie unbeaufsichtigt liegen, schon gar nicht ein belgischer Polizist. Er reißt die Beifahrertür auf. Ich werfe mich in den Wagen und dirigiere Marcel zu dem Hof, der jahrelang unbewirtschaftet war und seit drei Monaten zwei Flüchtlingsfamilien ein Zuhause bietet.

Sekunden später halten wir in der Auffahrt.

»Warte, Katja!«

Aber ich bin schon hinausgesprungen und den Schotterweg zum Hof hinaufgestürzt. Das Herz klopft mir bis zum Hals. Und ich hatte geglaubt, die ganzen zweihundert Meter rennend überstehen zu können!

»Marita Bausch«, keuche ich zusammengekrümmt, als wir vor dem Eingang stehen, »ist die ehrenamtliche Betreuerin …«

»War«, sagt Marcel stumpf.

Ich schaue hoch und folge seinem Blick.

Zwischen einem Haufen zerspaltener Holzstücke liegt Maritas Körper in einer Blutlache. Das Beil steckt ihr noch im Kopf.

Als **Zweites** kommt schließlich zusammen,
was zusammengehört,
wobei ein exotischer Faktor
die Verträglichkeit erhöht.

***Baba Ghanoush** (beleidigter Papa):*

Gegrillte und gehäutete Auberginen pürieren, mit Sesampaste vermengen und mit Knoblauch, Salz, Pfeffer, einer Prise Kreuzkümmel und Zitronensaft würzen.
Olivenöl darunter rühren und mit wenig Korianderkraut abschmecken. Einen Hauch Honig dazugeben.

Marcel hat sein Handy hervorgezogen. »Sind wir hier schon in Rheinland-Pfalz?« Seine Stimme zittert.

Ich hingegen kriege keinen Ton hervor, schüttele nur den Kopf. Rheinland-Pfalz fängt erst hinter dem Weidezaun des Hofs an, der mit Blick auf sanfte, belgische Hügel in Nordrhein-Westfalen steht.

Marcel meldet den Mord bei der zuständigen Stelle in Schleiden.

»Nein, nicht im Restaurant, zweihundert Meter weiter Richtung Losheim. Der Hof gleich hinter der Kurve. Wo die belgische Polizeijeep steht.«

Die Jeep. Ich beiße mir auf die Zunge. Lass dem deutschsprachigen Belgier seinen Artikel!

Marcel legt auf. »Die Kollegen aus Schleiden sind schon auf dem Weg und kommen gleich.«

Gleich ist ein sehr dehnbarer Begriff, wenn Polizeikräfte aus Nordrhein-Westfalen zur abgelegenen Kehr geschickt werden. Deren »Tut uns leid«-Begrüßung hat sich schon in der Vergangenheit nie auf das jeweilige

Gewaltverbrechen bezogen, sondern immer auf sehr spätes polizeiliches Eintreffen am Tatort.

Marcel weiß das natürlich auch. »Komm, Katja, wir warten im Auto.«

»Tatort … sichern …?« Ein paar Silben kriege ich jetzt immerhin zustande.

Er breitet die Arme aus. »Für was?«

Klar, die Kollegen aus Schleiden kennt er nicht. Warum sollte er ihnen also die Arbeit abnehmen? Wäre Marita ein paar Meter weiter auf rheinland-pfälzischem Gebiet der Schädel eingeschlagen worden, hätte er garantiert das blauweiße Band der belgischen Föderalpolizei aufgespannt. Mit den deutschen Beamten aus Prüm steht er nämlich auf Du und Du. Die wiederum haben mit den Belgiern mehr zu tun als mit den Bundeskollegen aus Schleiden. Der europäische Gedanke wird in diesem Dreiländereck eben genauso hochgehalten wie die Eigenständigkeit der deutschen Bundesländer.

Während wir schweigend über den Schotterweg zum Wagen gehen, überlege ich, was ich ihm zu Marita Bausch sagen kann. Es ist nicht sehr viel.

Die Mittfünfzigerin ist als junges Mädchen selbst auf abenteuerlichem Weg aus der damaligen DDR geflüchtet. Sie war so überwältigt von der Hilfe, die ihr beim Neuaufbau des Lebens in einem gänzlich fremden Umfeld zuteilgeworden ist, dass sie geschworen hatte, dies irgendwann irgendwem zurückzugeben. Schon Jahre vor dem Syrienkrieg hat sie sich also in Flüchtlingsinitiativen engagiert und sich auch von Rückschlägen nicht entmutigen lassen.

»Wir in der DDR wollten damals doch nur ein besseres Leben«, sagte sie mal zu mir, »schicke Klamotten haben, englische Popmusik hören, frei reisen und so. Im Vergleich zu diesen Leuten, die vor den Bomben ihrer Regierung und vor Terroristen davonlaufen, waren wir doch reinste Wirtschaftsflüchtlinge!«

Die freiberufliche Ökonomin hatte in Deutschland und der Deutschsprachigen Gemeinschaft Belgiens ein ordentliches Auskommen und konnte sich die Zeit für ihre ehrenamtliche Arbeit einteilen.

Als sie vorschlug, den leer stehenden Hof auf unbestimmte Zeit zwei von ihr betreuten syrischen Familien zu überlassen, war sie bei den Behörden zunächst auf Granit gestoßen. Wie sollten sich solch fremdländische Leute in einem Gebiet ohne Infrastruktur zurechtfinden? Erst als sie zusicherte, sich um alles selbst kümmern zu wollen, um Schulbesuche der Kinder, medizinische Versorgung, Lebensmittel, Transport, ja sogar um Sprachunterricht, bekam der Bauer Miete für ein Gebäude, das er schon Jahrzehnte vergeblich zum Kauf angeboten hatte.

Allen war geholfen und Marita Bausch glücklich. Das erzählte sie mir, als sie mich vor zwei Monaten fragte, was wir eigentlich mit den Speisen täten, die wir zwar vorbereitet hätten, aber dann doch nicht an Gäste loswürden. Manchmal holte sie das Essen dann selbst ab, meistens aber kam Alima mit Körben zu uns.

Als ehemalige Journalistin konnte ich schon am ersten Abend nicht der Versuchung widerstehen, die hervorragend englisch sprechende syrische Optikerin über ihr Leben in und ihre Flucht aus Aleppo zu befragen.

Das war ein Fehler gewesen. Nach Alimas sehr nüchtern vorgetragenem Bericht quälten mich nächtelang grausame Bilder. In meinen Träumen zog Alima immer wieder die verstümmelten Leichen ihrer Eltern aus dem zerbombten Nachbarhaus. Ich wachte mit Zähneklappern auf. Es ebbte erst ab, wenn ich begriff, dass ich nicht mehr im kalten Wasser der Ägäis nach Alimas Baby suchte. Fortan mied ich das Thema. Wie können diese Familien nach all solchen Schrecken, Verlusten und Bedrohungen nur weiterleben?

»Sie halten sich an einen alten, arabischen Spruch«, sagte Marita Bausch, *»man darf nicht mit den Verstorbenen sterben.«* Und so arbeitete die Wirtschaftswissenschaftlerin unermüdlich daran, den traumatisierten Kindern und Erwachsenen den Glauben an die Zukunft und das Gute im Menschen zurückzugeben.

Über Maritas Privatleben weiß ich überhaupt nichts. Ich vermute, es ist ganz in ihrem Engagement aufgegangen.

Wenigstens so viel hätte ich Marcel erzählen können, doch er überrascht mich. »Wo sind denn eigentlich die Männer?«

Eine sehr unglückliche Frage. Wie kann ich dem belgischen Polizeiinspektor begreiflich machen, dass Ahmed und Karim einer ordentlichen Arbeit nachgehen? Als anständige Asylbewerber hatten sie gefälligst nichts anderes zu tun, als geduldig darauf zu warten, dass ihr Antrag endgültig genehmigt würde. Auch wenn es Jahre dauern sollte. So lautet das Gesetz. Nachdem sie aber mit Jupps Hilfe die fälligen Reparaturen an ihrem heruntergekommenen Wohnhaus vorgenommen hatten, hielten wir es alle für verschwendete Lebenszeit, arbeitsfähige und -willige Männer einfach im Haus rumsitzen zu lassen. Und so kam es, dass zwei Syrer, die noch nie einen Forst gesehen haben, von Jupp zu Waldarbeitern herangebildet werden. Bäume fällen dürfen sie aus Sicherheitsgründen zwar nicht, aber beim Entasten und Rücken der Baumstämme lernen sie so ganz nebenbei auch etwas Eifeler Deutsch. Was unter anderem bedeutet, dass sie demnächst alles »holen« werden, was sich eifeldialektfreie Deutsche »nehmen«.

Ich stolpere.

Marcel fängt mich auf. »Hoppla!« Er lässt mich schnell wieder los. »Pass auf, wo du hintrittst, Katja. Also sag schon: Wo sind die Männer von den Frauen?«

»Die Männer?«, wiederhole ich. »Sind wahrscheinlich spazieren gegangen.«

»Bei dem Dreckswetter?«

»Was sollen sie denn sonst tun? Eure somalischen Flüchtlinge in Manderfeld tun doch auch nichts anderes, als dauernd durch die Gegend zu laufen.«

»Tja, was sollen sie sonst tun.« Grimmig holt er wie zum Schlag mit einem Arm aus.

Ich bleibe stehen. »Nee, Marcel, von denen war es ganz bestimmt keiner!«

»Woher willst du das wissen?«

»Sie haben Marita geliebt!«

»Na, das wäre doch Grund genug …«

»Hör auf, Marcel! Die Leute haben wirklich schon genug durchlitten.«

»Und sind dadurch vielleicht schrecklich abgebrüht. Aber gut, ich will mich mit dir nicht kabbeln. Ist ja nicht mein Fall. Und du musst hier auch nicht mit mir rumsitzen und warten, Katja.«

»Ist mir lieber, als ohne Jacke zurückzugehen.« Das ist mir jetzt einfach so herausgerutscht, aber es stimmt. Wie erstaunlich. Eben noch habe ich jeden Kontakt mit Marcel vermeiden wollen, und jetzt dränge ich mich ihm geradezu auf! Aus klimatechnischen Gründen. Oder vor Schock. Jedenfalls zittere ich am ganzen Leib. »Aber wenn du mich hier nicht haben willst …«

Ohne Worte steigt er in den Wagen. Unsicher blicke ich durchs Fenster. Seine Handbewegung interpretiere ich als einladend und setze mich neben ihn. Er dreht die Heizung auf und sagt lange Zeit nichts.

Wir konnten schon immer gut zusammen schweigen. Vor allem, wenn Schreckliches passiert war, Menschen zu Monstern geworden sind und einem dafür die Worte fehlten. Obwohl es doch unendlich viel zu sagen gegeben hätte. So wie jetzt. Doch da ist nicht nur der Rest Schweigen, sondern alles andere auch. Bis Marcel herausplatzt: »Was'n Tag!«

Ich zucke zusammen.

»Pardon, wollte dich nicht erschrecken.«

»Schon okay.«

»Nichts ist okay!«

»Natürlich nicht.« Ich gebe mir einen Ruck. Sprechen ist gut. Aber bloß nicht über den Mord und mögliche Verdächtige: »Was machen wir jetzt mit deiner Enkelin?«

»Wir? Willst du sie wegen Hausfriedensbruchs anzeigen?«

Fassungslos sehe ich ihn an. »Spinnst du?«

Abwehrend hebt er die Hände.

»Ich werde sie bei ihre Mutter zurückbringen.«

Zu der Tochter, die er nie gesehen hat. Und das nach diesem grausigen Leichenfund – in einer Verfassung, die alles andere als dem Familienfrieden förderlich sein dürfte.

Wäre zwischen uns noch alles so wie früher, hätte ich ihm meine Begleitung angeboten. Aber nichts kann oder wird je wieder so wie früher sein.

»Soll ich mitkommen?« Als hätte mein Mund ein Eigenleben. Die Menschen ändern sich eben nicht. Da bin ich keine Ausnahme.

»Hast du die Tote eigentlich gut gekannt?«

»Gut genug, um entsetzlich traurig zu sein, Marcel. Und furchtbar wütend.«

»Das kann man auch sein, wenn man sie gar nicht gekannt hat. Wer tut so was nur?«

Wie oft haben wir uns in der Vergangenheit genau diese Frage gestellt – und wenn sie dann irgendwann endlich beantwortet war, hat das meist nur unser Entsetzen vergrößert. Darüber, dass Menschen wie du und ich in der Lage gewesen sind, einem anderen das Leben zu nehmen. Selbst der sanfteste, friedfertigste und bestgläubige Mensch kann einen Mord begehen, das habe ich in meinen Jahren auf der Kehr schmerzlich erfahren. Doch einen menschlichen Schädel wie ein Scheit Holz zerteilen? Wie kann man so etwas tun?

»Im Affekt«, sagt Marcel, als hätte er meine Gedanken erraten. »Da hat jemand eine fürchterliche Wut gehabt. Nicht überlegt, einfach zugeschlagen.«

Polizeioberkommissar Roland Kölln aus Schleiden entschuldigt sich zunächst für seinen späten »Erstangriff«. Kaum habe ich mich von dieser Formulierung für die vorrangigen Maßnahmen am Tatort erholt, als der Beamte eine weitere kryptische Bemerkung hinzusetzt: »Die Eule ist auch schon informiert und unterwegs.«

Bin ich etwa bei *Harry Potter*? Seit wann arbeitet die Polizei in NRW mit einem Vogel zusammen?

»Die Funkleitstelle Euskirchen«, klärt Kölln freundlich auf. »Der KvD eben.«

Der Kommissar vom Dienst. Wenigstens das verstehe ich.

»Und das Morddezernat?«, fragt Marcel.

»Kommt aus Bonn. Wird was dauern.«

Nichts Neues. Ganz gleich, wo auf der Kehr eine Gewalttat begangen wird, es dauert immer Stunden, bis die zuständige Mordkommission hier eintrifft. Für Belgien ist Lüttich zuständig, für Rheinland-Pfalz Trier und für NRW eben Bonn. Wobei dann die zuständige Staatsanwaltschaft in Aachen sitzt. Alles ganz weit weg vom Schuss – in diesem Fall vom Beil.

Kölln wendet sich an Marcel. »Haben Sie den Tatort gesichert?«

Er schüttelt den Kopf und deutet zu mir hin. Ich zittere immer noch. »War nicht nötig, keiner da. Kopf ist eingeschlagen, da kann man nichts mehr machen. Ich hab mich um Frau Klein gekümmert. Sie steht unter Schock.«

»Verständlich«, sagt Kölln. »Tut mir leid, Frau Klein. Sie brauchen sich das nicht noch mal ansehen, wir sprechen später.«

»Geh zur *Einkehr,* Katja.«

»Nicht ohne Jacke«, sage ich. Es hat zu nieseln begonnen.

Marcel deutet auf seinen Wagen.

»Dann hol eben die Jeep. Ich komme mit Kommissar Kölln nach.«

Der deutsche Beamte wendet sich ab, als ich die Fahrertür des belgischen Polizeijeeps öffne.

»Das habe ich jetzt nicht mitgekriegt«, murmelt er. »Gibt ja andere Prioritäten.«

Marcel nickt. Ganz klar, die beiden werden sich gut verstehen.

Vor meinem Restaurant bleibe ich zunächst im Jeep sitzen. Ich muss mich sammeln, gewappnet sein für das, was gleich auf mich einstürzen wird. Verzweifelte Frauen, schreiende Kinder, Fragen über Fragen, die ich alle nicht beantworten kann, totales Chaos und mittendrin ein ausgeflippter Teenager, eine überforderte Gudrun, ein zynischer Hein und ein händeringender Jupp.

Wegen Trauerfalls geschlossen. Als Erstes werde ich unser altes Pappschild wieder aktivieren. Und dann versuchen, irgendeine Ruhe herzustellen.

Wie eine alte Frau quäle ich mich aus dem Wagen. Wann ist eigentlich aus dem Nieselregen dieses Schneegestöber geworden? Jetzt bloß nicht ausrutschen. Mein Gott, hab ich Sorgen! Und Marita Bausch liegt da schutzlos in ihrem Blut zwischen all dem Holz, während die beiden Polizisten machtlos zusehen müssen, wie sie zugeschneit wird. Sie werden wohl in Köllns Streifenwagen auf die Delegationen aus Euskirchen und Bonn warten.

Ich ziehe die Tür der *Einkehr* auf. Sprachlos bleibe ich im Eingang stehen. Auf alles bin ich gefasst gewesen, aber bestimmt nicht auf weihnachtliche Stimmung.

»… *wie grün sind deine Blätter* … Mitsingen!«, ruft mir Anouk zu.

Alle Kerzen brennen auf dem Adventskranz in der Mitte des runden Tisches. Um ihn herum steht eine Kinderschar mit offenen Mündern und erhobenen Löffeln. Das Klingen der Gläser vor ihnen hängt noch in der Luft. Ein lauter Knall lässt mich zusammenfahren.

»Falscher Einsatz, kleiner Piepmatz!«

Anouk bückt sich und legt zwei Topfdeckel auf den Tisch. Alimas fünfjähriger Sohn rappelt sich vom Boden auf, klammert sich an die Overallbeine des Mädchens und blickt mich angstvoll an.

»*Oh Tannenbaum, oh Tannenbaum* …«

Anouk lässt mit einem Löffel ein Glas klingen und dirigiert mit dem anderen Arm weiter. Ihr Zeigefinger gibt mir dabei zu verstehen, dass ich in die Küche gehen soll. Wenn ich schon nicht mitsinge.

Ein erstaunliches Mädchen. Sie macht sich ungeheuer nützlich und stellt keine Fragen.

Anders als Gudrun in der Küche.

Kaum sieht sie mich, da lässt sie den Rührstab in die Schüssel fallen und greift mich hart am Arm.

»Sag schnell, Katja, hab ich das richtig verstanden? Jemand hat Marita den Kopf abgeschlagen? Mit einem Schwert? Stimmt das?«

Ich schüttele den Kopf.

»Aber was ist dann passiert? Marita ist doch gestorben?«

»Aber nicht durchs Schwert.« Ich schüttele sie ab und blicke zur Anrichte. Shadia und Alima haben Schürzen umgebunden, die Ärmel bis zu den Ellenbogen hochgekrempelt und sehen mich aus verweinten Augen an. Mein Blick fällt auf gegrillte Auberginen.

»Baba Ghanoush«, sagt Shadia tonlos.

»Work helps«, setzt Alima hinzu und nickt zum Gastraum hin. »Musik, too. Good girl.«

»Stell dir vor, Katja, die wollen ihre Männer anrufen und herholen.« Gudrun baut sich vor mir auf. »Aber ich habe es ihnen natürlich verboten!«

»Warum das denn?«

»Wegen der Schwarzarbeit, natürlich! Da kriegen die doch nur Ärger. Werden vielleicht abgeschoben.«

»Wo ist Jupp?«

»Mit Hein im Wald. Damit Karin und Ahmed eben nicht nach Hause ...«

»Ruf ihn sofort an, Gudrun, er soll die beiden direkt herbringen.«

»Aber ...«

»Nichts aber. Sonst stehen die Syrer nämlich unter Mordverdacht. Die Schwarzarbeit ist ihr Alibi.«

»Ogottogottogott.«

»Und kleb bitte das Trauerfall-Schild an die Tür.«

Mit zitternden Händen greift Gudrun zum Telefon.

Work helps. Heute Abend werden wir keine zahlenden Gäste bedienen, dafür aber vielen geschockten Menschen und einigen mehr oder weniger abgebrühten Staatsdienern etwas zu essen geben. Gute Idee von Gudrun, die syrischen Frauen ein heimatliches Gericht zubereiten zu lassen. Deren Männer und Kinder werden wohl eher einen Bissen runterkriegen, wenn ihnen die Speisen vertraut sind.

Ich erfahre, dass Baba Ghanoush »beleidigter Papa« bedeutet, und schlage den beiden Frauen vor, sich für weitere arabische Gerichte einfach an unseren Vorräten zu bedienen. Alima zeigt sich entzückt über meine Gewürzsammlung und fragt nach frischem Huhn oder schweinefleischfreiem Hack. Beides ist leider nicht vorrätig, wäre aber in wenigen Minuten vom Ardenner Grenzmarkt in Losheim herbeizuschaffen.

Die Frauen sind beschäftigt, und im Gastraum hat Anouk die Kinder immer noch im Griff.

Inzwischen sitzen alle um den Tisch herum und schlagen im Takt zum *Tannenbaum* mit Löffeln auf die Platte. Alimas Fünfjähriger sitzt auf Anouks Schoß und nuckelt am zertretenen Flügel des Engels.

»Grün!«, korrigiert Anouk singend, »Ü,ü,ü! Wie Bullerbü!«

»U, u, u«, klingt es zurück, »wie Bullerbu!«

»Grün!«

»Grun!«

Der Fünfjährige nimmt den Engel aus dem Mund. »Grün!«, kräht er.

Anouk knallt begeistert die Topfdeckel aufeinander.

»Wenn er es kann, dann alle Mann! *So GRÜN sind deine Blätter!*«

Vor der zweiten Strophe werde ich bestimmt zurück sein. Ich schleiche mich aus der Tür.

Da bei diesem ungemütlichen Wetter keine Touristen die Kassen des Grenzmarkts blockieren, habe ich meinen Einkauf schnell erledigt. Bei meiner Rückkehr hält Kommissar Köllns Streifenwagen gleichzeitig neben mir auf dem Parkplatz. Jupps Pick-up steht hinter Marcels Jeep an der Ecke.

»Das ging aber flott«, sage ich, als wir alle ausgestiegen sind. »Was ist das da denn für eine Zivilstreife?«

Ich deute auf den großen Saab, der jetzt direkt vor dem Eingang parkt. Was eigentlich nicht erlaubt ist. Eine Frau in Jeans und brauner Lederjacke steigt aus.

»Gehört nicht zu uns«, sagt Kölln. »Wahrscheinlich ein Gast.«

»Wir haben geschlossen!«, rufe ich der Frau zu, die schon leichtfüßig die drei Stufen zur *Einkehr* hinaufgesprungen ist. Ohne sich umzudrehen oder das Schild zu beachten, zieht sie die Tür auf.

»Gudrun wird sie schon rausschmeißen. Neue Erkenntnisse?«, frage ich die Polizisten, wohl wissend, dass ich darauf nie im Leben eine Antwort bekommen werde.

»Sie sehen ja schon viel besser aus, Frau Klein«, weicht Kommissar Kölln meiner Frage aus. »Sind jetzt alle Bewohner da drinnen?«

Ich nicke.

»Gut. Wir haben einen Wasserrohrbruch in Schleiden. Da haben Sie doch nichts dagegen, wenn …«

»… mein Restaurant zu einer Außenstelle der Polizei wird? Nein, natürlich nicht. Ist ja nicht das erste Mal.«

Galant nimmt mir Kölln die beiden Einkaufstüten ab. »Gut, dass Sie das so locker sehen. «

»Ach«, sage ich. »Was tut man nicht alles, um Gäste zu requirieren.«

Marcel hebt eine Augenbraue. »Wie schön, dass du deinen Humor wiedergefunden hast.«

Wie *degoutant* sagt sein Tonfall. Und schon ist die Mauer zwischen uns wieder ein Stück höher geworden.

»Deine Enkelin kümmert sich ganz toll um die Kinder«, sage ich, um zu retten, was nicht zu retten ist.

Und dann beginnt der Lärm. Wir hören ihn schon von draußen. Schrilles Geschrei aus kleinen und großen Kehlen. Und dann lautes Gepolter.

»Ganz toll, jetzt haben wir das Malheur«, sagt Marcel ätzend. »Und du hast nichts Besseres zu tun, als einfach shoppen zu fahren.« Er öffnet die Tür.

Die Frau in der braunen Lederjacke zerrt an Anouk, die sich laut zeternd an einem Bein des umgestürzten Tisches festhält. Auf dem Boden sind Löffel und Glasscherben verstreut. Unsere Syrer haben sich in eine Ecke verzogen, wo die Eltern versuchen, ihre schreienden Kinder zu beruhigen.

»Aufhören! Aufhören!«, brüllt Gudrun und schlägt mit dem Besenstiel auf den Boden.

Anouk strampelt mit den Beinen und versucht, die Frau in der Lederjacke in die Hand zu beißen, aber die lässt nicht locker.

»Du kommst auf der Stelle mit!«

»Nein, nein, nein, lass mich sein!«

»Polizei!«, brüllt Kommissar Kölln.

Im Nu ist Ruh. Mein Gott, ich denke ja schon, wie Anouk spricht. Reimen ist offenbar ansteckend.

Die Frau in der Lederjacke lässt Anouk los und wendet sich um. Ich schätze sie auf Anfang dreißig. Ihr schönes, offenes Gesicht ist vor Aufregung leicht gerötet. Sie streicht sich dunkle Strähnen aus der Stirn und atmet tief durch. »Gut, dass Sie da sind, Herr Kommissar.

Dann können Sie mir ja helfen, meine Tochter zur Vernunft zu bringen.«

Marcels Gesicht ist aschfahl geworden. »Vielleicht sollte ich das machen«, sagt er und setzt heiser hinzu: »Josephine.«

Die erste Begegnung zwischen Vater und Tochter. Aber das wissen nur wenige im Raum. Dennoch ist es mucksmäuschenstill. Sogar die kleinen Kinder scheinen zu spüren, dass hier gerade etwas ganz Besonderes geschieht.

Nach dem ersten Schreck verfinstert sich Josephines Gesicht. »Das ist eine Familienangelegenheit«, schleudert sie Marcel entgegen. »Davon verstehen Sie nichts. Auch wenn Sie mein Erzeuger sind.«

Gudrun stößt einen Piepslaut aus und lässt den Besen fallen.

»Komm, Anouk, wir gehen.« Josephine ergreift die Hand der Tochter, die sich nicht länger widersetzt.

»Nouk, Nouk, Nouk ...« Alimas Fünfjähriger hat sich von seinem Vater losgerissen und ist auf Anouk und Josephine zugestürzt. Mit dem linken Arm umklammert er Anouks rechtes Bein. Mit der ausgestreckten Rechten bietet er Josephine den lädierten Engel dar und kräht verzweifelt: »Grün!«

Anouk lässt sich zu Boden fallen und nimmt den kleinen Kerl in die Arme.

»Mama, schau hin! Mein Hiersein hat Sinn!« Sie hält der Mutter das Plastikteil hin. »Geh mit dem Engel, ich bleib bei dem Bengel.«

Gudrun hebt den Besen auf und wendet sich an Josephine. »Kann sie denn überhaupt nicht normal reden?«

»Nichts an ihr ist normal«, sagt die Mutter kaum hörbar, ohne den Engel zu ergreifen. »Das ist ja das Problem.«

»Liegt an den Genen«, meldet sich Marcel. »Vielleicht darf ich dir mehr dazu erzählen, Josephine?«

»Vielleicht«, sagt seine Tochter. Sie lässt sich auf einen Stuhl fallen und bricht in Tränen aus.

Als **Drittes** wird Bekanntem
Neues hinzugefügt,
wodurch manches in ein fremdes Licht gerät
und Überraschendes geschieht.

Arabisches Hähnchen mit selbst gemachtem Ras el Hanout:

Koriander, Pfeffer, Nelken, Salz, Piment, Kreuzkümmel, Ingwer, Anis, Zimt und Muskat im Mörser zusammenstampfen. Diese Gewürzmischung dann mit Honig, Zitrone und Öl verrühren und Hühnerteile damit einreiben.
Zwiebeln halbieren und in breite Spalten schneiden, auf ein Backblech legen, mit Thymian bestreuen, die Hühnerteile darauf platzieren und den Rest des Würzöls darüber verteilen.
Das Gericht bei 180 Grad Umluft fünfzig Minuten lang garen und dann bei 210 Grad noch eine Viertelstunde lang im Ofen lassen.

Spät am Abend desselben Tages

Die Stille ist unerträglich.
»Bitte bell doch mal! Linus!«

Aber der Hund zu meinen Füßen ist fest eingeschlafen. Nicht mal der Ruf seines Namens lässt ein Ohr zucken. Ich werde lauter: »Schnarch, knurr oder furz wenigstens! Mach nur irgendein Geräusch, los, Linus!«

Doch das Tier schläft weiter. Wie ich es beneide! Kein Chaos im Kopf, vielleicht eine schwache Erinnerung an ein verängstigtes Mädchen im grünen Overall auf einem Tisch, an einen Nachmittag mit Kindern, die stiller als sonst waren, dafür aber umso mehr darauf bedacht, den Hund zu streicheln. Im Angesicht des Todes wird

Sehnsucht nach der wärmenden Nähe eines Lebewesens schier übermächtig.

Ich bücke mich und streiche das kurze Fell auf dem Rücken meines halben Kampfhundes gegen den Strich.

»Aufstehen, Dicker, wir machen jetzt rüber nach Belgien. Ich muss auch schlafen.«

Als ob ich das könnte. Oder irgendeiner der anderen Menschen, die heute Nachmittag die *Einkehr* bevölkert haben. Nun ja, die beiden Beamten der Mordkommission Bonn und die Spurensicherer in deren Schlepptau nehme ich da mal aus. Die wussten, auf was sie sich bei der Berufswahl einließen, und sie sind ja nicht persönlich betroffen. Ebenso wenig wie Polizeioberkommissar Kölln. Den hat dieses Gewaltverbrechen in seinem Einzugsbereich allerdings keineswegs kalt gelassen. Er bedauerte sehr, sich darüber nicht ausführlicher mit Marcel austauschen zu können. Doch der war anderweitig beschäftigt.

»Die Familie kommt in unserem Beruf immer viel zu kurz«, sagte Kölln zu mir, als Marcel mit seiner weinenden Tochter ins Hinterzimmer verschwand. »Aber hier scheinen die Verhältnisse besonders kompliziert zu sein.«

»Mehr als das«, erwiderte ich. »Es gibt sie erst seit soeben.«

Ein spitzer Schrei ließ mich herumwirbeln. Ich sah Anouk mit einem Satz auf den Tisch in der hinteren Ecke springen. Sie drückte die Handflächen gegen die Wand, hatte Augen und Mund angstvoll aufgerissen und zitterte am ganzen Körper. An der Wand hinter ihr drohte Jupps Winterlandschaft vom Haken zu schaukeln.

»Linus, Linus!«

Die syrischen Kinder lösten sich von ihren Eltern und stürzten sich auf das Riesentier, das wir Anouk vorhin noch als peanutsmäßigen Schoßhund verkaufen wollten. Linus aber war nicht zum Spielen aufgelegt. Er sprang in Anouks Ecke, ließ die Zunge heraushängen und platzierte hechelnd zwei Pfoten auf den Tisch. Der große, grüne Overall verwandelte sich in Espenlaub.

Ich schüttelte den Kopf. Wieso hatte Marcel Linus aus dem Hinterzimmer gescheucht? Wieso hatte Josephine ihn nicht aufgehalten? Beide wussten doch, wie sehr das Mädchen Hunde fürchtet.

»Sitz!«, rief Alimas fünfjähriger Hakim, ehe ich einschreiten konnte, und packte das schwarze Ungeheuer am Halsband.

Brav ließ sich Linus auf die Hinterbeine fallen. Mit schief gelegtem Kopf beäugte er das unbekannte, grüne Menschlein auf dem Tisch. Das sich etwas herausgenommen hatte, was dem Hund strengstens verboten war und auch Zweibeiner sonst nur taten, wenn sie eine Lampe an der Deckenbeleuchtung auswechseln mussten.

»Platz, Linus!«, befahl Hakim, doch das Tier war nicht gewillt, seinen Aussichtsposten aufzugeben. Es blieb aufrecht neben Hakim hocken. Die Köpfe von Kind und Hund befanden sich fast auf einer Höhe. Für alle, die das Schaf im Labrador-Staffordshireterrier-Fell kannten, gaben die beiden ein rührendes Bild ab.

»Grün!«, rief Hakim Anouk aufmunternd zu.

Inzwischen war ich an den Tisch herangetreten. Auffordernd reichte ich Anouk eine Hand. Jupp stellte einen Stuhl so hin, dass sie mühelos hätte absteigen können. Doch sie rührte sich nicht vom Fleck.

Ich versuchte es in ihrer Sprache: »Er ist ein liebes Hundevieh, frisst Kinder selten oder nie.«

»Katja«, rügte mich Jupp. »Du machst ihr ja noch mehr Angst! Schau mal, Linus, ein Leckerli.«

Die Bestechung wirkte. Linus verlagerte sein Interesse auf das frischgebackene, syrische Hackbällchen in Jupps Pranke und ließ sich von unserem sanften Riesen zu den anderen Kindern fortziehen.

Anouk atmete tief aus, rückte das Bild hinter sich gerade, rutschte vom Tisch und huschte rasch durch den Gastraum. Sie riss die Tür des Hinterzimmers auf und knallte sie hinter sich zu.

Kurz danach tauchten Vater, Tochter und Enkelin gemeinsam auf. Anouk hielt den Kopf gesenkt, als sie widerstandslos neben ihrer Mutter zum Ausgang schlurfte.

»Ich komm gleich nach«, rief Marcel den beiden hinterher und begrüßte dann die ihm unbekannten Kollegen aus Bonn. Er nickte zur Tür hin. »Nur meine Familie.« Drei Worte, die ich noch nie von ihm gehört habe, die er vielleicht zum ersten Mal ausgesprochen hat. »Die haben mit der ganzen Sache nichts zu tun.«

»Sie machen hier Urlaub?«, fragte ein Bonner Kommissar und musterte Marcels Uniform.

»Gewissermaßen.«

Roland Kölln hob die Augenbrauen, sagte aber nichts.

»Meine Tochter und Enkelin machen Urlaub«, erläuterte Marcel. »Ich war nur per Zufall hier, als die Frauen kamen, um den Mord …«, er hob hilflos die Schultern, »zu melden. Ich habe Schleiden sofort informiert. Alles Weitere weiß Kommissar Kölln.«

Der Blick des Beamten glitt zum Fenster. »Sie haben keinen Verdächtigen bis hierher verfolgt?«

Marcel begriff sofort. »Nein, aber ich wollte meine Jeep nicht auf dem Privatgrundstück in Belgien gegenüber parken.«

Nein, dachte ich wehmütig, da hat deine Jeep schon lange nicht mehr gestanden.

»Richtig, Herr Kollege, man sollte die Nachbarn nicht unnötig beunruhigen.«

Hier ging es um Mord, und der Bonner Kommissar kommentierte einen belgischen Polizeijeep, der ein paar Meter jenseits der Grenze stand? Dass Marcel daraufhin nicht gleich eine ironische Bemerkung über teutonische Kleinlichkeit hinterherschickte, zeigte überdeutlich, wie aufgewühlt er sein musste. Mir war völlig klar, dass er sich weiterhin einen Teufel um Vorschriften scheren und seinen belgischen Dienstwagen gleich tiefer nach Deutschland hineinlenken würde, nach Hallschlag, wo »seine Familie« auf dem Campingplatz Urlaub machte.

Der belgische Polizeiinspektor warf seine Visitenkarte auf den Tisch. »Falls Sie noch weitere Fragen haben.« Dann klopfte er mir auf die Schulter. »Bis später«, sagte er und folgte seiner seltsamen Familie.

Deswegen sitze ich immer noch hier. *Später.* Wohl irgendwann später im Leben. In diesem oder einem nächsten. Ich glaube nicht, dass ich heute noch mit ihm rechnen kann.

Die syrischen Kinder und Männer sind inzwischen längst in ihr Haus zurückgekehrt. Mit Gudrun, Hein und Jupp, die heute bei ihnen übernachten werden. Jupp hatte darauf bestanden.

»Wir können sie mit dem Schock da jetzt doch nicht allein lassen.«

»Und Gudrun?«, fragte Hein. »Soll die etwa allein in ihrem Haus pennen, wenn ein Axtmörder frei rumläuft?«

Natürlich nicht, erklärte Gudrun, sie wolle nur ein paar Sachen zusammenpacken und dann auch zum Hof an der Kehre rüberkommen. »Schon wegen der Kinder«, sagte sie. »Es ist gut, wenn eine Frau im Haus ist.«

»Alima und Shadia werden doch nicht in Schleiden übernachten«, warf ich ein. Die Kommissare hatten die beiden Frauen nämlich zu Köllns Dienststelle mitgenommen. Dort soll ihre Aussage mithilfe eines Dolmetschers protokolliert werden.

»Aber wenn sie dort doch festgehalten werden?", ereifert sich Gudrun. „Außerdem sind die auf jeden Fall viel zu durcheinander, für im Haus durchzuwischen. Bei diesem Wetter …«

Lieber gerät sie als Putzteufelin in Verruf denn als Angsthäsin.

»Dann ist ja alles geregelt«, meinte Hein. »Keiner bleibt heute Nacht allein.«

Da ich in diesem Programm nicht vorkam, meldete ich mich selbst zu Wort: »Mir macht es überhaupt nichts aus, heute Nacht ganz allein zu bleiben.«

Jupp lief knallrot an.

»Entschuldigung, Katja, wenn du …«

»Du holst doch Linus mit«, schnitt ihm Hein das Wort ab. »Und außerdem wohnst du in Belgien.«

Schön zu wissen, dass meine Freunde keine Angst um mich haben. Mit so vielen Menschen eng gedrängt unter einem Dach zu schlafen, ist sowieso nicht meine Sache. Eine andere aber ist es, zu einer Party nicht eingeladen zu werden, auf die man ohnehin nicht gegangen wäre. Aber vielleicht lässt sich Marcel ja doch noch blicken und bietet mir seinen Schutz an. Würde ich den ohne Hintergedanken annehmen?

Am Nachmittag hatte ich bei der Erstbefragung der Asylbewerber als Übersetzerin ausgeholfen. Und dabei auch die erste Einschätzung des Gerichtsmediziners über Maritas Todeszeitpunkt mitbekommen.

»Unmöglich!«, rief ich erschüttert. »Da war die Kehr doch voller Leute! Und voller Kühe.«

Damit hatte ich die ganze Aufmerksamkeit der Beamten. Sie ließen sich von Jupp nur noch schnell Namen und Adressen der Männer geben, mit denen Karim und Ahmed im Wald gearbeitet hatten, und löcherten mich dann mit Fragen.

Was völlig sinnlos war, da ich keinen kenne, der beim Viehtrieb mitgeholfen hat. Unvorstellbar, dass einer Zeit oder Gelegenheit gehabt hätte, nebenbei noch Marita Bausch den Schädel zu spalten. Ebenso wenig nachvollziehbar fand ich das polizeiliche Gedankenspiel, die Stampede könnte ein geplantes Ablenkungsmanöver gewesen sein.

»Sollte es irgendjemand gezielt auf Frau Bausch abgesehen haben, hätte er das in dieser abgelegenen Ecke leichter haben können«, sagte ich und riet den Beamten, sich an den Bauern Quetsch zu wenden. Der war mit den Männern ins Gespräch gekommen und hatte sie nach erfolgter Mission bestimmt bei sich zu einem Schnaps eingeladen. Oder zu einer Runde Tontaubenschießen.

»Martin Quetsch wohnt in Rheinland-Pfalz«, wies ich die korrekten Beamten auf eine weitere Grenze hin, die natürlich im Fall eines Kapitalverbrechens von wenig Belang ist.

Über Marita Bausch hatten die Beamten inzwischen mehr zusammengetragen, als ich ihnen hätte sagen können. Wohl auch dank der Vorratsdatenspeicherung präsentierten sie mir eine verblüffende Neuigkeit: Marita Bausch war verheiratet gewesen.

»Sie hat nie von ihrem Mann gesprochen!«

»Aber gestern Abend eine halbe Stunde lang mit ihm telefoniert. Die beiden lebten wohl getrennt.«

»Hatten sie Kinder?«

»Zwei erwachsene Söhne. Sie hat Ihnen nie was davon erzählt?«

Ich schüttelte den Kopf, bestürzt, dass nicht nur zum zweiten Mal an diesem Tag ein befreundeter Mensch zum Elternteil geworden ist, sondern dieser auch noch Halbwaisen hinterlassen hat.

Nein, Marcel wird heute sicher nicht mehr kommen, und eigentlich ist das auch ganz gut so. Er soll sich Zeit nehmen, seine alte neue Familie kennenzulernen. Ist doch ein gutes Zeichen, wenn ihn seine Tochter in Gnaden aufgenommen hat und er bei ihr auf dem Campingplatz übernachten kann. Oder aber die Angelegenheit ist derart aus dem Ruder gelaufen, dass er ohne den Umweg über die Kehr direkt zu seiner Wohnung in St. Vith zurückgefahren ist. Nüchtern betrachtet, scheint mir dies wahrscheinlicher, als dass er nach der vollen emotionalen Ladung dieses Tages seiner ehemaligen Geliebten in ihrem Mörderdorf einen Besuch abstattet. Der Mann ist schließlich auch nur menschlich.

Und manchmal herzlos. Womöglich hat er Linus mit voller Absicht aus dem Hinterzimmer auf seine Tochter losgelassen. Um Anouks Widerstand zu brechen. Was ja auch grandios geklappt hat.

»Komm, Linus«, sage ich und rassele mit meinem Hausschlüssel. »Du musst eh noch mal raus. Lauf ne Runde, damit du fit genug bist, einem Axtmörder an die Gurgel zu gehen, falls der bei mir einbricht.«

Der Hund gähnt, streckt sich, verschwindet aber gleich um die Ecke, als ich die Tür der *Einkehr* abschließe.

Ich bleibe auf der Stufe stehen, als ich ein Auto herannahen höre. Dann blenden mich Scheinwerfer. Wie Josephines Saab vorhin hält der Wagen genau vor dem Eingang. Ich atme tief durch, als eine kleine, zierliche Frau meines Alters aussteigt.

»Wir haben geschlossen«, rufe ich ihr zu.

»Bin also zu spät, Merde.« Der belgische Singsang klingt enttäuscht. »Ist Anouk denn nicht mehr da?«

»Anouk?«

»Meine Enkelin. Sie hat mich heute Mittag von hier aus angerufen. Ich konnte aber jetzt erst kommen. Verflixt, ich hätte mich beeilen sollen!«

Das Persönchen mit der modisch bunten Brille schlägt die Hände zusammen. Das hätte ich auch gern getan, aber ich bin starr vor Staunen.

»Frau Langer?«

Meine Stimme klingt mir ganz fremd in den Ohren.

»Ja, Entschuldigung. Sie müssen Frau Klein sein.«

Sie zieht einen schwarzen Handschuh aus und reicht mir die Hand, die ich wie in Trance ergreife.

Marcels Ex. Viele Jahre lang ist diese Frau für mich ein Phantom gewesen. Ich hatte mir allerlei Theorien zurechtgelegt, wie sie wohl sein und was zwischen den beiden zum Bruch geführt haben mochte. Keiner meiner Freunde hat mir je etwas über sie erzählen können; alle hatten Marcel erst lange nach der Trennung von seiner Frau näher kennengelernt. Marcel selbst hatte es stets vermieden, über sie zu sprechen. Ich weiß nicht einmal ihren Vornamen. Erst heute hat er mir verraten, weshalb ihn die Frau verlassen hat, die jetzt vor mir steht.

»Können Sie mir sagen, wo meine Enkelin ist?« Sie öffnet ihre Handtasche, zieht eine Zigarette aus einer Packung und zündet sie an. »Warum ist sie nicht wie normale Teenager? Dann hätte sie wenigstens ein Handy.« Versonnen blickt sie dem Rauch nach. »Nichts an ihr ist normal.«

Den gleichen Satz hatte Anouks Mutter voller Wut geäußert. Aus dem Mund der Großmutter klingt er liebevoll, fast anerkennend.

Linus ist wieder herangetrottet und macht sich durch einen freundlich gemeinten Knurrlaut bemerkbar.

Frau Langer bückt sich und streicht dem Riesenviech unbekümmert über den Kopf.

»Oje, oje, du Unhold, du hast unsere Anouk vergrault, stimmt's?«

»Da ist was dran«, gebe ich zu und mir einen Ruck. Diese Frau ist kein Störenfried, sondern ein äußerst willkommener Grund, jetzt nicht allein sein zu müssen. »Kommen Sie doch erst mal rein, Frau Langer.«

Die Anrede geht mir verblüffend leicht über die Lippen. Ich finde es nur verwunderlich, dass sie sogar nach der Scheidung den Familiennamen ihres ehemaligen Mannes beibehält. Ich habe gehört und begrüßt, dass keine Belgierin ihren *Mädchennamen* – was für ein seltsamer Begriff - aufgibt. Was ist hier los? Sind die beiden etwa auf besondere Weise immer noch miteinander verbunden und vielleicht nicht mal geschieden?

»Oh nein, ich will Sie nicht aufhalten, Frau Klein, Sie wollen doch bestimmt heim.«

»Ist nicht weit.« Ich deute über die Straße. »Wir können auch da reden, wenn Sie wollen. Ich fände das jedenfalls sehr schön.«

»Wirklich?«

»Es war ein schlimmer Tag.« Wie schlimm der war, weiß Frau Langer offensichtlich noch nicht. Ich werde es ihr später sagen. Böse Botschaften übermittelt man am besten im Sitzen. »Aber das hat nichts mit Anouk zu tun«, füge ich hastig hinzu. »Ganz im Gegenteil. Sie war der Lichtblick, der dichterische.«

Die Großmutter lächelt. »Und *wo* ist sie, die Poesie? «

»Aha, daher hat sie das also!«

»Ich habe ihr nur geraten, gut nachzudenken, bevor sie was sagt. Damit sie sich nicht immer wieder den Mund verbrennt. Seitdem sie reimt, ist der Umgang mit anderen für sie erträglicher geworden. Also, wo steckt sie?«

»Ist mit ihrer Mutter wieder zum Campingplatz nach Hallschlag gefahren.«

Den Opa unterschlage ich vorerst lieber. Damit sie nicht auf die Idee kommt, hinterherzueilen und dem Familienrat vorzusitzen. Und mich hier allein lässt.

Ich schließe die Tür zur *Einkehr* wieder auf. »Warten Sie bitte, ich hole uns nur was aus der Küche. Drüben habe ich nichts Essbares. Mögen Sie syrisches Huhn?«

»Habe ich bewusst noch nie gegessen. Sie ist also mit Josephine zurück zum Camping gefahren, ja?«

»Ja. Das Huhn ist übrigens sehr ungewöhnlich gewürzt.«

»Mit Kreuzkümmel, Zimt und Kardamom?«

»Und mit noch tausenderlei anderem. Ras el Hanout heißt die Mischung. Fachfrauen haben sie ganz frisch im Mörser zusammengestampft. Jetzt dürfte aber alles nur noch lauwarm sein.«

»Da kann sich der Geschmack besser entfalten«, sagt sie, vergräbt ihre Zigarette im Sandtopf vor der Tür und folgt mir in die Küche. »Ich heiße übrigens Claudia.«

»Katja«, sage ich dankbar und nehme das Blech von der Anrichte. Marcels Ex mit seinem Nachnamen anzureden, wäre auf Dauer doch recht befremdlich. Ich deute auf einen Topf. »Da ist noch etwas Reis drin. Sollten wir auch mitnehmen. Nein, Linus, geh weg, du hast schon gefressen.«

»Kann ich den Wagen so vor dem Restaurant stehen lassen?«, fragt sie, als wir mit Huhn und Hund die Straße nach Belgien überqueren.

»Klar, ist ja mein Grundstück. Und die Polizei setzt jetzt andere Prioritäten.«

»Ich weiß: Tochter und Enkelin kennenlernen.«

Meine Finger zittern, als ich den Schlüssel ins Schloss stecke.

»Wann hat Anouk Sie eigentlich angerufen?«, frage ich vorsichtig.

»Heute Mittag. Als die Kühe den Weg versperrten. Da ist sie in Ihr Restaurant gerannt. Sie wusste ja, dass ihr Opa dort verkehrt.«

»Verkehrt«, murmele ich auf dem Weg zur Küche vor mich hin.

»Entschuldigung. So habe ich das nicht gemeint.«

»Marcel und ich sind schon lange nicht mehr zusammen.« Ich bugsiere das Blech mit dem Huhn auf den Herd. »Würd zu gern wissen, wer ihr das gesagt hat.«

Claudia stellt den Reistopf auf den Küchentisch. »Wahrscheinlich jemand vom Campingplatz. Da wird bestimmt viel getratscht.«

»Ganz sicher.«

Als wir viel später vor dem prasselnden Feuer meines Kamins die zweite Flasche Weißwein leeren, bin ich um einiges schlauer. Inzwischen weiß ich eine Menge über den Weg, den Marcels Exfrau – sie sind tatsächlich geschieden – nach dem Leben mit meinem früheren Freund eingeschlagen hat. Und ich bin sehr beeindruckt. Sie hat die winzige Schlosserwerkstatt ihres Vaters zu einer veritablen Fabrik ausgebaut, die Schlüssel jeglicher Art in alle Welt exportiert. Ihre Leidenschaft aber gehört Unikaten für alte Burgen, englische Herrensitze, orientalische Paläste sowie für Künstler, Bürgermeister und andere Kunden, die gute Arbeit von erfahrenen Feinschmieden verlangen.

»Wir sind eine Manufaktur geblieben«, erklärt sie stolz, »aber leider hat genau das zum Zerwürfnis mit meiner Tochter geführt.« Sie schüttelt angewidert den Kopf. »Schlüsselkarten! Apps! Das wäre der Untergang. Aber darüber will ich jetzt wirklich nicht sprechen. Es tut schon weh genug, dass ich mit Josephine nur noch über Anwälte verkehre.«

Kontaktsperren scheinen in dieser Familie erblich zu sein.

»Und über Anouk«, werfe ich ein.

»Gott sei Dank.« Sie zündet sich ihre gefühlt hundertste Zigarette an. »Das wollte meine Tochter auch unterbinden, aber das Kind ruft mich so oft an, wie es eben geht.« Vielleicht liegt es am Feuerschein des Kamins, Claudias Züge sind weicher geworden. »Wir stehen uns sehr nah.«

»Und was ist mit Anouks Vater?«, frage ich.

»War genauso ein Kind wie Josephine damals. Und hat sich noch vor der Geburt aus dem Staub gemacht. Seitdem wechselt sie die Freunde wie ihre Unterhosen. Derzeit lässt sie sich von einem Software-Entwickler einwickeln. Weil der nur jetzt Urlaub holen kann, haben sie Anouk sogar krankschreiben lassen. Für sie vorzeitig aus der Schule zu holen. Sind ja noch gar keine Ferien. Ich finde das absolut unverantwortlich.«

Ganz offensichtlich ist Oma Claudia der einzige stabile Faktor in Anouks Leben.

Die Frage, weshalb sie Marcels Briefe zurückschicken ließ, beantwortet sie erstaunlich ehrlich: »Ich war mir nie sicher, ob er wirklich der Vater ist.«

»Und jetzt bist du dir sicher?«

Claudia schickt mir eine Rauchwolke zu. »Anouk ist seine Enkelin.«

»Ganz ohne Zweifel«, sage ich und stoße mit ihr an.

Nach all dem Wein kann Claudia natürlich nicht mehr fahren. Irgendwann bereite ich ihr ein Lager auf dem geräumigen Sofa, falle dann selbst ins Bett und warte auf einen gnädigen Schlaf. Der schreckliche Tag hat – zumindest für mich – ein versöhnliches Ende gefunden.

Aber dafür hätte Marita nicht sterben müssen. Ich schrecke hoch. Im Sitzen hatte ich Claudia die fürchterliche Botschaft überbringen wollen. Aber ich habe es nicht getan. Stundenlang haben wir zusammengesessen, über Vergangenes, Gegenwärtiges und Zukünftiges geredet, über unseren gemeinsamen früheren Mann, dessen Tochter und Enkelin. Über Schlüssel, Kochrezepte, Anouks Dichterei, über alte Schulzeiten und alles Mögliche, nur nicht über das, was hier auf der Kehr am Mittag geschehen ist.

Nicht etwa, weil ich nicht gewusst hätte, wie ich es ihr sagen sollte. Sondern weil ich es gänzlich ausgeblendet hatte. Völlig verdrängt. Wie kann das nur möglich sein? Werde ich etwa dement? Das Grauen, das unseren ganzen Tag beherrscht hat, ist mir beim Gespräch mit Claudia nicht einmal in den Sinn gekommen. Nein, das stimmt nicht. Es gab einen Moment, in dem mir furchtbar heiß geworden ist: Als ich von Anouk und ihrem Trommelkurs mit den Kindern erzählte. Da tauchte plötzlich wieder das Bild von Marita in ihrem Blut vor mir auf. Ich muss es ihr jetzt sagen, dachte ich, verschob es aber, als Claudia fröhlich von der klingenden Kochtopfparade erzählte, mit der ihr Anouk als kleines Kind so viel Freude bereitet habe. Und schon war der Mord vergessen, die Welt wieder in Ordnung und ich nur noch im Hier und Jetzt.

Am liebsten würde ich auf der Stelle zu Claudia ins Wohnzimmer rennen, sie wecken und ihr alles sagen. Ich werfe mein Kissen zu Boden und bearbeite meine Matratze mit den Fäusten. Wie habe ich diese Katastrophe nur ausblenden können? Die Antwort kann nicht nur im Wein liegen. Sondern eher in der Vergangenheit: Ich will einfach nicht wahrhaben, dass auf der Kehr schon wieder gemordet worden ist.

Lautes Gebell weckt mich. Dann vernehme ich beharrliches Klopfen an der Haustür. Und Marcels Stimme.

»Sperr Linus ein! Ich hab Anouk dabei.«

Beide sehen sehr unausgeschlafen aus.

»Deine Oma ist hier, Anouk.« Ich vermeide es, Marcel anzusehen und deute zum Wohnzimmer.

»Da drüben ihr Wagen beantwortet Fragen«, sagt Anouk und rennt in Richtung des kalten Rauchs.

Marcel räuspert sich. »Claudia hat bei dir übernachtet?«

»Ja. Und du bei deiner Tochter?«

»Nein. Anouk hat bei mir geschlafen. In St. Vith.«

»Oje.«

»Kannste wohl sagen.«

Anouk kommt wieder herbeigehüpft. »Sie ist nicht da, die Omamma.«

»Was?«

Im Wohnzimmer liegt das Bettzeug ordentlich aufgeschichtet auf dem Sofa. Ich schaue zur Garderobe. Der elegante Mantel ist weg.

»Vielleicht ist sie ne Tour spazieren«, sagt Marcel.

»Nicht in den Pumps«, erwidere ich. »Sie ist bestimmt in der *Einkehr.* Wenn Gudrun schon da ist.«

»Dann geh ich mal rüber schauen«, sagt Marcel. »Nein, du bleibst hier, Anouk. Ich muss mit deiner Oma sprechen. Da ist die Küche. Koch uns schon mal einen Kaffee. Eine große Kanne. Bin gleich wieder da.«

»Gleich« und »später« sind bei ihm sehr nebelhafte Begriffe. Längst angezogen sitze ich mit Anouk bei meinem zweiten Kaffee am Küchentisch und lasse Linus im Schlafzimmer bellen. Immer wieder stehe ich auf und blicke zur *Einkehr* hinüber. Warum sollte Gudrun heute überhaupt dort sein? Wir hatten doch abgesprochen, das Restaurant vorläufig geschlossen zu halten.

Plötzlich sehe ich einen deutschen Streifenwagen vorfahren. Er hält neben Claudias Auto. Roland Kölln steigt aus.

Marcel kommt hinter dem Haus hervorgehetzt und redet höchst aufgeregt auf den deutschen Polizisten ein.

»Was ist da bloß los?«, murmele ich. Neugierig stellt sich Anouk neben mich, schnappt sich dann ihre Jacke und rennt aus dem Haus. Ich eile hinterher.

»Nein!«, ruft Marcel.

Er steht am Kräuterbeet, als wir um die Hausecke biegen. »Geht sofort zurück! Ihr dürft das hier nicht sehen!«

Aber dafür ist es schon zu spät.

Als **Viertes** wird gezeigt,
wie manches vereinfacht werden kann,
wenn eine extreme Situation dazu zwingt,
sich auf das Wesentliche zu konzentrieren.

Rührei im Wasserbad:

Eier mit Milch, Meersalz, Pfeffer und einem Schuss Sahne in einem Kochtopf verrühren, diesen ins Wasserbad stellen - Herdplatte bitte ausschalten - und die Masse unter gelegentlichem Rühren eine Viertelstunde lang stocken lassen.
Das glänzend schmelzige Ergebnis mit karamellisierter Butter und zwei Spritzern Balsamico abrunden.

Anderthalb Stunden später

Haben Sie eine RJ45-Büchse?«

»Was?«

Die Tasse mit dem kalten Kaffee in meiner Hand zittert. Vorsichtig stelle ich sie auf der Küchenanrichte ab. Büchse? Eine Konserve? Nein, wir haben es mit Gewalt und Tod zu tun. Büchse. Ein Gewehr.

»Eine RJ45-Buchse, Frau Klein?«

Ah, Buchse! Gewächse? Nein, Buchsbäume haben keine Nummer, eine Hose? Ein Gefäß? Was will dieser fremde Polizist nur von mir? Er soll mir keine Frage stellen, sondern mir eine beantworten. Und damit den einzigen Gedanken exorzieren, der mein Gehirn seit der kleinen Ewigkeit des furchtbaren Anblicks hinter meinem Restaurant gefangen hält: Warum nur habe ich mein Beil im Hackblock stecken gelassen? Ich kann an nichts anderes denken.

»Einen Internet-Zugang!«

Ich starre dem Beamten fast ein Loch in die Uniform.

»Warum habe ich mein Beil im Hackblock stecken gelassen?«

»Das tut doch jeder. Machen Sie sich keine Vorwürfe, Frau Klein. Miserabler Empfang hier. Wir brauchen dringend einen stationären Internet-Zugang. Können Sie uns helfen?«

Piepsen, Brummen und Stimmengewirr aus dem Gastraum dringen zu mir in die Küche. Keine Ahnung, wie viele Menschen sich dort aufhalten, keine Ahnung, ob es in der *Einkehr* eine Buchse mit Zahlen und Buchstaben gibt. Ich habe mich in die Küche geflüchtet, um mit dem Satz allein zu sein, der mein Hirn in einer Endlosschleife quält. Warum habe ich das Beil im Hackblock gelassen?

»Bringen Sie mir das Beil bloß nicht wieder zurück!« Ich werde nie im Leben wieder Holz spalten können.

Erst Marita und jetzt Claudia. Zwei Frauen im gleichen Alter. In meinem Alter. Ein Wahnsinniger muss es auf uns abgesehen haben. Auf unvorstellbar grausame Weise tobt er seine blinde Wut auf reife Weiber aus. Endlich ein neuer Gedanke, doch der ist kein bisschen tröstlicher.

»Fragen Sie Hein Mertes«, sage ich dem Polizisten, »der ist bei uns fürs Internet zuständig. Der kennt bestimmt auch das Passwort.«

»Vielleicht kann ich ja helfen«, meldet sich eine leise Stimme. An der Tür steht Uwe Brix, der schmächtige Mann, der kurz zuvor mit Josephine aufgetaucht ist. »Wenn ich vorher noch einen Kaffee haben dürfte?« Ein freundlicher Blick, der trotz Brille seltsam kurzsichtig wirkt. Wie das eben bei vielen jungen Männern so ist, die ihr Leben vor dem Computer verbringen. Was ein Software-Entwickler wohl tun muss.

Ich deute auf den Kaffeeautomaten. »Bedienen Sie sich. Sie wissen ja, wie's geht.«

»Wir sollten es über WLAN versuchen.« Seine Stimme übertönt kaum das Mahlwerk. Er wendet sich an mich. »Frau Klein, können Sie uns bitte helfen? Anouk hat sich auf dem Damenklo eingeschlossen. Keiner kriegt sie da raus, ihre Mutter schon gar nicht.«

»Die junge Dame braucht jetzt nicht auszusagen«, bemerkt der Beamte und verschwindet mit Uwe Brix in den Gastraum.

Anouk. Meine Güte, ich ergehe mich in meiner Selbstanklage, während ein traumatisiertes, junges Mädchen Hilfe braucht. Was habe ich mir dabei nur gedacht? Dass sich jetzt genug Verwandte um Anouk kümmern können? Was für eine feine Familie: Zur Mutter hat sie ein offensichtlich schwer gestörtes Verhältnis, der Stiefvaterfreund ist ein kaffeesüchtiger Nerd, und der Opa muss ihr wie ein Wesen aus einer fremden Galaxie vorkommen.

Josephine hämmert an die Toilettentür. »Anouk! Du machst sofort auf! Sonst treten wir die Tür ein und Frau Klein jagt ihren Hund rein!«

Wenn die Verzweiflung groß und das Erziehungsvokabular aufgebraucht ist, kann einem wohl so ein Reim entrutschen. Der sich jedoch als kontraproduktiv erweist. Die Tür bleibt geschlossen.

»Nein, das tut Frau Klein nicht«, sage ich laut und setze, ohne nachzudenken hinzu: »Komm raus, Anouk, damit ich dich von hier wegbringen kann.« An ihrer Stelle würde ich nichts anderes wollen. An meiner übrigens auch nicht.

Prompt öffnet sich die Tür einen Spalt. Josephine reißt sie weit auf und will sich auf ihre Tochter stürzen. Anouk bannt sie mit der erhobenen Rechten. In der hält sie die Klobürste. *Noch ein Schritt und ich schlage zu,* sagt ihr Blick.

Wäre die Situation weniger dramatisch, wäre sie mir peinlicher. Meine Klobürste hat schon bessere Tage gesehen.

Josephine tritt einen Schritt zurück und Frau Klein einen vor. Ohne ihre Mutter aus den Augen zu lassen, reicht mir Anouk die freie Hand.

Womit habe ich dieses Vertrauen verdient? Weil sie mir ansieht, dass ich genau wie sie nur von hier verschwinden will? Hand in Hand verlassen wir das Lokal. Niemand hält uns auf.

Ich atme die frische Luft tief ein. Es ist kälter geworden, wenn auch nicht so eisig, wie sich das für unsere Schneifel, die Schnee-Eifel, gehört. Der Tourismus ist in diesem Winter überhaupt noch nicht in Gang gekommen, weder am Schwarzen Mann noch am Weißen Stein oder gar in meinem Restaurant. Womöglich kündigen die dicken, nassen Flocken, die aus dem schwarzen Himmel fallen, wintersportfreundliche Besserung an. Was meinem Geschäft nicht helfen wird, denn wir bleiben vorerst geschlossen. Nicht nur, weil sich die Polizei wegen des Wasserschadens in der Schleidener Dienststelle bei uns eingenistet hat, sondern weil es nach den Morden einfach undenkbar ist, jetzt Fremde zu bedienen. Ein Schauer läuft mir über den Rücken. Könnte der Axtmörder vor seinen Taten bei uns eingekehrt sein? Womöglich habe ich ihn in der Gaststube sogar freundlich begrüßt! Nachdem er sich vergewissert hatte, dass mein Beil im Hackblock steckt. Nein, meine Gäste tun so etwas nicht. Das habe ich auch der Polizei versichert, als ich die Namen jener Leute aufschrieb, die in den letzten Tagen einen Tisch vorbestellt hatten, sowie die Namen der wenigen Bekannten, die einfach so hereingeschneit waren. Soweit ich mich erinnern konnte, sind fremde Auswärtige nicht darunter gewesen. Wie gesagt, der Tourismus leidet unter dem Klimawandel, der uns diesen milden Winter beschert hat. Gudrun hat meine Aussage bestätigt.

»Sollen wir zu den anderen rübergehen? Zu deinem kleinen, fünfjährigen Freund?« Vor der *Einkehr* deute ich zum Hof hinter der Kehre.

Anouk schüttelt den Kopf, steckt die Klobürste in den Sandtopf und zieht mich an der Hand über die Straße.

»Aber da wartet doch Linus«, gebe ich zu bedenken, als wir auf mein Haus zusteuern.

Anouk hebt gleichgültig die Schultern. Sie hat noch kein einziges Wort gesprochen.

»Ich kann ihn nicht ewig im Schlafzimmer eingeschlossen lassen. Er muss jetzt mal raus.«

Anouk zieht meine Haustür auf.

»Ein Weilchen kann er da wohl noch drinbleiben.« Es ist, als rede ich mit mir selbst. Ich gehe ins Wohnzimmer. Kalter Rauch hängt in der Luft. Normalerweise würde ich sofort die Fenster aufreißen. Das kommt mir jetzt pietätlos vor. Den vollen Aschenbecher kann ich auch später leeren.

»Anouk?«

Keine Antwort. Ich gehe in den Flur, schaue in Küche, Bad und Arbeitszimmer nach. Keine Spur von dem Mädchen. Ist sie einfach davongelaufen? Ich reiße die Haustür auf und rufe ihren Namen. Doch ich sehe nur dicke, nasse Spuren, die zum Haus führen.

Sie muss also im Schlafzimmer sein. Was eigentlich unmöglich ist.

Vorsichtig öffne ich die Tür.

Schuldbewusst springt Linus vom Bett und wirft sich vor mir hin. Ich rutsche zu Boden, nehme ihn in die Arme und blicke sprachlos über seinen Kopf hinweg auf Anouk. Sie sitzt mit dem Rücken zur Wand auf meinem Anderthalbpersonenlager. Ein kleines, triumphierendes Lächeln hat sich in ihre Mundwinkel gestohlen.

Glückselig, dass er keinen Rüffel wegen Liegens auf verbotenem Terrain bekommen hat, jault der Hund kurz auf und gesellt sich frech wieder zu Anouk. Deren Augen sprechen Worte, die ihr nicht über die Lippen kommen.

Dafür habe ich die Sprache wiedergefunden. »Gratuliere«, sage ich, als ich mich aufrappele. »Wie hast du das nur hingekriegt?«

Sie streckt einen Arm aus und hält die Handfläche nach oben.

»Einfach die Tür aufgemacht, und dann hat sich Linus vor dir hingeworfen? So wie grad bei mir?«

Sie nickt.

»Sehr mutig von dir, Anouk. Du hast einen Freund fürs Leben gefunden. Er darf aber nur im Bett liegen, solange du es erlaubst. Möchtest du denn mit ihm hierbleiben?«

Wieder nickt sie. Mit leicht zitternder Hand streichelt sie meinem Hund das Fell. Als er sie abschlecken will, weicht sie zurück, bleibt aber neben dem Tier sitzen.

Für das, was hier geschehen ist, hätte ein Psychologe sicherlich eine plausible Erklärung. Hat sich Anouk der eigenen Angst gestellt, um den Schock zu überwinden? Begibt sie sich aus Trauer selbst in eine vermeintliche Gefahr? Will sie sich gar von dem Hund beißen lassen, um ihren anderen Schmerz zu betäuben? Oder hat sie ihre Angst einfach fallen gelassen, weil das vorstellbar Schlimmste schon eingetreten ist? Mit der Großmutter ist ihre Verbündete gestorben, der einzige Mensch, der sie aus dem Leben mit der offenbar wenig geliebten Mutter und deren wechselnden Partnern hätte befreien können.

Claudia hat mir vergangene Nacht von den zahlreichen Ausbruchsversuchen der Enkelin erzählt. Noch vor einer Woche hatte sie sich mitten in der Nacht aus dem Haus in Eupen geschlichen und war auf ihrem Fußmarsch zum Wohnort der Großmutter in Verviers von einer Polizeistreife aufgegriffen worden.

»Am nächsten Tag ging es hopplahopp zum Camping«, hatte Claudia gesagt. »So schnell wie möglich so weit weg wie möglich von mir. Das Schlimme daran ist, dass es meiner Tochter gar nicht um Anouk geht, sondern darum, mich zu bestrafen. Weil ich sie aus der Firma geworfen habe und sie endlich auf eigenen Beinen stehen muss.«

Sie fügte einen Satz hinzu, den ich nur zu gern vergessen würde, wenn es denn ginge: »Am liebsten sähe sie mich wohl tot.«

Nein, böse Gedanken, verschwindet!

Josephine hat ihre Mutter tot gesehen. Ich war dabei, als sie zusammenbrach. Sie müsste schon eine großartige Schauspielerin sein, um Entsetzen und Schmerz derart glaubhaft zu spielen. Als Tochter und Mutter mag Marcels Kind eine Enttäuschung gewesen sein, aber eine Mörderin ist sie bestimmt nicht.

Ich lasse die Tür zum Schlafzimmer offen und lüfte den Wohnraum.

»Katja, gut, dass du hier bist!« Mit hochrotem Gesicht kommt Gudrun ans Fenster gestürzt. »Ich muss dir was sagen. Bevor ich es drüben der Polizei erzähle. Für es auf die Reihe zu kriegen. Ist alles so furchtbar.«

Ich mache ihr auf.

Noch vor der Tür versucht Gudrun vergeblich, den nassen Schnee von den Stiefeln zu stampfen.

Ich erspare ihr den Eiertanz, sich des Schuhwerks auf der durchnässten Matte zu entledigen, und ziehe sie ins Haus. »Kannste auch drinnen tun. Was ist los?«

Furchtsam blickt sie sich um. »Noch jemand hier? Außer Linus?«

Der ist bereits bellend herbeigeeilt.

Ich scheuche den Hund zurück ins Schlafzimmer und mache die Tür leise zu. »Ja. Anouk. Aber die ist da drinnen …«, ich nicke zur Schlafzimmertür, »und hört nichts. Was ist …«

»Da drinnen? Dieses Kind und der Hund? Bis du wahnsinnig?« Schneematsch hinterlassend stiefelt sie aufgebracht zum Schlafzimmer.

Das ist meine Gudrun. Sie mag ein Putzteufel sein, aber das Wohlbehalten von Lebewesen stellt sie immer über das von Dielenbrettern.

Nachdem sie ins Zimmer hineingesehen hat, bleibt sie starr vor Staunen einen Moment auf der Schwelle stehen, macht dann die Tür wieder zu. »Meine Güte, was ist da denn nur passiert?«

»Ein Mord, Gudrun. So was verändert Menschen. Manchmal total radikal. Das weißt du doch.«

Sie lässt sich auf den Stuhl neben der Tür fallen und zieht die Stiefel aus. »Ja. Das stimmt.« Ihre Stimme sinkt zu einem Flüstern herab. »Katja, ich glaube, ich weiß, wer das getan hat.« Sie hebt die Hand wie zum Schlag.

»Was?!«

Geschockt starre ich sie an. Gudruns Instinkte sind nicht zu unterschätzen. Auch wenn ihre Begründungen meistens absurd waren, so hat sie bei früheren Gewaltverbrechen mit ihren Verdächtigungen sehr oft recht behalten.

Sprachlos wie Anouk seit dem Mord an ihrer Oma gehe ich mit Gudrun ins Wohnzimmer.

»Rauch …«

Noch nie habe ich meine Freundin dieses Wort so versonnen aussprechen hören. Früher hat sie es immer nur herausgefaucht. Zum Beispiel wenn sich Marcel nach Schließung des Lokals noch einen Zigarillo angezündet hat. Was war das für ein Gezeter! Als ob wir oder die Gäste des nächsten Tages auf der Stelle Lungenkrebs kriegen würden. Aber das ist schon so lange her. Ob Marcel überhaupt noch raucht? Inzwischen ist die Verbotskultur in Belgien genauso weit gediehen wie bei uns in NRW. Stünde mein Restaurant ein paar Meter weiter in Rheinland-Pfalz, hätte ich wenigstens mein Raucherzimmer und somit ein paar Stammgäste mehr behalten können.

»Da war ein Mann«, beginnt sie.

»Was für ein Mann?«, frage ich heiser. »Wo?«

»Bei unseren Syrern. Eine ganz, ganz finstere Gestalt …«

»Einer der Asylbewerber? Aus Hellenthal?«

»Keiner, den wir kennen. Die sind ja nicht finster …«

»Och, Ahmed kann schon ganz schön finster gucken.«

»Das meine ich nicht. Ein Fremder. Der war nicht von hier.«

Wo habe ich diesen Spruch bloß schon mal gelesen? Still, Gedanken, schweift nicht ab! Wer. Was. Wann. Wo. Warum. Grundfragen der Journalistin, die ich einmal war. Ist eine Ewigkeit her. In der sich jetzt Marita und Claudia befinden. Die nicht zur Ruhe kommen können, weil ihr Mörder immer noch frei rumläuft. Nein, daran glaube ich doch nicht! Hein soll aufhören, meinem Fernseher diese Horrorfilme runterzuladen. Ich muss mich auf das Hier und Jetzt konzentrieren! Ein Mantra wäre schön. Warum habe ich das Beil im Hackblock gelassen?

»Katja, hörst du mir überhaupt zu?!«

Ich reiße mich zusammen. »Entschuldigung, Gudrun, bei unseren Syrern ist also ein fremder, finsterer Mann aufgetaucht?«

»Genau! Heute Morgen, so ungefähr um die Zeit, als …« Sie deutet auf den Aschenbecher.

»Und das hast du der Polizei nicht erzählt?«

Sie hebt die Schultern. »Wollte ich ja. Aber als ich zur *Einkehr* ging und du erzählt hast, dass die Exfrau von Marcel die ganze Nacht bei dir geraucht, ich meine geschlafen hat, und sie da immer noch lag, ich meine hinter unserem Restaurant, da habe ich den Mann ganz vergessen. Ich musste doch erst mal aufpassen, dass die kleinen Kinder nicht wieder rüberkommen. Und da bin ich dann zurück ...« Völlig durcheinander schlägt sie auf die Sessellehne und blickt dann fassungslos der Staubwolke nach. »So geht das nicht weiter, Katja, ich werde bei dir mal gründlich putzen müssen.«

»Danke. Aber nicht jetzt. Und was ist auf dem Hof passiert, Gudrun? Was war das für ein Mann?«

»Keine Ahnung. Eine Bedrohung, das steht schon mal fest. Karim und Ahmed waren schrecklich aufgeregt. Sie haben den Kerl an der Tür abgefertigt. Ich habe ihn aber noch kurz gesehen. Und den schicken Geländewagen, mit dem er abgerauscht ist.«

»Das Nummernschild hast du dir natürlich nicht gemerkt?«

»Nee, da wusste ich ja noch nicht, dass es so wichtig werden könnte. Was soll ich denn jetzt tun?«

»Es der Polizei sagen, natürlich!«

»Aber das geht nicht.«

»Warum nicht?«

So genau kann sie mir das nicht erklären. Nur, dass unsere Syrer sie angefleht hätten, der Polizei diesen seltsamen Besuch zu verheimlichen. Der hätte ganz bestimmt gar nichts mit den Morden zu tun, da ginge es um was ganz anderes. Nicht mal mithilfe der Übersetzungs-App, die ihr Hein – wie uns anderen auch – aufs Smartphone geladen hat, habe sie mehr herausfinden können, als dass es für die Bewohner lebensgefährlich sei, wenn die Polizei von dem Mann erfahre.

»Umso mehr Grund, es ihr zu sagen!«

»Ich dachte, es ist besser, du sprichst mit Alima. Ich will doch nichts falsch machen. Bitte, Katja, geh rüber!«

Gehen? Vor dem Haus blicke ich zum Himmel. Sieht aus, als ob da noch eine Menge runterkommen wird. Da empfiehlt sich doch ein Autodach überm Kopf. Zudem könnte Eile geboten sein. Oder mich eine weitere böse Nachricht in so große Atemnot geraten lassen, dass ich es zu Fuß nicht mehr zurückschaffe.

Also stapfe ich über die Bundesstraße und setze mich in mein Allradmonster. An den vielen eng geparkten, offiziellen Fahrzeugen quäle ich mich vorbei und fahre die zweihundert Meter zur Kehre.

Viel mehr Informationen als Gudrun erhalte ich da auch nicht. Aber ich ziehe eine Schlussfolgerung. Wie ich von Marita weiß, haben unsere Syrer für ihre Flucht eine Menge zahlen müssen, nur an die Schlepper pro Person fünftausend Euro. Für den Verkauf ihrer Habseligkeiten in Aleppo haben sie so gut wie nichts erhalten, und bei den Wucherpreisen für Lebensmittel in der umkämpften Stadt waren ihre Ersparnisse gewaltig geschrumpft. All das weiß ich nur vom Hörensagen. Mir gegenüber hat Alima solche Details nicht rausgelassen, immer nur ausweichend erklärt, es habe keinen Sinn, über die Vergangenheit zu reden, sie blicke zuversichtlich in die Zukunft. Und eine solche sehe sie für ihre Familie vorerst nur in dem Land, das sie so freundlich aufgenommen habe. Ich dachte daran, wie mich ihr Bericht über das Drama ihrer Flucht mitgenommen hatte, und hakte nicht weiter nach.

Jetzt aber frage ich sie unumwunden, ob der Fremde etwa ihr Schlepper gewesen sei, der Außenstände habe eintreiben wollen. Diese Frage bleibt so beredet unbeantwortet, dass mir letzte Zweifel schwinden.

Deshalb werde ich die Polizei informieren. Denn womöglich ist der Mann schon gestern früh aufgetaucht. Er könnte Marita vor dem Haus zur Rede gestellt und sie nach einer saftigen Abfuhr mit dem nächstbesten Gegenstand zum Schweigen gebracht haben. Zumindest für diesen Mord hätte er ein Motiv gehabt. Doch wie ich es auch drehe und wende, für den an Claudia fällt mir keins ein. Im Gegenteil: Wäre der finstere Mann der Täter, würde er unsere Gegend vorerst meiden. Die Tatsache, dass er sich heute hier hat blicken lassen, entlastet ihn sogar für den ersten Mord. Doch schlimm genug, dass er die Syrer tyrannisiert. Schon deshalb sollte ich den Vorfall melden.

»I shall tell the police«, rufe ich Alima zu, als ich in mein Auto steige.

»No, please don't!«

Sie rennt mir hinterher, aber mein Wagen ist schneller.

Ich stelle ihn vor meinem Bruchsteinhaus ab und will Gudrun für ihre Aussage in der *Einkehr* mitnehmen.

»Später«, sagt sie, als ich die Küche betrete. »Das muss erst noch fünf Minuten lang gerührt werden.«

Anouk sitzt mit Linus zu Füßen am Küchentisch und starrt gänzlich unbeteiligt vor sich hin.

»Was kochst du denn da?«, fahre ich Gudrun an. »Ich habe doch gar nichts im Haus.«

»Eier schon«, erwidert Gudrun und rührt weiter.

Klar, die Eier, die ich unter das Hundefutter mische, damit das Fell so schön glänzt wie die Masse, die Gudrun hingebungsvoll bearbeitet.

»Rühreier im Topf?«, frage ich ungläubig.

Mit dem Kochlöffel deutet Gudrun auf meinen Abfalleimer, aus dem der Stiel meiner einzigen Pfanne ragt. »Das Ding ist hin«, erklärt sie. »Manche Leute mögen vielleicht Teflonstücke in ihrem Rührei. Ich nicht. Lieber ein Wasserbad. Ich habe das Rezept aus deiner großen Zeitung.«

Das Format der *Süddeutschen Zeitung* ist doch immer wieder für eine Überraschung gut.

»Die Herdplatte ist ja gar nicht an.«

»Nicht mehr. Eine Temperatur um neunzig Grad lässt das Ei viel sanfter denaturieren als siedendes Wasser.«

»Denaturieren«, murmele ich beeindruckt. »Und was ist in dem zweiten Topf?«

»Da lasse ich Butter karamellisieren. Die mische ich gleich drunter. Wenn alles gestockt ist.«

Sie greift zur Essigflasche. »Und jetzt noch zwei Spritzer Balsamico. Schau doch, Katja, wie schön dick und fett das Rührei aussieht. Keine Krümel, nix ausgetrocknet. Anouk muss unbedingt was essen. Vielleicht spricht sie ja dann endlich wieder. Auch wenn es dummes Zeug ist, weil es sich reimt.«

»Wir müssen es der Polizei sagen, Gudrun.«

Verzweifelt sehen wir einander an. Wie viel schöner wäre es doch, über so etwas Einfaches wie die Denaturierung von Eiern zu sprechen, anstatt der Polizei einen finsteren Verdächtigen präsentieren zu müssen.

In der *Einkehr* können wir unsere Geschichte nicht sofort loswerden. Roland Kölln, der mit Marcel an einem kleinen Tisch Kaffee trinkt, teilt uns mit, der zuständige Hauptkommissar sei im Hinterzimmer mit der Befragung von Maritas Ehemann beschäftigt.

Ich blicke in die Küche. Dort sitzen Anouks Mutter und Jupp schweigend beieinander. Eine seltsame Allianz, die der Tatsache geschuldet sein mag, dass beide Lebensgefährten den Beamten an den Laptops behilflich sind und es weiter nichts zu sagen gibt.

Ich kehre in den Gastraum zurück. Roland Kölln schiebt mir einen Stuhl zurecht.

»Wann ist denn Herr Bausch gekommen?«, frage ich ihn.

»Gleich nachdem Sie weg waren. Das kann jetzt nicht mehr lange dauern. Was haben Sie denn herausgefunden?«

»Auch was Interessantes. Erzähle ich später.« Ich wende mich an Marcel. »Deine Enkelin ist übrigens drüben bei mir. Stell dir vor, sie streichelt Linus.«

»Sie tut was?«

»Du hast richtig gehört. Anouk und Linus sind jetzt ein Herz und eine Seele.«

Er springt auf. »Incroyable! Das muss ich mir ansehen!«

Der Hauptkommissar aus Bonn kommt in den Gastraum, neben ihm ein Altachtundsechziger, offensichtlich Herr Bausch, Maritas Witwer.

»Entschuldigung, wo wollen Sie denn hin, Herr Langer?«

Marcel deutet aus dem Fenster. »Bis zu meiner Enkelin. Sie ist da drüben.«

»Ist das schon Belgien?«

»Die Straße markiert die Grenze«, erkläre ich.

»Dann tut es mir leid, Herr Kollege. Sie dürfen Deutschland vorerst nicht verlassen.«

Wie sich als **Fünftes** vermeintlich Bekanntes
in anderem Gewand ganz neu präsentiert
– und dabei jede Menge Löcher aufweist.

Kartoffelpufferkringel *(für 12 Personen):*

200 Gramm gesiebtes Mehl, 130 Gramm zerbröckelte Hefe und etwas Rohrzucker in eine Schüssel geben, 300 Milliliter lauwarme Milch dazugießen, alles verrühren und zugedeckt eine halbe Stunde warm stellen. Inzwischen 200 Gramm Rosinen in Orangenlikör und Zitronensaft einweichen. Ein gutes Pfund gekochte und geschälte Kartoffeln durch die Presse drücken, mit ca. 750 Gramm Mehl mischen und zu einem großen Ring formen. Etwas Salz und Rohrzucker über den Rand streuen, in die Mitte 4 Esslöffel gutes Olivenöl, 6 Eier, Vanille, Zimt, geriebene Zitronenschale, die Rosinen und den Hefeteig geben, alles gut durchkneten und dabei langsam 140 Gramm Butter hinzugeben. Den fertigen Teig als Kugel in einer großen Schüssel mit einem feuchten Tuch so lange zudecken, bis sich sein Volumen verdoppelt hat (dauert etwa eine Stunde). Danach den Teig in zehn Zentimeter lange und zwei Zentimeter dicke Streifen teilen, diese in Ringe formen und auf einem mit Mehl bestäubten Blech 20 Minuten aufgehen lassen. In nicht zu heißem Sonnenblumenöl die Teigringe vorsichtig mehrfach wenden, bis sie auf allen Seiten goldbraun sind. Auf Küchenkrepp abtropfen lassen und dann noch warm durch eine Zucker-Zimt-Mischung ziehen.

Sie machen wohl Witze!«

Empört schiebe ich meinen Doppelzentner zwischen Marcel und den Kommissar aus Bonn. Der soll es nur wagen, seinem Kollegen aus Belgien Vorschriften zu machen oder ihm gar vor unseren Augen Handschellen anzulegen! In meinem Restaurant habe immer noch ich das Hausrecht!

»Witze? Sonst gern, aber nicht, wenn es um Mord geht, Frau Klein, da meine ich es bitterernst.«

Marcel legt mir eine Hand auf die Schulter. »Lass schon, Katja, die Kollegen tun doch nur ihre Pflicht. Wie ich es an ihrer Stelle auch tun würde. Tout compte fait: Ich war an beiden Tatorten und habe die Morde gemeldet …«

»… und das zweite Opfer mehr als nur gut gekannt.«

Vorwurf, Bedauern und eine gewisse Zufriedenheit klingen in der Stimme des deutschen Beamten mit. Ich ahne, was in ihm vorgeht: Polizisten haben ein beschissenes Familienleben. Deshalb lassen sich die Frauen scheiden, entfremden die Kinder den Vätern und führen auf deren Kosten ein Leben in Saus und Braus. Kein Wunder, wenn der im Staatsdienst aufgeriebene Exmann irgendwann mal zuschlägt. Das kommt in den höchsten Polizeikreisen vor. Niemand kann für sich ausschließen, in eine Situation zu geraten, in der alle Sicherungen durchbrennen.

Aber hier ist die Lage dennoch ganz anders.

Der Kommissar müsste eigentlich längst herausgefunden haben, dass Claudia Langer eine reiche Frau und nicht auf die paar Kröten ihres Exmannes angewiesen gewesen war. Dass die beiden seit Jahrzehnten keinen Kontakt mehr gehabt haben. Wie absurd, Marcel als Täter auch nur in Betracht zu ziehen!

Dieser streichelt kurz meine Schulter, bevor er seine Hand wegzieht und sich wieder zu Roland Kölln setzt. »Kein Problem, ich bin gern hier.«

Ein Satz, bei dem mir das Herz hätte aufgehen müssen. Stattdessen zieht es sich immer weiter zusammen.

»Wir freuen uns auch sehr, dass du wieder hier bist, Marcel.«

Gudruns triumphierender Seitenblick lässt mich kurz zweifeln, ob sie wirklich begriffen hat, weshalb Marcel untersagt worden ist, die Straße nach Belgien zu überqueren. Dann fällt mir wieder ein, wie geschickt sich die Eifelerin gern Wahrheiten verweigert, die dem Seelenfrieden abträglich sind. Stattdessen deutet sie das Unangenehme in etwas Positives um. Marcels erzwungene Anwesenheit in Deutschland könnte ungezwungenen Kontakt zu mir befördern. Zaubert man die gute alte Zeit wieder herbei – und sei es, wie in diesem Fall, mithilfe deutscher Staatsmacht –, schöpft man daraus Kraft, sich den Unannehmlichkeiten der Gegenwart zu stellen. Ein Weg, der mit Ritualen gepflastert ist, also mit Gudruns unvermeidlicher Ankündigung: »Ich bring dir direkt einen frischen Kaffee, Marcel, ja?«

Der Hauptkommissar bittet, diesen sowie einen Pfefferminztee für sich selbst im Hinterzimmer zu servieren, da er noch einige Fragen an Marcel habe. Dann wendet er sich an Maritas Ehemann, der unglücklich schweigend neben ihm steht.

»Sie können jetzt gehen, Herr Bausch. Aber halten Sie sich bitte weiter zu unserer Verfügung.«

»Was für ein schrecklicher Satz«, sage ich, nachdem sich die Tür zum Vernehmungsraum hinter Marcel und dem Bonner wieder geschlossen hat, »›zur Verfügung halten‹, als ob die mit uns tun können, was sie wollen.«

Herr Bausch hebt die Schultern. Mit mir, sagen seine traurigen Augen, tun alle immer, was sie wollen. Natürlich kann jemand, dessen Ehefrau gerade brutal ermordet worden ist, keine Lebensfreude ausstrahlen. Miene und Haltung dieses Mannes spiegeln aber nicht nur sein akutes Leid wider. Sie bekunden einen langen Weg zu totaler Gebrochenheit. Leben und Umwelt haben Herrn Bausch nicht erst seit heute übel mitgespielt. Alles an ihm weist nach unten: Schultern, Mund- und Augenwinkel und das zupfige Grauhaar, das in einen sehr dünnen Pferdeschwanz ausläuft. Nicht einmal die Spitzen seines Schnurrbarts haben den Regeln der Schwerkraft etwas entgegenzusetzen. Wenn Resignation aus allen Poren triefen könnte, dann bei diesem Mann.

Womöglich aber täuscht der erste Eindruck. Ich kann mir durchaus vorwerfen, zu oft vom Äußeren eines Menschen auf dessen allgemeinen Gemütszustand geschlossen und mich hinterher total geirrt zu haben. Dass die tüchtige, lebenslustige Powerfrau Marita mit diesem Häufchen Elend verheiratet gewesen sein soll, lässt sich höchstens mit der Anziehungskraft von Gegensätzen im jugendlichen Alter erklären. Die Differenzen müssen aber irgendwann so unüberbrückbar geworden sein, dass ihr der Ehemann nicht einmal mehr eine Erwähnung wert gewesen ist.

Der Mann, über den Marita mir gegenüber nie ein Wort verloren hat, steht immer noch herum und blickt unschlüssig durchs Fenster. Als wüsste er nicht, wohin mit sich und seiner Unentschlossenheit. Kann ich ihn wirklich in diese unwirtliche Welt da draußen entlassen? Wie ist er überhaupt hierhergekommen? Diese und andere Informationen würde ich ihm zu gern entlocken. Es muss ja einen Grund dafür geben, weshalb Marita seine Existenz verschwiegen hat. Wie es auch einen Grund dafür geben muss, dass sie erschlagen worden ist. Beides muss nicht, *kann* aber durchaus zusammenhängen.

Holzhacken ist keine Kunst. Und ein Kopf auf einem Körper leichter zu treffen als ein wackliges Scheit auf einem schiefen Holzblock. Der gealterte Hippie, der vor mir steht, hätte durchaus ein Beil niedersausen lassen können. Wie ein syrischer Schlepper oder jeder andere hier im Raum, Gudrun und mich eingeschlossen. Auch Uwe Brix, der am Nebentisch Hein gerade von einem Suchmaschinenoptimierungsalgorithmus für unser Restaurant zu überzeugen versucht.

Sein Nerdtum macht diesen Uwe Brix in meinen Augen ganz und gar nicht unverdächtig. Wer sich hauptsächlich in der virtuellen Welt bewegt, könnte schließlich besonders anfällig dafür sein, in der echten ungerührt Gewalttaten zu begehen. Von so abgestumpften Geschöpfen hört und liest man doch immer wieder, wenn die Banalität des Bösen ein Gesicht bekommen soll.

Ich selbst habe mal erlebt, mit welcher Begeisterung sich Davids kreaturliebender Sohn Daniel in die *World of Warcraft* gestürzt hat. Nicht die früheren Morde auf der Kehr, sondern die Transformation dieses sanften, veganen Geschöpfs vor dem Bildschirm hat mich davon überzeugt, dass jeder Mensch jederzeit zum Ungeheuer werden kann. Dafür bedarf es nur der passenden Oberfläche, des geeigneten Hintergrundes und einer schnellen Reaktion. Sowie der Sicherheit, dass man selbst ungefährdet aus dem Schlamassel herauskommen wird.

Es gibt nur einen einzigen Grund, um fremde Wesen auf dem Bildschirm wegzuballern: Sie lassen sich blicken. So wie Claudia auf der Kehr. Sollte Uwe Brix zur selben Zeit auch da gewesen sein, hätte er demnach nicht mal ein handfestes Motiv haben müssen, um die Mutter seiner Lebensgefährtin zu erschlagen. Nachdem sich am Tag davor Marita beim Holzhacken ebenfalls zufällig hat blicken lassen und er nur deswegen zuschlagen konnte, weil es sich grad angeboten hat. Ich erschrecke vor mir selbst. Nerds sind mir genauso fremd wie zum Beispiel Syrer manchen Leuten in Ostdeutschland, die nie einen kennengelernt haben. Mache ich mich also des Rassismus schuldig, wenn ich Uwe Brix verdächtige? Trotzdem bin ich sehr gespannt, ob er mit einem stichhaltigen Alibi um die Ecke kommen kann.

Herr Bausch, Maritas Ehemann, scheint eins zu haben, sonst würde ihn die Polizei wohl kaum gehen lassen. Doch die Jahre im Umgang mit Verbrechen haben mich gelehrt, Alibis zu misstrauen. Herr Bausch könnte sich durchaus eine glaubhafte Ausrede konstruiert haben, falls die Tat nicht – wie Marcel vermutet hat – im Affekt geschehen ist, sondern geplant war.

Gut möglich, dass er das Beil in meinem Hackblock gesehen und sich dann gleich ein weiteres Opfer vorgemerkt hat, um die Legende des wahllos tötenden Axtmörders in die Welt zu setzen. Wie aber hätte er wissen können, dass eine andere Frau im selben Alter am nächsten Morgen zur selben Zeit hinter meinem Restaurant auftauchen sollte?

Was hat Claudia da überhaupt gewollt? Wieso ist sie nach unserer langen, weinseligen Nacht so früh aufgestanden? Kann es irgendeine ungute Verbindung zwischen Maritas Mann und Marcels Exfrau gegeben haben? Immerhin hat die Ökonomin in ihrem normalen Arbeitsleben auch Kunden aus Belgien betreut, womöglich auch die Schlüsselfabrikantin. Oder den Freund von deren Tochter, den Softwareexperten Brix. Vielleicht hat sie sich von ihm ein PC-Programm erklären lassen. Der gemeinsame Blick auf den Bildschirm zwingt zu größerer körperlicher Nähe als ein normaler, geschäftlicher Umgang. Könnte sie sich da in den zwanzig Jahre jüngeren Körper neben sich verliebt haben? Nicht total abwegig, da bei Frauen Mitte fünfzig die Hormone genauso verrückt spielen können wie bei Pubertierenden. Das weiß ich aus leidvoller Erfahrung nur allzu gut. Ich spinne den Gedanken weiter: Marita hat Brix bedrängt und dabei so bedrohlich auf ihn gewirkt, dass er sie wie eine Figur aus einem Computerspiel aus seinem Leben entfernen wollte. Mangels Schießmöglichkeit hat er zur Axt gegriffen.

Andererseits könnte auch Maritas Gatte zum Beil schwingenden Wüterich mutiert sein. Womöglich hat sie ihm bei ihrem vorgestrigen Telefonat eine so radikale Abfuhr erteilt, dass er herbeigeeilt ist, um sie zur Rede zu stellen. Und sie dann leider vor dem Hackblock angetroffen hat.

Alles schwer vorstellbar, die verliebte Marita genauso wie ein gewalttätiger Bausch. Zudem liefert dieses Szenario von Liebe und Leidenschaft keine Erklärung, weshalb auch Claudia sterben musste.

Von der viel besungenen Liebe hat sie gestern nicht gesprochen. Die Welt ihrer Gefühle schien sich um Anouk zu drehen. Das Wort Leidenschaft ist gefallen, bezog sich aber ausschließlich auf ihr Lebenswerk, die Schlüsselfabrik. In Verbindung mit Marcel ist von Liebe und Leidenschaft nicht die Rede gewesen.

Ich hatte sie verwundert gefragt, weshalb sie immer noch den Nachnamen eines Mannes trug, mit dem sie gar nichts mehr zu tun hatte. Weshalb hatte sie seinen Namen überhaupt angenommen? Belgische Frauen legen nach der Heirat ihren Mädchennamen nicht ab. Der bleibt in sämtlichen Dokumenten unverändert, wiewohl eine Frau im normalen Umgang schon mal mit dem Namen des Ehemannes angesprochen werden kann.

»Weil ich schon immer so hieß«, hatte Claudia lakonisch geantwortet. »Ich bin doch eine geborene Langer, früher von der Schlosserwerkstatt, heute von der Schlüsselfabrik Langer.«

Marcels Cousine dritten Grades. Es gibt eben sehr viele Langers in der Deutschsprachigen Gemeinschaft Belgiens, sogar mindestens einen weiteren Marcel.

Unter diesem Namen ist vor einem halben Jahr bei uns ein Tisch reserviert worden. Als Gudrun damit herausrückte, war ich wie von Sinnen. Der Panzer, den ich um mein Herz gelegt hatte, zerbarst. Alle Gefühle, die ich ein Jahr lang sorgsam unter Verschluss gehalten hatte, quollen hervor. Und jede Menge banger Fragen: Hat mir der Mann endlich verziehen? Ist eine Zukunft mit ihm doch möglich? Will er sich mir auf unverfängliche Weise wieder nähern? Wie soll ich mich ihm gegenüber nur verhalten? Bin ich überhaupt daran interessiert, mich wieder auf ihn einzulassen? Braucht er mich, weil er ohne mich nicht leben kann? Oder bin ich etwa die, die ihn braucht? Ist Brauchen überhaupt eine gute Basis für eine Liebesbeziehung? Oder nur ein anderes Wort für Sehnsucht?

Ich befand mich am Rande des Wahnsinn, als mir Gudrun gestand, dass die Buchung eine gänzlich andere Deutung zulassen könnte: *Marcel Langer, 19 Uhr, 2 Personen.*

Dinner for two.

Da befürchtete ich das Schlimmste: Dass mir Marcel mit seiner neuen Flamme unmissverständlich begreifbar machen wollte, wie gleichgültig ich ihm geworden war. Dafür spreche eventuell die weibliche Stimme, die den Tisch reserviert habe, warnte mich Gudrun. Womöglich Krankenschwester Kati, oje. Mit welcher Freude würde sie mir vorführen, dass sich Marcel nun endgültig für die patente Frau entschieden hatte, die ihm keine kleidertechnischen Entgleisungen durchgehen lassen würde!

Damals plante ich, mich an jenem Abend vom Acker zu machen, doch das ließ Gudrun nicht zu. Sie flößte mir Baldriantee und Selbstvertrauen ein und riet mir zu dezentem Make-up. Sowie zu vernünftigen Schuhen, um meinen voraussichtlich weichen Knien Halt zu verleihen. Sollte mich in letzter Sekunde doch noch der Mut verlassen, könnte ich in der Küche verharren und meinen Mitarbeitern den Gastraum überlassen. Niemand könne mich zwingen, meinem Exfreund gegenüberzutreten. Ich verbrachte zwei schlaflose Nächte, in denen ich mögliche Szenarien und Dialoge immer wieder im Kopf durchspielte.

Und dann erwies sich die ganze Aufregung als umsonst: Der angekündigte Marcel Langer entpuppte sich als ein uns gänzlich fremder Belgier, der mit seiner Frau den zehnten Hochzeitstag feiern wollte.

Da hatte ich natürlich nicht ahnen können, dass ein halbes Jahr später der Marcel Langer, den ich kenne, in meinem Restaurant von der bundesdeutschen Polizei des Mordes verdächtigt werden würde. Wäre ich vor ein paar Stunden von dieser Anschuldigung informiert gewesen, hätte ich ihm mein Bruchsteinhaus als Refugium angeboten. Damit wäre er zwar nicht von der Liste der Verdächtigen gestrichen worden, aber wir hätten Zeit gewonnen. Denn wenn die deutsche Polizei seiner nicht habhaft geworden wäre, hätte sie erst ein Rechtshilfeersuchen bei der Staatsanwaltschaft in Nordrhein-Westfalen stellen müssen. Das wäre daraufhin der belgischen Staatsanwaltschaft zugegangen, die Marcels Dienststelle in St. Vith benachrichtigt hätte. Diese hätte einen Offizier der Gerichtspolizei losgeschickt, um Marcel festzunehmen – wenn denn sein Aufenthaltsort bekannt gewesen wäre. In meinem Haus hätte ihn bestimmt niemand gesucht. Über unsere Trennung wussten Marcels Kollegen bestens Bescheid, und keiner hätte gewagt, bei mir nachzufragen. Das wäre jedem seiner Kollegen einfach zu peinlich gewesen.

Aber jetzt, da Marcel in Deutschland festgehalten wird, können sie ihm vielleicht beistehen und ihm mit Recherchen in Belgien helfen. Auch wenn sie in Deutschland offiziell nicht aktiv werden dürfen. Da aber immerhin auch eine Untertanin des Königs ums Leben gekommen ist, könnte es ein übergeordnetes Interesse geben.

Oder noch besser: eins aus Freundschaft. Sein Freund und Kollege Erwin Hannen wird Marcel nicht hängen lassen. Ich werde Erwin sofort anrufen.

Nein, nicht anrufen. Zu viele Erklärungen.

»Entschuldigung«, sage ich zu Maritas Witwer, ziehe mein Smartphone hervor und tippe: *Komm bitte sofort auf die Kehr. Lebenswichtig. Marcel steckt in großen Schwierigkeiten.*

Nach kurzem Zögern setze ich noch *Katja* drunter. Mit meinem Kontakt zu Marcel ist auch der zu Erwin abgebrochen. Wahrscheinlich hat er mich aus Telefon und Leben gelöscht.

Ein Gedanke, der genauso traurig ist, wie der Mann vor mir aussieht, der immer noch aus dem Fenster starrt.

Ich deute auf den Stuhl neben Roland Kölln, der sichtlich aufgeräumt in sein Handy spricht.

»Darf ich Sie einladen, Herr Bausch? Sie haben bestimmt noch nichts gegessen.«

Ich bin gespannt auf seine Stimme. Überraschend tief und wohltönend kommt das Erwartete: »Bitte, ich möchte keine Umstände machen.«

»Machen Sie nicht«, sagt Gudrun und schiebt ihm den Stuhl zurecht. Er setzt sich hin. »Ist alles schon fertig. Huhn oder Hackbällchen nach syrischer Art. Unser Rinderauflauf mit jungem Gemüse ist auch noch da. Und ein Carpaccio aus verschiedenfarbigen Beten. Das Baba Ghanoush schmeckt gut dazu. Ist eine arabische Paste. Möchten Sie auch noch was, Herr Kölln?«

Der Kommissar aus Schleiden steckt sein Handy weg, schüttelt den Kopf und bedankt sich. Er müsse jetzt eiligst in seine Dienststelle zurück, erklärt er, um alles für die Kollegen aus Bonn und Euskirchen vorzubereiten. Und für den Staatsanwalt aus Aachen. Er nickt in den Gastraum. »Heute Nachmittag sind Sie die Meute wieder los, Frau Klein. Hat zwar was gedauert, aber jetzt ist der Wasserschaden endlich behoben. Bei uns in Schleiden kann also alles seinen geregelten Gang nehmen, und Sie sind erlöst.«

Als ob mich eine Entfernung vom wesentlichen Geschehen erlösen könnte! Ganz im Gegenteil. Mir wäre es lieber, die Polizei noch hier zu behalten. Dann könnte ich wenigstens am Rande etwas von den Ermittlungen auffangen, vor allem von denen, die Marcel betreffen. Wenn ich nur ein paar weitere Informationen hätte, könnte ich ganz bestimmt nachweisen, dass er nichts mit den Morden zu tun hat. Das bin ich ihm, unserer alten Verbundenheit und neuen Freundschaft schuldig. Ich muss unbedingt auf eigene Faust Recherchen anstellen. Darin bin ich richtig gut. Weil ich quer dächte, wie Marcel mal angemerkt hat, was die lineare Polizeiarbeit prächtig ergänze. Das hat in früheren Fällen allerdings oft nur deshalb funktioniert, weil ich meinem widerborstigen belgischen Polizeiinspektor vertrauliche Informationen aus der Nase ziehen konnte.

Ich mustere Roland Kölln. Als orts- und szenekundiger Bezirksdienstbeamter wird er die Ermittlungen vor Ort unterstützen und somit auch an Insiderwissen herankommen. Ob er ein paar Brocken davon mit uns teilen würde? Mit mir und Erwin Hannen, der bestimmt bald auftauchen wird? Natürlich möchte ich Kölln nicht in die Bredouille bringen, ihn jetzt aber liebend gern davon überzeugen, den Wasserschaden in Schleiden offiziell noch ein wenig länger andauern zu lassen.

»Meinetwegen muss die Mannschaft nicht abrücken«, sage ich. »Sie hat es hier doch sehr bequem. Vor allem jetzt, wo das mit dem Internet funktioniert. Das Restaurant bleibt sowieso erst mal geschlossen. Warum wollen Sie sich den Umstand des Umzugs antun?«

Kölln lächelt freundlich. »Weil wir in Schleiden für Vernehmungen eingerichtet sind. Ich sage jetzt den Kollegen Bescheid.« Er steht auf.

»Nicht so schnell, Herr Kölln, bei so einem Wasserschaden kann immer noch was nachkommen. Ich spreche aus Erfahrung. Stellen Sie sich nur vor, dass noch ein Rohr bricht und sich ein Sturzbach über alle Dokumente, Protokolle und in die PC-Tastaturen ergießt! Kurzschluss. Alle Arbeit für umsonst. Besser, Sie warten noch ein bisschen.«

Gudrun hat unseren Wortwechsel mit gerunzelter Stirn verfolgt. Ein kleines Lächeln hat sich in ihre Mundwinkel gestohlen. „Nee, Herr Kölln, Sie bleiben bitte hier! Schon weil es so wichtig ist, dass sich unsere Polizei gesund ernährt! Immer nur Burger, Pommes, Pizza und Kunstgebäck! Das geht doch nicht. Dann lieber meine Kartoffelpufferkringel. Ganz was Leckeres. Ich bring Ihnen gleich eine Portion. Den anderen auch. Davon kriegt man Energie. Und man kann beim Essen gemütlich weiterarbeiten. Setzen Sie sich bitte wieder, Herr Kommissar.«

Leider kommt Roland Kölln ihrer Aufforderung nicht nach. »Unglaublich«, sagt er, als er seine Jacke anzieht, »wie Sie bei diesem Durcheinander noch Ihre Küche führen können. Mein Kompliment, die Damen. Danke für Ihr Angebot, aber ich muss los. Ich verspreche Ihnen, auch ohne Uniform bald wiederzukommen. Mit meiner Frau. Und Ihr Restaurant weiterzuempfehlen. Was bin ich Ihnen schuldig?«

»Natürlich nichts«, sage ich. »Wir sind geschlossen, und das ist jetzt unser Privat…« Mir versagt die Stimme. Mit Vergnügen kann ich den Satz in dieser Lage schlecht beenden.

»… Privatleben«, erlöst mich Kölln, bedankt und verabschiedet sich.

Ein mordsmäßiges Privatleben, da hat er recht.

Maritas Ehemann sieht immer noch aus dem Fenster, als ginge ihn alles nichts an.

»Die Bete mit Baba Ghanoush für Herrn Bausch«, entscheide ich, als er mir auf meine erneute Frage, was wir ihm denn servieren dürfen, immer noch nicht antwortet.

Plötzlich bin ich für ihn interessanter als der Ausblick auf meinen Parkplatz, der langsam zuschneit. »Woher wissen Sie das?«

»Was?«

»Dass ich kein Fleisch esse?«

Ich hätte antworten können, dass manchen Vegetarier sein Aussehen verrät. Dem überaus blassen Herrn Bausch fehlen ganz klar ein paar Spurenelemente. Aber er muss ja nicht wissen, dass ich nur eine Vermutung geäußert habe. Ich setze mich auf den Stuhl, den Roland Kölln gerade freigemacht hat, und hole vernehmbar Luft. »Marita …«, sage ich, jede Silbe dehnend. Den Rest eines möglichen Satzes lasse ich in der Luft hängen, hoffend, dass sich Herr Bausch das Richtige dazu denkt.

Es funktioniert.

»Ist das wahr? Marita hat Ihnen wirklich von mir erzählt?« Das Lächeln, das über sein Gesicht fliegt, hebt alles, was eben noch nach unten wies.

Jetzt erst fallen mir seine violetten Augen auf. Und der Kranz von Lachfalten, der in einem früheren Leben entstanden sein muss. Über das gezeichnete, fahle Gesicht legt sich plötzlich die jüngere Version eines Mannes, der seine Welt unter großen Mühen, aber gänzlich vergeblich zu einer besseren hatte machen wollen. Ich schäme mich wegen meiner Hinterhältigkeit. Innerhalb von Sekunden ist mir dieser Verlierertyp geradezu sympathisch geworden.

Ich kann ihn nicht anlügen, will ihn aber auch nicht enttäuschen. »Sie waren mit ihr verheiratet, Herr Bausch«, weiche ich aus. »Und ich war mit ihr befreundet.«

»Sie müssen sehr gut befreundet gewesen sein. Marita redet sonst nie über mich. Nicht mal mit unseren alten Freunden. Ich bin für sie tot, hat sie denen gesagt. Und jetzt ist sie ...«

Keiner von uns ergänzt das fehlende Wort.

»Wer kann ihr das nur angetan haben? Sie war der gütigste Mensch, den ich kenne. Sie hatte nicht einen Feind auf der Welt.«

Sagt der Mann, den sie sich tot gewünscht hat. Warum eigentlich? Wenn Marita und ich schon so gut befreundet waren, wie ich Herrn Bausch jetzt glauben lasse, müsste ich das wissen. Aber ich kenne nicht einmal seinen Vornamen. Vorsichtig eiere ich herum: »Na ja, Herr Bausch ... würden Sie denn sagen, dass Sie sich in aller Freundschaft getrennt haben?«

Eine aufgeregte Stimme enthebt ihn der Antwort: »Linus und Anouk!«

Ich schrecke auf.

Jupp ist aus der Küche herbeigeeilt und legt sichtlich erschüttert eine Pranke auf meine Schulter. Gudrun hat uns das grad erzählt ...«

»Linus!«, rufe ich erschrocken. »Der Hund muss raus! Hab ich völlig vergessen. Ich weiß nicht, ob sich Anouk zutraut, mit ihm Gassi ...«

»Verstanden. Bin schon weg!«

»Marita liebte Hunde«, murmelt Herr Bausch.

Wie zärtlich er doch ihren Namen ausspricht! Er will unbedingt über sie reden. Nun, das kommt mir sehr entgegen. Aber nicht im Moment. »Ich weiß, Herr Bausch. Sie hat sogar meinen in ihr Herz geschlossen. Und das ist ein halber Kampfhund.«

»Ein ganzes Lebewesen«, sagt er versonnen.

Ein anderes tobt plötzlich in den Gastraum – nur so lässt sich Josephines Auftritt beschreiben. Sie klammert sich an Jupp, der seine Jacke bereits von der Garderobe gezogen hat. »Wo wollen Sie hin? Bitte lassen Sie mich hier nicht allein!«

Die Frau ist wirklich hysterisch. Als ob sich der Axtmörder jetzt in mein Restaurant verirren würde. Aber vielleicht fürchtet sie sich vor jemand anderem. Vor Marcel, ihrem Vater, dem unbekannten Wesen? Vor der Polizei? Oder gar vor mir?

»Wir sollten nach Anouk sehen«, brummt Jupp. Erstaunlich, wie er es schafft, in seiner Stimme nicht den Hauch eines Vorwurfs anklingen zu lassen. Ein solcher steckt allerdings in dem Blick, den er mir zuwirft: »Wo sie doch mit dem Hund da drüben ganz allein ist. Und mit ihrer Angst. Wie konntest du nur, Katja.«

Ich schlucke. Jupp hat mich noch nie angeranzt. Das macht mich ehrlich betroffen. »Du hast es doch eben gehört, Jupp. Sie hat keine Angst mehr vor Linus, also reg dich bloß ab.« So aggressiv habe ich ihn noch nie angefahren. Was ist bloß mit uns allen los?

Jupp verharrt in der ihm so fremden Rolle und bleibt laut: »Wie soll so was so einfach weggehen?«

»War nicht einfach.« Ich wende mich an Josephine. »Nichts war heute einfach für Ihre Tochter, Frau Langer.«

Ohne weiteren Kommentar schreitet Jupp auf die Tür zu.

Josephine reißt ihre braune Lederjacke vom Haken. »Da komme ich mit!«

»Ob das wirklich eine so gute Idee ist …« Ich stehe so schnell auf, dass mein Stuhl hintenüber kippt. »Bleiben Sie lieber hier. Herr Esch macht das schon.«

»Eine Mutter muss bei ihrer Tochter sein.«

»Da war die Tochter heute aber anderer Meinung.«

»Sie haben keine Kinder!« Mit diesem Totschlagargument rauscht sie aus der Tür.

»Freuen Sie sich auf unser vegetarisches Spezialgericht«, sage ich schnell zu Herrn Bausch, der meinen Stuhl wieder aufgerichtet hat. »Ich bin gleich zurück.«

Anouk würde es als Verrat werten, wenn ich ihre Mutter in mein Haus ließe. Das Mädchen hat Vertrauen zu mir gefasst, das darf ich keineswegs enttäuschen.

Ich hole Jupp und Josephine gerade noch rechtzeitig ein, um ihnen mit meinem Körper die Haustür zu versperren.

»Ihr wartet hier!«

Als ich sicherheitshalber von innen abschließe, kommt Linus winselnd auf mich zugelaufen.

»Braver Hund. Du darfst gleich raus. Anouk?«

Natürlich rechne ich nicht mit einer Antwort. So schnell wird das Mädchen seine Stimme nicht wiedergefunden haben.

»Hallo?«

Diesmal schaue ich zuerst im Schlafzimmer nach. Dann renne ich in Panik durch Bad, Wohnzimmer, Küche und Arbeitszimmer. Die Luke zum Dachboden ist geschlossen. Linus folgt mir und stürzt ins Freie, als ich in der alten Melkküche die Hintertür öffne. Ich sehe keine Spuren im Schnee. Aber es gibt noch etwas anderes, was ich nicht sehe. Mein Herzschlag setzt einen Moment aus. Wie habe ich nur vergessen können, dass es auch hinter meinem Wohnhaus einen Hackblock gibt? In dem normalerweise ein Beil steckt. Das ist jetzt verschwunden. Genau wie Anouk.

Als **Sechstes** wird
erst eine Befürchtung verwässert,
dann eine Autorität infrage gestellt;
Unterschätztes kommt mit
einem Hauch von Süße schräg daher,
dann breitet sich Schärfe aus.

Schwarzwurzeln in Vanillesauce:

Schwarzwurzeln schälen, in schräge Scheiben schneiden und in Zitronenwasser legen. Gefügelfond und Sahne mit einer Vanilleschote aufkochen und auf die Hälfte reduzieren lassen. In der Restflüssigkeit die geschnittenen Schwarzwurzeln garen und mit Zitronensaft, einem Hauch Zimt, einem Klacks Honig sowie Chiliflocken und Salz abschmecken und mit geröstetem Sesam bestreut servieren.

Drei Schritte vor, drei Schritte zurück, wieder drei vor, drei zurück. Wie von fern höre ich das Hämmern an meiner Haustür und Josephines Rufen. Drei Schritte vor, drei zurück. Ich halte mir den Kopf. Er würde sonst zerspringen. Zu viel, was da jetzt in mein wehrloses Hirn flutet. Niagarafälle schrecklicher Ahnungen. Wasserschaden, Dachschaden. Anouk und das Beil. Meine Güte, ich muss mich zusammenreißen. Hände weg vom Kopf! Schau nicht auf den Tanz der Dämonen da drinnen, sondern auf die Wirklichkeit vor dir!

Die aber beschwichtigt nichts, denn jetzt blicke ich auf meinen abgedeckelten, alten Whirlpool. Jacques Uhsi hat ihn Marcel früher mal genannt. Ach, wie gern habe ich mich in Schneewinternächten in seinen warmen Sprudeln geaalt! Mich in einem Eifeler Sternenhimmel verloren, den kein Restlicht trübte.

Jetzt aber sieht die verschlossene runde Badewanne bedrohlich aus. Wie ein überirdisches Grab. *Es schwimmt eine Leiche im Landwehrkanal.* Weg mit dem alten Berliner Gassenhauer! Hoch mit dem Deckel!

Ich halte die Luft an und zwinge mich, in den Pool hineinzublicken. Ausatmen, wieder einatmen. Im Wasser liegt nichts Totes, ganz im Gegenteil, hier riecht es streng nach Leben und seiner unendlichen Vermehrung. Nie zuvor habe ich die Ausdünstungen von Milliarden Bakterien als so tröstlich empfunden.

»Geh weg, Linus!«

Ich schubse seine Vorderpfoten vom Rand des Whirlpools und lasse den Deckel befreit runterknallen. Fehlt grad noch, dass sich der Hund vergiftet. Die unsichtbaren Mikroben werde ich später killen.

Killen, oh Gott. Die kurzzeitige Erleichterung weicht augenblicklich wieder meiner Hauptsorge. Wo steckt mein Beil, wo Anouk?

Und wo ist sie gewesen, bevor sie gestern zu uns in die *Einkehr* gekommen ist? Etwa auf dem Hof an der Kehre? Was sollte sie da denn gewollt haben? Hat sie sich auf der Suche nach dem angeblichen Aufenthaltsort ihres Opas womöglich dorthin verirrt? Marita in einem unglücklichen Augenblick am Hackblock erwischt und aus Sprachlosigkeit zugeschlagen? Nein, nein, nein! Unmöglich, verpisst euch, ihr bösen, bösen Hirngespinste! Das Kind ist gestört, aber es tut keiner Fliege was zuleide. Hat sogar ein Herz für flügelgeschädigte Plastikengel. Anouk hat nicht zum Beil gegriffen. Jemand hat sich Anouk gegriffen. Und das Beil. Anouk ist nicht die Gefahr, sie ist *in* Gefahr. Und vorm Haus schreit ihre Mutter. Was soll ich nur tun?

»Katja?«

Die Umrisse eines Yetis stapfen auf mich zu. Klar, Jupp kennt die Hintertür meines Bruchsteindomizils. Ich hebe die Arme.

»Anouk ist weg.«

»Wie weg?«

»Weg wie nicht mehr da, Jupp!«

»Weil du sie mit Linus allein gelassen hast!«

»Mit dem Beil ...«, murmele ich.

»Mit was?«

Vielsagend blicke ich zum Hackblock.

»Gut, dass die Axt weg ist, Katja.«

»Gut? Spinnst du?«

Jupp läuft rot an. In seine Augen tritt ein mir sehr vertrauter Ausdruck. Mit diesem entschuldigt er sonst jedem alles, findet für die absurdeste Handlung eine liebevolle Rechtfertigung und lädt Schuld auf sich, wo er schuldlos ist.

»Hätte ich es dann nicht tun sollen?«

»Tun? Du, Jupp? Was hast du getan?«

Ich stütze mich an der Hauswand ab. Verordne meinem Hirn einen Schlussfolgerungsstopp.

Verzweifelt sieht mich Jupp an, ringt die riesigen Hände und fahndet nach Worten.

»Komm schon! Wovon sprichst du nur, Jupp?«

»Ich war das, Katja.« Er atmet tief aus. »Hab das Beil weggeholt. Alle Beile hinter allen Häusern auf der Kehr. Vorhin. Gleich, als ich das von Marcels Frau hörte. Liegen alle in meinem Auto. Damit nicht noch was passiert. War das falsch?«

Mit meinem Kopfschütteln schleudere ich das ganze Paket übler Fantasien ins Universum und umarme Jupp so herzlich wie seit Langem nicht mehr. Anouk ist nichts passiert. Sie ist einfach nur davongelaufen.

»Wo ist meine Tochter?«

Natürlich hat es Josephine vor dem Haus nicht mehr gehalten. Atemwölkchen ausstoßend stolpert sie über die unebene Weide auf uns zu, hebt anklagend die Arme und blickt mit wilden Augen um sich. Ich hebe ergeben meine Schultern. Was mir leicht fällt, da die schwerste Last jetzt von ihnen abgefallen ist. Anouk und das Beil befinden sich an unterschiedlichen Orten.

»Scheint, sie ist abgehauen. War ihr hier wohl zu langweilig.«

»Abgehauen? Wohin?«

Ich deute nach Deutschland zum Hof hinter der Kehre.

»Ich denk mal, zu ihren neuen Freunden.«

Das wäre eine Möglichkeit. Eine andere, etwas wahrscheinlichere formiert sich gerade in meinem Kopf. Anouk hätte Linus wohl mitgenommen, wenn sie die paar Schritte zu den Syrern rübergegangen wäre. Ich glaube eher, dass sie dem Campingplatz einen Besuch abstattet, um ungestört ihre Siebensachen einzusammeln.

Als Marcel seine Enkelin vorhin bei mir abgesetzt hat, ist sie ohne Handgepäck ausgestiegen. Seinen spärlichen Informationen habe ich entnommen, dass sie gestern Abend nach einem Riesenkrach mit der Mutter den Campingplatz Hals über Kopf verlassen hat. Wie wenig sie geneigt ist, den Rest ihrer Weihnachtsferien mit ihrer Erziehungsberechtigten zu verbringen, hat sie ja mehr als deutlich kundgetan. Sie mag zwar ungewöhnlich genügsam sein, aber Wäsche zum Wechseln wird sie brauchen. Vielleicht auch noch ein Plüschtier, einen MP3-Player, eine Blockflöte oder ein Buch. Da Josephine und Uwe Brix derzeit dem Tohuwabohu in der *Einkehr* ausgesetzt sind, könnte sie in aller Ruhe Richtung Kronenburger See gelaufen sein, um sich ihren Krempel zu holen.

Aber wo würde sie danach hinwollen? Wohl kaum in Marcels kleine Wohnung in St. Vith. Dass sie bei mir bleibt, würde ihre Mutter nie zulassen und ich eher nicht wünschen. Mir reicht schon die Verantwortung für ein vierbeiniges Lebewesen. Rasch verdränge ich die Erinnerung an all die verwahrlosten Straßenkinder meiner alten Heimatstadt Berlin. Halbwüchsige, die davonlaufen, haben selten ein Ziel. Sie wollen nur weg. Alles Fremde, was da draußen auf sie warten könnte, halten sie für erträglicher als das ungeliebte Vertraute. Und so nimmt manche Katastrophe ihren Lauf. Ich werde Anouk schnell einfangen und notfalls eben bei mir aufnehmen müssen.

»Kommen Sie!« Josephine zerrt an Jupps Arm. »Wir müssen da jetzt rüber!«

Jupp sieht mich fragend an.

»Arbeitsteilung«, schlage ich vor. »Ihr geht nach drüben, und ich fahr runter zum Camping und schau nach, ob sie vielleicht zurückgegangen ist.«

»Bestimmt nicht!«, faucht mich Josephine an und setzt mit quengeliger Stimme hinzu: »*Euch beiden viel Glück, ich komm nie zurück.*«

»Das meint sie nicht so. Kinder sagen viel«, entgegne ich hilflos.

»Anouk nicht.« Sie fasst Jupp an den Arm. »Los, wir gehen!« Es sieht beinahe so aus, als zöge die zierliche, junge Frau den Riesen mit sich fort.

Ich scheuche Linus wieder ins Haus, schließe die Hintertür ab und stelle dem Hund was zum Fressen hin. Im Badezimmer ist der Spiegel beschlagen und der Schmutzrand an der Wanne noch feucht. Anouk muss gerade erst ein Bad genommen haben. Was mich nicht nur aus hygienischen Gründen sehr beruhigt: Sie kann also noch nicht weit gekommen sein.

Den Hund lasse ich drin und meine Haustür unverschlossen. Für den unwahrscheinlichen, aber möglichen Fall, dass das Mädchen nur kurz Luft schnappen gegangen ist und gleich wieder zurückkehren wird. Sollte sie zum Campingplatz marschiert sein, werde ich sie schnell aufgabeln können.

Ich will gerade in mein hochbeiniges Allradmonster steigen, als ein belgischer Polizeijeep in meine Einfahrt brettert. Mit quietschenden Bremsen macht er direkt vor meinen Zehen Halt. So schnell habe ich Polizeiinspektor Erwin Hannen noch nie aussteigen sehen.

»Punktlandung«, begrüße ich meinen alten Freund und hebe anklagend einen Fuß.

»Ist ja noch dran. Tach, Katja. Was ist jetzt mit Marcel?«

Ich nicke zur *Einkehr* rüber. »Wird drüben von der deutschen Polizei festgehalten.«

»Was?«

»Er steht unter Mordverdacht, Erwin. Weil er seine Exfrau tot hinter der *Einkehr* aufgefunden hat. Mit einem Beil im Kopf.«

Erwin sieht mich sprachlos an.

»Geh schnell rüber, bevor ihn die deutsche Polizei nach Schleiden abführt und dort einbuchtet!«

Hinter Erwins Brille werden die Augen sehr schmal. »Häh? Unmöglich!«, stößt er hervor. »Das dürfen die gar nicht!«

»Dann halt sie auf, Mann! Marcel ist doch kein Mörder. Du musst ihm …«

Ohne das Ende meines Satzes abzuwarten, wirft sich Erwin wieder in den Wagen. Dass der Eifeler möglichst nicht zu Fuß geht, weiß ich, aber dass einer das Auto nutzt, um die Straße zu überqueren, ist mir neu. Wie auch das Bild eines belgischen Polizeifahrzeugs, das auf bundesdeutschem Gebiet einen Mannschaftswagen der NRW-Polizei blockiert.

Der belgische Beamte rangiert auf dem vollen Parkplatz noch ein bisschen herum, bis er auch zwei weiteren offiziellen deutschen Wagen ein Fortkommen unmöglich gemacht hat. Ich eile zu Fuß hinüber.

»So«, sagt Erwin befriedigt, als er aussteigt. »Keiner kann mehr durch. Jetzt holen wir den Marcel heim.«

Ich deute auf seinen Wagen. »Ziemlich dreist, Erwin! Noch dazu in Uniform auf deutschem Boden. Hast du keine Angst, einen internationalen Zwischenfall auszulösen?«

»Den leite ich gleich in der *Einkehr* ein. Wir Belgier müssen zusammenhalten. Vor allem gegen euch Deutsche.«

Als ob wir immer die Übeltäter wären. »Sagt ein Mann aus dem Land, dessen marodes Atomkraftwerk in Tihange mein eigenes Leben bedroht! Ich hab mich sogar schon mit Jodtabletten gegen euren Drecksmeiler eingedeckt, als ob das was nützen würde!«

»Hast du nicht gesagt, das Leben von Marcel ist bedroht? Viens avec! Los, Katja!«

Ich zögere kurz. Was ist jetzt vorrangig? Anouk aufzuspüren oder Marcel zur Seite zu stehen?

In einem guten Restaurant ist Timing oberstes Gebot. In extremen Lebenssituationen auch. Nach meinem Badezimmerorakel kann Anouk vor allerhöchstens einer Viertelstunde aufgebrochen sein. Wenn sie niemand im Auto nach Kronenburg mitgenommen hat, wird sie jetzt noch nicht mal Hallschlag erreicht haben. Da kann ich mir einen kurzen Abstecher in mein Restaurant erlauben. Außerdem muss ich unbedingt mein Handy holen, das ich bei meinem eiligen Aufbruch vorhin auf dem Tisch vor Herrn Bausch liegen gelassen habe.

Dieser blickt von seinem Baba Ghanoush auf, als ich mit Erwin das Restaurant betrete, und beschenkt mich mit einem versonnenen Blick. Womöglich schmeckt es ihm. Das würde mich freuen.

Ich schnappe mir mein Handy. »Ich habe jetzt leider zu tun, Herr Bausch, wir können nachher weiterreden. Über das, was mir Marita so alles über Sie erzählt hat.«

Die Aussicht auf ein solches Gespräch wird ihn an seinen Stuhl fesseln. Aber wieso will ich, dass er hierbleibt? Warum habe ich diesem traurigen Mann einen Köder hingeworfen? Wo es doch gerade an allen Enden brennt und ich in den nächsten Stunden bestimmt keine Zeit für ein Schwätzchen haben werde. Schon gar nicht für eins, bei dem ich lügen müsste. Was ist nur in mich gefahren?

Die Erkenntnis dämmert ziemlich schnell: Ich bin schlimmer als die deutsche Polizei. Ich nehme Leute fest, ohne dass es ihnen auffällt. Weil keiner, der auch nur im Entferntesten irgendwas mit den grauenvollen Morden zu tun haben könnte, jetzt mein Restaurant verlassen darf. Marcel natürlich auch nicht. Alle Kräfte müssen gebündelt werden, um diesen Fall innerhalb der nächsten Stunden zu lösen. Eine weitere Nacht der Unsicherheit wäre schwer zu überstehen. Wir Frauen mittleren Alters möchten morgens nicht mit dem Gedanken aufwachen, wie erfreulich es doch sei, kein Beil im eigenen Kopf stecken zu haben. Um sich gleich danach bang zu fragen, ob es diesmal womöglich wieder eine Freundin getroffen haben könnte. Dieser Albtraum muss ein Ende nehmen und zwar heute noch!

Mit so viel Mann- und Frauenpower vor Ort sollte uns das doch gelingen. Mitten in meine Überlegungen platzt die wohltönende Stimme von Herrn Bausch. »Danke, Frau Klein. Ich bleibe gern noch ein wenig. Und werde gleich ein interessantes vegetarisches Gericht probieren. Schwarzwurzeln in Vanillesauce. Klingt nach einem Abenteuer, aber Frau Gudrun hat es mir sehr ans Herz gelegt.«

Nicht nur die Wärme in seinen Worten lässt mich aufhorchen. Wie pikant, in dieser Lage, »Frau Gudrun« mit »Abenteuer« und »Herz« zu verbinden! Ist Herr Bausch etwa jetzt schon auf der Suche nach einer neuen, patenten Partnerin? Augenblicklich ziehe ich die Reißleine: »Frau Arndt kennt sich mit Gemüse aus. Vor allem mit jungem. Ihr Stiefsohn ist Veganer.«

Ihr »künftiger« Stiefsohn wäre korrekter, aber es erscheint mir angebracht, hier eine deutliche Ansage zu machen.

»Und weil ihr Mann Texaner und sie eine brave Eifeler Frau ist, kennt sie sich auch mit Rind aus. Wenn Sie mich jetzt bitte entschuldigen würden, Herr Bausch.«

Am Nebentisch sind jetzt Marcel und der Bonner Hauptkommissar in ein Gespräch vertieft. Um uns herum wogen geräuschvoll Wellen der Ermittlungsarbeit. Nichts deutet darauf hin, dass die deutsche Polizei im Begriff ist, ihren Stützpunkt Kehr nach Schleiden zu verlagern.

Der Bonner steht auf und lächelt Erwin an. »Ah, noch ein belgischer Kollege! Sie sind doch nicht etwa dienstlich ...«

Erwin beachtet den deutschen Hauptkommissar überhaupt nicht. »Allez hopp, Marcel, wir gehen!«

»Nein, bitte, das geht nicht, Herr ...«

»Polizeiinspektor Hannen«, stelle ich schnell vor.

»... Herr Hannen. Ihr Kollege muss vorerst leider hierbleiben.«

Erwin stemmt die Hände in die Hüften. »Er muss überhaupt nichts! Marcel Langer ist ein freier Mann, ein Bürger des Königreichs Belgien, und er kann gehen, wohin er will, wann er will!«

»Die Situation erfordert ...«

»... einen starken Verdacht!«, schneidet ihm Erwin das Wort ab. »Und einen Rechtsbeistand, wenn die Beweislage erdrückend ist. Sie wollen Polizeiinspektor Langer festnehmen? Wo ist denn dann Ihr Staatsanwalt oder Untersuchungsrichter? Sie können einen belgischen Staatsbürger, noch dazu einen Polizeibeamten, nicht so einfach in Deutschland behalten! Und ihn schon gar nicht mit zu Ihrer Dienststelle holen und da festsetzen! Das ist Freiheitsberaubung und illegal. Sollten Sie eigentlich wissen, Herr Kommissar. Abmarsch, Marcel! Wenn die Herren was von dir wollen, sollen sie sich an den offiziellen Dienstweg halten.«

Zu solcher Hochform habe ich Erwin noch nie auflaufen sehen. Seine sonst immer fröhlichen Augen funkeln bedrohlich. Ich bin sehr beeindruckt. Und hoffe gleichzeitig, dass Erwins Strategie nichts fruchten wird. Er soll Marcel beistehen und nur dafür sorgen, dass er in der *Einkehr* bleibt und nicht nach Schleiden, Euskirchen, Bonn, Aachen oder in eine andere zuständige deutsche Stadt verfrachtet wird.

»Wir haben Herrn Langer nicht festgenommen.«

»Na, dann ist ja alles klar. Komm, Marcel, wir gehen rüber zu Katja eins trinken auf den Schreck. Ist ja furchtbar, was hier so alles passiert ist.«

Dafür, dass er bis jetzt nur einen Bruchteil der Furchtbarkeiten kennt, wirkt er sehr überzeugend.

Marcel schüttelt den Kopf und klopft auf die Stuhllehne neben sich.

»Setz dich, Erwin. Schön, dass du bis hier gekommen bist. Ich brauche dich dringend. Aber nicht, für mich hier rauszuhauen.«

»Wozu denn sonst?«, frage ich und schiebe mir ebenfalls einen Stuhl an den Tisch.

»Um einigen Dingen in Belgien nachzugehen. Das kann ich von hier aus schlecht erledigen.«

»Dann komm doch einfach mit und geh der Sache selbst nach!« Erwin schlägt auf die Tischplatte. Die Gläser klirren, als würde abermals eine Kuhherde vorbeigaloppieren. »Die dürfen dich nicht hier festhalten, das weißt du doch selbst am Besten.«

»Ich möchte aber hierbleiben.«

»Freiwillig? Warum in Gottes Namen?«

»Um den Kollegen zu helfen. Erwin, meine Exfrau ist hier in Deutschland umgebracht worden. Und gestern noch eine andere Frau.«

»Zwei Morde in zwei Tagen?«

»Ja.«

»Hast du die andere Frau etwa auch gekannt?«

»Nee.«

Erwin atmet aus. »Quel malheur, das alles, Marcel, aber was hast du damit zu tun?«

»Ich habe der deutschen Polizei den Tod der beiden Opfer gemeldet.«

»Im ersten Fall hat sich das einfach so ergeben«, setze ich erklärend hinzu. »Und im zweiten … da war es ein irrer Zufall. Claudia hatte bei mir übernachtet …«

»Claudia? Ist das Marcels Exfrau?«

Der Unterton in Erwins Stimme gefällt mir gar nicht, aber wie soll er auch so schnell begreifen können, was in den vergangenen vierundzwanzig Stunden hier vorgefallen ist? Das wächst sogar denen über den Kopf, die dabei waren. Zum Beispiel mir. Ich mühe mich, Ordnung in die Chronologie zu bringen. »Ja, Erwin, wir haben uns gut verstanden. Claudia ist gestern Abend hier aufgetaucht, dann mit zu mir rüber und hat bei mir geschlafen. Aber als Marcel heute Morgen mit Anouk zu mir kam …«

»Anouk? Wer ist denn das schon wieder?«

»Marcels Enkelin.«

»Marcel hat keine Enkelin, was redest du da, Katja?«

Zu viel durcheinander offensichtlich. Warum überlässt Marcel mir das Reden?

»Sag doch auch was, Marcel!«

»Wo ist Anouk?«

»Anouk«, wiederhole ich. »Oje, das ist jetzt eine ganz andere Baustelle.«

»Meine Enkelin ist keine Baustelle.«

»Was? Du hast wirklich eine Enkelin?« Erwin fasst sich an den Kopf.

Gut, dass ich hier nicht die einzige Verwirrte bin. Aber für mich kann ich nicht geltend machen, dass ich die Hauptpersonen dieses Dramas nicht kenne.

Der Bonner Hauptkommissar, der sich im Stehen alles interessiert angehört hat, räuspert sich. »Mir scheint, bei Ihnen allen besteht erheblicher Gesprächsbedarf. Klären Sie das erst mal untereinander, ich habe zu tun. Und schicken Sie mir das Mädchen her.« Er lächelt Marcel zu und nickt nach Belgien hinüber. »Bitte nicht weglaufen.«

»Natürlich nicht. Ich habe Ihnen mein Wort gegeben.«

Erwin packt ihn an der Schulter »Dein Wort? Was für ein Wort?«

Marcel klopft Erwin begütigend auf die Hand, die sich nur zögerlich zurückzieht. »Hör mal, Erwin, zwei Kapitalverbrechen auf der Kehr. Eins an der Mutter meiner Tochter. Weshalb findest du es da verwunderlich, dass ich in der Nähe der Leute bleiben möchte, die diese Morde aufklären sollen?«

Ich atme erleichtert aus. So habe ich mir das vorgestellt. Marcel wird den Verdacht gegen sich entkräften können, wenn er mit zusätzlichen Informationen gefüttert wird. Die ihm nur die deutsche Polizei liefern kann. Mit Blick auf die belgischen Verdächtigen könnte Erwin über das berüchtigte Nationalregister bestimmt auch Entlastendes herausfinden. Das ergibt Sinn und ist sehr vernünftig. Marcels Freund scheint allerdings noch nicht so recht überzeugt zu sein.

»Was wirst du denn gewahr werden, wenn die dich hier in den Prisong stopfen?«

»Werden sie nicht.«

»Wieso bist du dir da so sicher?«

»Weil ich den Deutschen mein Wort gegeben habe, dass ich mich nicht aus der *Einkehr* fortbewegen werde, bis der Fall geklärt ist.«

»Und das glauben sie dir? Ich würde nicht freiwillig bleiben.«

»Da ich, wie du gerade so schön ausgeführt hast, mich jederzeit vom Acker hätte machen können und es nicht getan habe, glauben sie mir.«

»Moment mal«, breche ich ein. »Was heißt das, dass du dich nicht aus der *Einkehr* fortbewegen wirst? Wie lange glaubst du denn, dass das hier alles dauern wird?«

Marcels Blick tanzt durch den Gastraum zum Flur. »Dein Hinterzimmer«, sagt er leise und greift über den Tisch nach meiner Hand. »Könnte ich da für ein Weilchen logieren? Jedenfalls für so lange, bis wir wissen, was wirklich passiert ist? Hättest du eine Zahnbürste und ein Handtuch für mich? Und ein Stück Seife?«

Wie schnell sich doch die Wärme einer fremden Hand im eigenen Körper ausbreiten kann! Aber es ist ja gar keine fremde Hand. Auch wenn ihr Druck anderthalb Jahre lang nur eine wunderschöne, traurige Erinnerung gewesen ist. Schon bitter, dass erst Unheilvolles geschehen muss, um dieses außergewöhnliche Gefühl wieder in der Gegenwart erleben zu dürfen.

Erwin steht auf. »Du erzählst mir gleich von vorn, was alles passiert ist, Marcel. Ich komm direkt wieder, sag erst mal Gudrun und Hein guten Tach.«

Auch das liebe ich an der Eifel. In meiner alten Heimat Berlin werden Gefühlsregungen anderer unerbittlich kommentiert, und somit wird mancher Zauber zunichtegemacht. Der hiesige Menschenschlag reagiert entschieden verhaltener: Er schweigt und verdrückt sich.

Marcel hält immer noch meine Hand. Unterm Tisch schiebe ich meine Füße langsam weiter vor, bis sie seine Schuhspitzen berühren. Schweigend blicken wir einander in die Augen. Viele würden dies als einen magischen Moment bezeichnen, ich bin da eher prosaisch und will einfach nur weiter ungestört Händchen halten und träumen. Ich muss Anouk suchen, flüstert ein Stimmchen in meinem Kopf, aber ich kann Marcel einfach nicht loslassen. Er mich auch nicht.

Uwe Brix bricht den Bann. Seine Stimme klingt durch das akustische Gewirr an den polizeilich besetzten Nebentischen plötzlich zu uns durch: »Ein Rendezvous ist ein Kontaktpunkt zwischen zwei nebenläufigen Prozessen zur Übergabe von Daten.«

Was der Mann Hein damit sagen will, ist mir absolut rätselhaft. Jedenfalls würde ich ein Rendezvous anders definieren.

»Ein Kontaktpunkt«, sagt Marcel nachdenklich und lässt meine Hand los. »Geh bitte, Katja, und bring sofort Anouk rüber. Hol Erwin mit. Falls sie nicht will. Zu zweit schafft ihr es schon, sie bis hierhin zu bringen. Das ist ganz wichtig.«

»Wieso?«

»Wirst du gleich erfahren. Hol sie!«

»Sie ist nicht da, Marcel.«

Sein Gesicht wird auf einen Schlag aschfahl. Wieder greift er nach meiner Hand, aber diesmal so grob, dass es schmerzt.

»Sag, dass das nicht wahr ist! Wo ist sie?«

Ich reiße meine Hand los. »Weiß ich nicht. Sie ist einfach abgehauen. Ich wollte sie grad suchen fahren.« Die Tonlosigkeit meiner Stimme erschreckt mich selbst.

»Um Gottes willen! Anouk ist verschwunden?« Er springt auf und rauft sich die ohnehin schon zerzausten Haare.

»Fahr los sie suchen, Katja, sofort! Auf was wartest du noch!«

Niemand kann so viel Stress ab wie Marcel. In jeder extremen Situation ist er sonst immer die Ruhe selbst.

Warum dreht er jetzt durch? So außer sich habe ich ihn noch nie erlebt. Vorgestern hat er noch gar nicht gewusst, dass es Anouk gibt, und heute tickt er aus, wenn sie einen Spaziergang macht? Kann plötzliche Großvaterschaft einen Menschen so grundlegend verändern?

»Ganz ruhig, Marcel. Wo soll das Mädchen hier schon hin? Ich denke, sie ist zum Campingplatz gegangen, um ihre Sachen zu holen.«

»Geh! Such sie! Sofort!«

»Was ist denn hier los?«

Erwin ist wieder an unseren Tisch getreten. Ich hebe die Schultern und mühe mich, gleichmütig zu klingen.

»Nur ein überbesorgter Opa.«

»Nein«, keucht Marcel. »Es geht um was ganz anderes.«

Gespannt warten wir, bis er wieder normal atmen und reden kann.

»Es geht um eine SMS.«

»Anouk hat doch gar kein Handy«, sage ich.

»Eben«, erwidert er. »Sie benutzt die Geräte von anderen Leuten.«

»Und?«

»Sie hat Claudia eine SMS geschrieben. Heute Morgen. Ganz früh. Um sieben.«

»Was für eine SMS?«, fragt Erwin.

»Dass sie Hilfe braucht und Claudia sofort zur *Einkehr* kommen soll. Zur Hintertür.«

Als **Siebtes** wird in Rechtsräumen,
Vergangenheit und Gegend herumkutschiert,
zum Schluss eine Fuhre Mist verabreicht,
die jedoch nach einer neuen schlechten Nachricht
rasant abtransportiert wird.

Eine Fuhre Mist:

Was von der Woche übrig geblieben ist oder die Vorratskammer noch hergibt, wird in die eingefettete Auflaufform gepackt. Also gewürztes Hack, Bratwurstscheiben, grüne Bohnen, Tomaten, Zwiebeln, Champignons, Maiskörner, Porreeringe und Apfelschnitze, mit Sahne, Brühe und Wein angießen, im Ofen bei 200 Grad etwa fünfzig Minuten lang brutzeln lassen, dann klein gehackten Gouda drüberstreuen und zehn weitere Minuten im Ofen bräunen lassen.

Es dauert einen Augenblick, bis sich Marcels Worte in meinem Hirn zu einer vernünftigen Aussage zusammenfinden. Aber was heißt hier vernünftig - Anouk soll ihre Oma mit einer SMS in einen Hinterhalt gelockt haben? Nein, daran glaube ich keine Sekunde. Was nichts daran ändert, dass ich zutiefst erschrocken bin.

»Aber deine Enkelin war doch die ganze Zeit bei dir!«, fahre ich Marcel an.

Er nickt und sackt so in sich zusammen, wie das im Stehen gerade noch geht.

»Kopf hoch, Marcel! Dann hat sie also ein Alibi! Und du auch!«

Erwin wiegt sein ergrautes Haupt. »Nicht unbedingt. Wäre sich zu denken, dass zwei Menschen an einem Verbrechen beteiligt sind«, bemerkt er mit einer Sachlichkeit, die mich erschüttert. Auf welcher Seite steht er eigentlich?

»Genau, Herr Kollege. Der Lockvogel schreibt die SMS, der andere schlägt zu«, fügt der Bonner Kommissar an, der von irgendwoher plötzlich wieder an unserem Tisch aufgetaucht ist.

Am liebsten würde ich ihm den Kaffeebecher aus der Hand hauen. »Das glauben Sie doch nicht wirklich! Dass Herr Langer zugeschlagen hat!«

»Hier geht es nicht um Glauben, liebe Frau Klein, sondern um Fakten. Und die SMS ist leider einer.«

Leider. Was für eine Heuchelei. Die liebe Frau Klein fragt sich, seit wann die Polizei eine heiße Spur bedauert!

Der Beamte winkt zum Fenster hin. »Im Übrigen empfehle ich Ihnen dringend, Herr Hannen, Ihren belgischen Dienst-Pkw so zu parken, dass er niemanden behindert. Wir müssten ihn sonst abschleppen lassen. Und das wäre der Zusammenarbeit unserer Dienststellen sicherlich nicht förderlich.«

»Welche Zusammenarbeit?«, knurrt Erwin. Er wendet sich an Marcel: »Du bestehst also darauf, dich den Deutschen selbst auszuliefern?«

»Was heißt hier *ausliefern,* Herr Hannen, wir sind doch nicht im Krieg!«

»Den würden Sie auch diesmal nicht gewinnen«, erwidert Erwin grimmig, rasselt mit dem Schlüsselbund und verlässt das Lokal. »Bin gleich zurück, Marcel, red dich bloß nicht um Kopf und Kragen!«

»Wir Belgier vom Grenzland sind gebrannte Kinder«, bemerkt Marcel. »Hinweise auf den Krieg sind der Zusammenarbeit auch nicht förderlich.«

Mehr Informationen zum Hinweis im aktuellen Fall erscheinen mir dringlicher. »Was ist denn jetzt mit dieser SMS?«, bedränge ich Marcel. »Hat Anouk die von deinem Handy aus geschickt?«

Er schüttelt den Kopf.

Der Kommissar betrachtet ihn nachdenklich. »Das wissen wir noch nicht. Die Nummer ist unterdrückt.«

»Aber Sie werden doch herausfinden können, von wo aus die Nachricht abgeschickt worden ist?«

»Sind wir gerade dabei. Dauert noch was.« Der Kommissar sieht sich um. »Wo ist denn jetzt das Mädchen? Die sollte doch längst hier sein.«

»Am Campingplatz. Ich fahr sie jetzt holen«, improvisiere ich schnell.

Die Tür fliegt auf. Ein Nachbar stürzt herein, der sich normalerweise nie in der *Einkehr* blicken lässt. Was ich ihm nicht »für böse hole«, wie so mancher Eifeler sagen würde, weil seine Frau mit ihren Freundinnen aus dem Dreiländereck hier einmal in der Woche zum internationalen Coujonturnier kommt. Bei diesem grenzspezifischen Kartenspiel setzen Deutschland und Belgien ihre Ehre ein. Diejenige, die auf dem Tisch verloren geht, wird mit einer Lokalrunde wiederhergestellt. Ob das bei den Männern, die sich zum etwas komplizierteren Tuppen im Kronenburger Lokal *Pfeffer & Salz* treffen, auch so leicht zu bewerkstelligen ist, kann ich nicht beurteilen. Ebenso wenig, ob sie mein Lokal meiden, weil hier ihre Frauen spielen oder weil es von einer Frau betrieben wird. Einer Frau im Alter der beiden Frauen, die innerhalb von zwei Tagen auf der Kehr ermordet worden sind. Und im Alter der Gattin des Hereinstürmenden.

Der hält sich nicht mit Vorreden auf, sondern stürzt auf den deutschen Polizisten an unserem Tisch zu und schreit: »Kommen Sie! Ist was Schreckliches passiert!«

Nein, nicht schon wieder! Meine Hände fliegen zu

Marcel hinüber. Er drückt beide fest, macht sich wieder gerade, zieht mich an sich und flüstert mir grimmig ins Ohr: »Was soll schon passiert sein? Ich bin ja hier in deutschem Polizeigewahrsam.«

»Bitte beruhigen Sie sich«, sagt der Bonner, der selbst alles andere als beruhigt aussieht. »Was ist passiert?«

»Weiß ich nicht! Mein Beil ist weg!«

Mir plumpst ein Stein vom Herz.

»Und wo ist Ihre Frau?«, fragt der Kommissar.

»Das ist ja das Schlimme! Auch weg!«

»Die ist bestimmt einkaufen.« Ich drücke den Mann auf den Stuhl, auf dem ich gerade noch gesessen habe.

»Aber mein Beil …«

»Keine Panik! Das war Jupp. Der hat alle Beile hinter allen Häusern auf der Kehr weggeholt.«

Weggeholt. Ist mir in der Aufregung rausgerutscht. Man wandelt sprachlich eben nicht unberührt unter Eifelern, wenn man so lange hier lebt wie ich. »Jetzt hole ich dir erst mal einen Schnaps, Herr Nachbar«, entsinne ich mich der hochdeutschen Bedeutung des Ursprungsverbs.

Was Marcel augenblicklich konterkariert: »Den bringe ich, Katja. Und du bringst Anouk direkt hierhin. Nu los, geh schon!«

Gudrun kommt mit einem Tablett aus der Küche. Ihre Augen verschleiern sich, als sie Marcel mit der Aquavitflasche am Buffet sieht. »Wie in alten Zeiten«, ruft sie mit völlig unangemessener Fröhlichkeit. »Denk an den Eichstrich, Marcel!«

Als ob wir den jemals beachtet hätten!

»Sie sind ein wahrer Sonnenschein, Frau Gudrun«, höre ich Herrn Bausch säuseln. »In diesen finsteren Zeiten.

Und Ihre Schwarzwurzeln mit Vanille sehen wunderschön aus.«

Erst als ich Herrn Bauschs Blick folge, fällt mir auf, dass Gudrun über ihren schwarzen Strumpfhosen einen für sie ungewöhnlich kurzen, hellen Rock trägt. Wird höchste Zeit, dass David zurückkommt. Das habe ich ihm gestern Nachmittag auch am Telefon geraten.

»Einkaufen«, murmelt der Nachbar und lässt sich auf den Stuhl fallen. »Das kann sein. Gibt ja heute die Sonderangebote. Und wenn Jupp das Beil weggeholt hat ...«

»Rufen Sie Ihre Frau doch an!«, fordert ihn der Kommissar auf.

Verständnislos blickt ihn der betagte Kehrer an. »Wie denn? Die holt doch kein Telefon beim Einkaufen mit! Wo ist Jupp? Der kann doch nicht einfach mein Beil ...«

»Aus Vorsorge, Herr Nachbar. Damit das Schlimme hier nicht noch mal passiert«, sage ich, als ich mir meine Jacke überwerfe. »Er bringt es dir nachher zurück. Die Zeiten haben sich geändert. Wir alle sollten unsere Beile nicht mehr im Hackblock stecken lassen.«

Der Mann nickt. »Da hast recht, Katja. Die Zeiten haben sich geändert. Mit all den Fremden, die jetzt hier sind ... Wo die sich doch in den Flüchtlingsheimen schon gegenseitig abstechen und man überhaupt so schlimme Dinge hört.« Er springt auf. »Hier haben wir ja auch welche. Das war ganz bestimmt einer von denen!«

Ich bekomme Gänsehaut. Aus mehreren Gründen. Einen hatte ich angesichts der aktuellen Gefährdungslage von Marcel völlig verdrängt. Die *finstere* Gestalt, die Gudrun bei den Syrern gesehen hatte, der mutmaßliche Schlepper. Es widerstrebt mir zutiefst, gerade jetzt damit rauszurücken, aber ich will nicht beschuldigt werden, die Ermittlungsarbeiten zu behindern.

»Worauf wartest du noch, Katja, bring Anouk endlich hierhin!«

»Sorry, Marcel, da ist noch was Wichtiges. Herr Kommissar, kann ich Sie mal eben unter vier Augen sprechen?«

Wie sich schnell herausstellt, ist die Polizei bereits über den Mann informiert und stellt diesbezüglich Nachforschungen an. Mehr will mir der Beamte dazu nicht sagen. Er fordert mich auf, Anouk augenblicklich herbeizuschaffen.

Den Campingplatz von Hallschlag am See habe ich noch nie besucht, aber von der Straße nach Kronenburg aus lässt sich erahnen, wie weitläufig er ist. Ich wüsste gar nicht, wo ich dort mit dem Suchen anfangen sollte. Also eile ich zu Uwe Brix, der jetzt allein an einem kleinen Tisch in der Ecke vor seinem Notebook sitzt und mit unglaublicher Rasanz die Tastatur bespielt. Ich tippe ihm leicht auf die Schulter.

Er zuckt zusammen.

»Entschuldigung, können Sie mir beschreiben, wo genau Ihr Wohnwagen steht?«

»Wohnwagen? Was für ein Wohnwagen?«

»Na der, in dem Sie Urlaub machen. Auf dem Campingplatz am Kronenburger See.«

Er rückt die Brille gerade und fährt sich mit den Fingern durchs kurze, blonde Haar. »Ach so. Kein Wohnwagen. Wir haben eines der Chalets gemietet. Ist komfortabler im Winter. Warum?«

»Weil ich glaube, dass Anouk dort ist. Ein Häuschen, also. Hat Anouk einen Schlüssel?«

»Natürlich nicht.«

»Also könnte sie da gar nicht rein, um ihre Sachen zu holen?«

Er sieht mich ratlos an. »Entschuldigen Sie bitte, Frau Klein, ich weiß nicht, worauf Sie hinauswollen.«

Natürlich nicht. Im Kosmos seines Notebooks hat er sich dem Chaos um sich herum entzogen. Wie sich der Buddhist in die Meditation versenkt, so entfleucht der Nerd in die digitale Welt. Abschalten durch Einschalten. Der Polizei scheint Brix internettechnisch jedenfalls nicht mehr behilflich zu sein, sonst wäre ihm die Suche nach Anouk wohl kaum entgangen. Ich setze ihn schnell ins Bild, allerdings ohne die SMS zu erwähnen: »Die Polizei braucht von ihr dringend eine Aussage.«

Er streckt den Rücken, reckt die langen Arme, sodass es in den Schultern gehörig knackt und seufzt. »Ach, Anouk. Schon wieder abgehauen? Ich hatte so gehofft, dass sie sich mit Josie endlich wieder verträgt.« Er starrt auf den Monitor mit Tabellen voller Zahlen. »Ich hätte mitgehen sollen. Mir gegenüber ist sie nicht so bockig. Aber ich hab mich extra zurückgehalten, damit sich die beiden wieder näherkommen.« Er blickt zu mir auf. »Und Sie glauben, das Mädchen ist jetzt zum Camping gegangen? Dann wird ihr Herr Schreiner bestimmt aufschließen. Der schmeißt den ganzen Laden und hält auf alles ein Auge. Anouk kennt er natürlich.«

Herr Schreiner würde also auch auf mich ein Auge halten. Und mit ziemlicher Sicherheit den Mund öffnen, um mir Fragen zu stellen, für deren Beantwortung mir die Zeit fehlt. Besser, ich nehme Uwe Brix gleich mit. Der lässt sich tatsächlich vom Bildschirm losreißen.

Ich halte die Tür für Erwin auf, als wir das Restaurant verlassen. »Dein Umparken hat aber lange gedauert!«

»Musste ja ganz bis Belgien.« Er winkt mit seinem Handy zur anderen Straßenseite hinüber, wo sein Jeep wieder ordnungsgemäß auf belgischem Boden steht. Erwins Gesicht ist gerötet. Der Mann sieht überhaupt sehr verfroren aus. Ich mustere ihn nachdenklich. Erwin hat nicht nur die Grenze übertreten, sondern hier draußen rumgelungert. Vielleicht hat er sich den Tatort hinter dem Haus angesehen. Oder an der frischen Luft telefoniert. Oder den Reifen eines deutschen Polizeifahrzeugs durchstochen.

Mein forschender Blick entgeht ihm nicht. »Ist sonst noch was?«, fragt er ungeduldig und steckt sein Handy weg. »Ich will rein, ich hab kalt.«

Eben.

»Wer ist dieser Mann?«, fragt Uwe Brix. Bevor wir die Straße überqueren, zündet er sich eine Zigarette an.

»Ein Freund von Josephines Vater.«

»Gut, dass auch die belgische Polizei einbezogen wird. Kräfte bündeln, darauf kommt es an. Verbrecher kennen keine Grenzen.«

Kann es wirklich sein, dass Brix an seinem Katzentisch nichts von der lautstarken Auseinandersetzung zwischen den deutschen und belgischen Ordnungshütern mitbekommen hat?

»Oh, wir sind schon da!«, ruft er überrascht, als ich auf meinen Wagen deute. »Wohnen Sie etwa hier?«

»Ja. Sie dürfen im Auto weiterrauchen, Herr Brix.«

»Das ist sehr freundlich von Ihnen. Haben Sie denn einen Aschenbecher? In den neuen Autos gibt es die ja leider nicht mehr.«

»Im Handschuhfach«, antworte ich. Die Erinnerung an verräucherte Fahrten mit Marcel stimmt mich wehmütig. Seit anderthalb Jahren ist dieser Aschenbecher nicht mehr hervorgeholt worden. Wird Marcel darin jemals wieder einen Zigarillo ausdrücken? »Herz, sei still«, murmele ich.

»Wie bitte?«

»Herzlich«, sage ich und schnalle mich an. »Würden Sie Ihr Verhältnis zu Anouk so bezeichnen?«

»Herzlich nun nicht gerade«, antwortet er. »Das Mädchen lässt ja keinen an sich ran. Ich glaube, sie duldet mich nur, weil ich ihr wenigstens zeitweise die Mutter vom Hals halte. Anfangs habe ich noch versucht, zwischen Josie und ihr zu vermitteln. Aber das habe ich längst aufgegeben.«

Ich lasse den Wagen an und warte, bis der Wischer die dünne Schneeschicht auf der Windschutzscheibe weggefegt hat.

»Weshalb sind die beiden eigentlich so überquer?«

»Die Pubertät, denke ich. Und bei Josephine die Menopause. Da kracht's eben.«

»Wie bitte?« Ich würge fast den gerade erst gestarteten Motor ab. »Josephine ist doch erst Mitte dreißig!«

»Schon«, sagt er tonlos. »Aber nach der Totaloperation letztes Jahr …«

»Oh«, sage ich, weil mir dazu nichts anderes einfällt. Nur dass Josephine eine furchtbar schwere Zeit durchgemacht haben muss, und weit und breit kein Vater da gewesen ist, um Trost zu spenden. Aber das sage ich natürlich nicht. Schließlich hatte Josephine damals noch eine Mutter.

Die mir gestern Nacht viel über ihre Schlüsselfabrik und die beruflichen Ambitionen der Tochter erzählt hat, aber überhaupt nichts von deren gesundheitlichem Problem. Irgendwie merkwürdig.

»Josephines Mutter war in dieser schweren Zeit doch bestimmt eine große Stütze?«, frage ich vorsichtig, als wir an dem Stall vorbeifahren, aus dem gestern die Kühe ausgebüxt sind.

»Eher weniger«, antwortet Uwe Brix genauso vorsichtig. »Die lebt doch nur für den Betrieb.«

»Lebte«, erinnere ich ihn.

»Lebte«, echot er und schlägt sich gegen den Kopf. »Das ist echt unfassbar. Wer tut so etwas nur! Und warum?«

»Sagen Sie es mir! Sie kannten Claudia doch besser als ich. Hatte sie Feinde?«

»Ehrlich gesagt ...« Er bricht ab.

»Ja?« Ich sehe zu ihm rüber. Er hat die Brille abgesetzt und reibt sich die Augen.

»... kannte ich sie fast überhaupt nicht«, setzt er leise nach. »Ich habe sie nur einmal getroffen. Josies Mutter war nicht im Geringsten am Privatleben ihrer Tochter interessiert.«

Ja, das passt zu dem, was mir Claudia gesagt hat. Sie hatte mir den Freund ihrer Tochter als eines der vielen, vorübergehenden menschlichen Phänomene im Leben ihrer Tochter beschrieben.

Warum soll ich mir die Namen von ständig wechselnden Männern merken? Der jetzige heißt Udo, glaube ich. Ganz nett, aber genauso belanglos und austauschbar wie alle seine Vorgänger.

»Aber Sie wissen, warum sie Josephine aus dem Betrieb geworfen hat?«

»Klar. Das war eine wirklich drastische Maßnahme. Josie wollte den Laden doch nur modernisieren und profitabler machen. Aber ihre Mutter war dagegen. Der war Tradition wichtiger.«

Mit Schwung nehme ich die Kurve hinter dem Hof, den die Kleins betreiben, die nicht mit mir verwandt sind. »Konnten sich die beiden denn nicht auf einem Mittelweg treffen?«

»Das habe ich Josie auch vorgeschlagen, bevor es zum großen Knall kam«, erwidert er. »Aber sie wollte ihr Ding unbedingt durchziehen. Das war eine Sache zwischen Mutter und Tochter. Ich hab mich da nicht reingemischt.«

»Wie bei Anouk und Josie ja auch nicht. Das ist sicher das Klügste.« Ich winke der Frau des ehemaligen Hallschlager Bürgermeisters zu, die gerade vor dem Haus ein neues Rentiergespann in die fantasievoll gestaltete Weihnachtslandschaft setzt. Deren unzähligen, bunten Lämpchen ist zu danken, dass man zu dieser Jahreszeit weder des Nachts noch bei dichtestem Nebel von der Straße abkommt.

»Nach all den Jahren im Familienunternehmen muss das für Josephine sehr schlimm gewesen sein. Was macht sie denn jetzt?«

»Die Buchhaltung in meiner Firma. Bald wird es ja auch ihre sein. Wir wollen dieses Jahr heiraten.«

»Ach!« Ich bin ehrlich verblüfft. »Wusste Frau Langer, ich meine Claudia, dass es Ihnen beiden so ernst war?«

»Das hätte sie sich denken können. Schließlich sind wir schon seit vier Jahren zusammen. Zu unserer Verlobungsfeier haben wir sie aber nicht eingeladen, da war das Verhältnis schon viel zu zerrüttet. Wie gesagt, für Josies Mutter gab es nur den Betrieb.«

»Und Anouk«, werfe ich ein. »Hatte sie nicht einen besonderen Draht zu ihrer Enkelin?«

»Hat Anouk das gesagt?«, fragt er.

Nein, natürlich nicht. Das weiß ich nur von Claudia. Allerdings schien das Mädchen heute Morgen durchaus erfreut zu sein, ihre Oma bei mir antreffen zu können. Und dann dieser kolossale Schock. Mein Gott! Ich hätte Anouk aufhalten sollen, hinter das Restaurant zu rennen. Und mich danach nicht meiner eigenen Erschütterung hingeben, sondern mich um das Kind kümmern sollen. Dieses grauenvolle letzte Bild ihrer Oma wird auf ewig in ihr Gedächtnis eingebrannt sein. Kein Wunder, dass sie verstummt ist, kein Wunder, dass ... sie nur noch weg will. Ein böser Zufall, der ihre Schritte ausgerechnet jetzt auf die Kehr gelenkt hat. Man könnte glatt an den Teufel glauben. Oder aus Herrn Brix noch was rauskitzeln.

»Wissen Sie, weshalb Anouk gerade gestern unbedingt ihren Opa kennenlernen wollte? Und woher sie wusste, dass sie ihn in meinem Restaurant finden könnte?«

Gäbe es so etwas wie ein trauriges Lachen, würde es sich wohl so anhören wie das Geräusch, das Uwe Brix jetzt hervorbringt. »Frau Klein! Sie und Herr Langer sind doch richtige Berühmtheiten im Netz. Bei all den Verbrechen, die Sie hier schon aufgeklärt haben! Schauen Sie da denn nie rein?«

Nein, warum sollte ich das tun? Ich weiß von Hein, dass die unglückseligen Vorkommnisse der vergangenen Jahre auf Facebook und sonst wo im Internet ihren Niederschlag gefunden haben, aber die Welt der digitalen Flüchtigkeit interessiert mich nicht sonderlich. Was bei uns geschehen ist, brauche ich nicht nachzulesen. Ich war schließlich mittendrin, auch wenn ich mich dabei manchmal auf dem Holzweg befunden habe. So wie jetzt im Herzen von Hallschlag offenbar auch.

»Nein, nein, nein! Nicht ganz runterfahren, Frau Klein!« Herr Brix packt mich leicht am rechten Arm und hindert mich daran, den Blinker einzuschalten. »Jetzt müssen Sie unten wenden und dann gleich vor der Kirche links …«

Er verstummt, als ich den Rückwärtsgang einlege und so den Hügel das kleine Stück zurückdüse. Hallschlag ist zur Mittagszeit viel zu ausgestorben für jegliche Art von Straßenverkehr. Herr Brix zieht hörbar die Luft ein.

Er atmet erst aus, als mein Allradmonster mit der Kühlerhaube in Fahrtrichtung um die Kirche biegt. »Und dann bitte rechts in die Bahnhofstraße«, flüstert er. Einen Bahnhof gibt es in Hallschlag schon lange nicht mehr. Die einstige Trasse verläuft neben der Straße. Erst in diesem Jahr ist sie dem Kyll-Radweg zugeschlagen worden, was den von Trier anrollenden Zweiradtouristen den Anstieg Richtung Losheimergraben erleichtert und uns außerdem zusätzliche Gäste beschert.

Am Eingang des Campingplatzes haben drei Flaggen vor dem nasskalten Wetter schlappgemacht, aber die deutsche, die europäische und die niederländische sind trotzdem noch zu erkennen.

»Sind wohl viele Holländer hier«, sage ich zu Brix, als er mir den Chip reicht, mit dem ich die Schranke der Anlage öffnen kann.

»Klar. Die suchen Grundstücke zum Kaufen für wenn ihr Land überschwemmt wird. Aber es gibt hier vor allem Fußballverrückte.« Davon zeugen die zahlreichen Clubfahnen auf den Parzellen. Keine Mauer zwischen Schalke und Dortmund. Auf dem Eifeler Campingplatz scheinen sie dicht nebeneinander doch in friedlicher Koexistenz leben zu können. Das macht Hoffnung.

»Und jetzt nach links!«

»Haben Sie etwa so etwas gemietet?« Ungläubig betrachte ich die Pfahlbauten zur Linken. Bei jedem führt eine extrem steile Leiter zu einem grob gezimmerten, winzigen Blockhäuschen.

»Natürlich nicht. Das sind die Baumhäuser für Kinder. Weiter geradeaus, hier sind die Chalets, das letzte Haus!«

Ich staune über die beiden E-Bikes, die auf der überdachten Holzterrasse vor dem weißen Häuschen angekettet sind. Ganz schön mutig, in dieser Jahreszeit so sportlich unterwegs zu sein. Aber so sind die jungen Leute heute. In deren Alter haben wir geraucht, gesoffen, unbekümmert Fettes und Süßes in uns hineingestopft und diskutierend oder protestierend herumgesessen. Sport war nur was für Kinder, Olympioniken und ein paar verschrobene Außenseiter. Sogar Tanzen war als schweißtreibende Tätigkeit verpönt. Wettbewerbe wurden grundsätzlich mit dem Geist ausgetragen. Der Begriff des optimierten Körpers hätte uns damals sehr befremdet und wohl eher an ein physikalisches Experiment denken lassen.

Die Eingangstür zum Chalet ist verschlossen. Brix zückt seinen Schlüssel, geht kurz hinein und kommt kopfschüttelnd wieder raus. Die wenigen Sachen von Anouk sind alle noch da.

»Vielleicht ist sie drüben in der *Almhütte*«, überlegt er, als er sich wieder zu mir in den Wagen setzt.

»*Almhütte?*«

»Das Bistro, da vorn am Eingang.«

Kein Wunder, dass hier so viele FC-Bayern-Fans Urlaub machen. Angesichts der großen Holzbaracke müssen die sich glatt wie zu Hause fühlen.

»In den Alpen abgerissen und hier wieder aufgebaut?«, frage ich.

Nein, erwidert Brix, diese Almhütte sei ein Gruß aus dem nahen Köln. Vor ihrem Endlager in der Eifel habe sie in der Domstadt zwanzig Jahre lang den Weihnachtsmarkt auf dem Neumarkt bayerisch eingefärbt.

Die große Hütte ist offen, aber niemand hält sich an den Holztischen auf. Auf einer Tafel wird zum Abendessen *eine Fuhre Mist* empfohlen.

»Klingt ausgesprochen appetitlich«, sage ich.

»Schmeckt aber ganz gut«, versichert Uwe Brix. »Ist alles Mögliche drin und wird in einer kleinen Schubkarre serviert.«

Tolle Idee, aber als Anregung für die *Einkehr* nicht verwertbar. Unser Laden ist schon rustikal genug.

»Hier ist sie nicht, vielleicht drüben, bei Herrn Schreiner.«

An der unbesetzten Rezeption ziehe ich mein Handy hervor. Vielleicht ist Anouk ja doch bei den Syrern im Hof an der Kehre. Aber ich erreiche nur Jupps Mailbox. Ich bitte Uwe Brix, Josephine anzurufen.

Während er meiner Aufforderung nachkommt, studiere ich die Plakate in der Rezeption. *Klimafreundlich ecozertifiziert* ist diese Anlage also, was immer das bedeuten soll. Auf einem anderen Poster stolpere ich über ein Wort, das mich zunächst erschreckt: *Schlepperfreunde.* Der Campingplatz ist ihr Treffpunkt.

Ein Bild von fröhlichen Männern auf bunten Treckern löscht die schlimme Assoziation jedoch sofort wieder aus.

»Was?«, ruft Uwe Brix ins Telefon. »Wann ist das denn passiert?«

Ich gebe ihm ein Zeichen, das Handy auf laut zu stellen.

Die blecherne Stimme von Marcels Tochter überschlägt sich. »… vorhin, gleich als wir gekommen sind …«

»Josephine, hier ist Katja Klein«, melde ich mich und nehme Brix das Handy ab. »Bitte noch mal von vorn. Ist Anouk bei Ihnen?«

»Nicht mehr! Sie war da, als wir zum Haus gekommen sind. Dann hat sie mich gesehen und ist davongerannt. Ich versteh das alles nicht. Was habe ich dem Kind nur angetan …«

»Wo ist sie hingelaufen?«

»Weiß ich nicht. Ging alles so schnell. Sie sieht mich und ist – zack – weg. Der riesige Mann ist ihr dann hinterher …«

»Jupp. Und der hat sie nicht wieder eingefangen?« Sehr unwahrscheinlich, dass Anouk Jupp entwischen konnte. Allerdings sind die Kinder heute ja noch sportlicher als ihre Eltern. Und Jupp ist auch nicht mehr der Jüngste.

»Keine Ahnung. Deswegen bin ich ja so durcheinander. Der Mann ist auch nicht wiedergekommen.«

Und geht nicht an sein Handy.

»Dann hat er sie bestimmt eingeholt und redet ihr jetzt gut zu«, sage ich

Uwe Brix zieht nervös an seiner zweiten Zigarette.

»Genau. Ist bestimmt alles in Ordnung, Josephine«, ruft er ins Handy.

»Nichts ist in Ordnung! Hier läuft ein Mörder frei rum und mein Kind auch!«

»Bitte beruhigen Sie sich doch, Josephine. Herr Esch ist ein sehr besonnener Mann. Er wird Anouk beschützen, glauben Sie mir. Bleiben Sie, wo Sie sind. Wir kommen jetzt sofort zu Ihnen.« Ich sitze schon im Auto. »Einsteigen und festschnallen!«, rufe ich Uwe Brix zu und lasse den Motor aufheulen.

Gut, dass sich für den Staat Verkehrskontrollen in diesem Teil der Eifel nicht lohnen. Auf der schadhaften Straße zur Kehr gebe ich noch mehr Gas. Ich kenne hier jedes Schlagloch und jede Kurve. Innerhalb von wenigen Minuten halte ich mit quietschenden Bremsen am Hof in der Kehre.

Uwe Brix, noch blasser als er ohnehin schon ist, steigt aus. Er zündet sich die Zigarette an, deren Filter er während unseres Höllenritts zwischen den Zähnen zermalmt hat. »Mit Ihnen fahre ich nie wieder!«, bringt er hervor und bricht in wildes Husten aus.

Und ich in hysterisches Gelächter.

Denn das, was uns auf dem kleinen Weg neben dem Hof jetzt entgegentrottet, ist wirklich das Letzte, was ich erwartet hätte.

Als **Achtes** werden erst im Galopp
uralte Eifelepochen heraufbeschworen,
dann Riten der aktuellen Jahreszeit,
bis schließlich ein ordentliches Donnerwetter
einiges bereinigt.
Dadurch aber gerät wiederum
anderes ins Schwimmen,
und neue Abgründe tun sich auf.

Forellenpfannkuchen mit Ziegenfrischkäse und Bärlauch:

Geräucherte Forellenfilets zerdrücken, mit feingehacktem Bärlauch oder Bärlauchpesto und Ziegenfrischkäse zu einer Creme verrühren, die mit scharfem Orangensenf (der Ziegenkäse mildert die Schärfe), Limettensaft, Salz und Pfeffer abgeschmeckt wird.
Dünne Pfannkuchen mit der Forellencreme bestreichen, aufrollen, auskühlen lassen und mit einem Messer in etwa drei Zentimeter dicke Ringe schneiden.

Früher war nicht alles besser, schon gar nicht hier am Fuß der Schneifel im bitterarmen Grenzland. Dessen Bewohner haben die Gräuel von zwei Weltkriegen hautnah miterlebt. Vom letzten zeugen immer noch die vielen Bunker auf der Kehr sowie die Drachensteine der Höckerlinie des einstigen Grenzwalls. Als hier einst Truppen aufmarschierten und Bomben explodierten, verzogen sich die Dorfbewohner in die Wälder. Heute sehen diese mancherorts allerdings so aus, als wären schon wieder Panzerkolonnen hindurchgedonnert.

Vollernter pflügen kreuz und quer durch den Forst, schlagen Schneisen durchs Gebüsch, verwandeln Wege in Schlammwüsten, zerstören Wurzeln, zerquetschen Kleinstlebewesen, hinterlassen an Stämmen nahe den Rückegassen Kampfspuren und nach einem Ölwechsel vor Ort auch schon mal Schadstoffe im Waldboden. Die

Natur mag ja keine Grenzen kennen, der Naturwald, den der Nationalpark Eifel vor einigen Jahren ausgerufen hat, hingegen leider schon: Vor unserem Dreiländereck ist dieser Ruf bislang verhallt, da gewollte Wildnis die zahlreichen Sägewerke in der Nachbarschaft schädigen würde. Ökonomie schlägt Ökologie.

Natürlich wurden hier auch zu Zeiten meines Großvaters Bäume gefällt, aber die Not zwang damals zu sanfteren Maßnahmen: »Früher haben die Leute ihr Holz mit Ochsen aus dem Wald gekarrt oder Kühe vor den Wagen gespannt«, hat mir ein Altbauer mal erzählt.

Letzteres erscheint mir unvorstellbar angesichts der dickfleischigen, großeutrigen Milchlieferanten, die heutzutage ihre zarten Fesseln schon beim Weiden immer wieder durch Hinlegen entlasten müssen. Zu einer Zeit, da sich die Kuh noch als Zugtier nützlich machen konnte, freute man sich über die zwölf Liter, die sie täglich abgab. Heute hätte der Bauer erst bei siebzig Litern pro Kuh und Tag Grund zum Jubeln, triebe ihm nicht der unverschämt sinkende Milchpreis Tränen in die Augen. *Eine Kuh macht Muh, zwei Kühe machen Mühe* – und fünfzig einen Landwirt mit Familie inzwischen bankrott. Das Exportverbot nach Russland hat hier manchem Hof den Todesstoß versetzt. Schon weil man die Kühe nicht mal mehr zu Zugtieren umschulen kann.

Als solche dienten in grauer Vorzeit die Rückepferde. Obwohl sich in dieser Gegend kaum jemand die kräftigen Kaltblüter leisten konnte, von den Besitzern der alten Poststation im nahen Losheim mal abgesehen. Deren einstiger Wohlstand ist historisch betrachtet allerdings weit weniger bemerkenswert als die Tatsache, dass hier von Mitte des 19. Jahrhunderts an mehr als vierzig Jahre lang eine unverheiratete Frau die Lizenz für den einstmals größten Posthof der Eifel innehatte. Als mir Hein kürzlich die Geschichte dieser einzigartigen Posthalterin Preußens erzählte, musste ich zweimal nachfragen, ehe sich mir ihr Vorname erschloss. Vielleicht, weil ich mich inzwischen daran gewöhnt habe, dass in der Westeifel alle Namen unerbittlich auf der ersten Silbe betont werden, also *Mar*cel, statt Mar*cel*, *Ni*cole, statt Ni*cole*, *Del*haize, statt Del*haize*. Doch im Fall dieser *Königin der Eifel* zog Hein den einzigen Buchstaben der zweiten Silbe ihres Vornamens in die Länge: Sal*o*me Strasser hätte, wie er stolz berichtete, 1856 sogar zweimal einen Preußenprinzen bewirtet. Der spätere Kaiser Wilhelm I. soll hier auf der Fahrt nach Aachen die Pferde gewechselt haben. Zweifellos haben neben den edlen Reittieren im Stall des Posthofs auch jene kaltblütigen Gäule gestanden, deren Rasse der Prähistorie entstammen soll.

Wie auch dieser mächtige gedrungene Ardenner, der jetzt einige Meter vor Uwe Brix und mir gezügelt wird und dessen Ladung mich in hysterisches Wiehern hat ausbrechen lassen. Was für ein Fellpaket schleppt Jupp da nur an?

»Lach meinen Jumbo bitte nicht aus«, sagt Jupp vom nicht sehr hohen, dafür aber extrem breiten Ross herab. »Er weiß selbst, wie uralt er geworden ist.« Er klopft dem grau gewordenen einstigen Rückepferd auf die gigantische Flanke und lässt dabei den Fellhaufen vor sich los. »Mehr als doppelt so alt wie du, Anouk, dreiunddreißig Jahre, kannst du dir das vorstellen?«

Staunend betrachte ich das Köpfchen, das sich unter dem vergilbten Schafsfellhaufen freischüttelt. »Alle Mädchen lieben Pferde.« Jupp steigt ab. »Anouk ist also ganz normal«, sagt er zu Uwe Brix, der seine Brille abgenommen hat und mit zusammengekniffenen Augen das kolossale Tier genauso fassungslos anstarrt wie das vor einigen Wochen Karim und Ahmed getan haben.

Am Martinstag hatte Jupp als Heiliger Mann verkleidet auf Jumbo den Umzug angeführt, bei dem auch Kinder vom Hof an der Kehre mitgewandert sind. Unsere erwachsenen Syrer hatten jedoch weniger Augen für ihre Sprösslinge, die stolz die mit Marita gebastelten, bunten Laternen schwenkten als für den tierischen Eintonner mit den stämmigen, langhaarigen Beinen, dem kurzen Hals und dem massiven Gesäß.

»Araber kennen eben nur Araber«, hatte Hein dazu ein politisch etwas fragwürdiges Statement abgegeben.

Ich kriege mich wieder ein und zupfe Jupp am Ärmel.

»Wir haben uns Sorgen gemacht! Du hättest mich anrufen sollen!«

Jupp deutet zum Haus.

»Entschuldigung, Katja, ging nicht. Hab mein Handy drin liegen lassen, als ich Anouk hinterher bin. Ist doch alles in Ordnung. Alle Mädchen lieben Pferde. Sind wir eben nach Losheim runtergefahren, für auf ihm zurückzureiten. Komm runter, Anouk.«

Er will sie herabheben, doch widerstrebend klammert sich das Mädchen an der Mähne fest.

»Trab mit ihr zur Einkehr«, fordere ich Jupp auf. »Da wird sie dringend gebraucht.« Wohlweislich meide ich das Wort Polizei.

»Nouk, Nouk!«

Der kleine Hakim kommt aus dem Haus gestürzt, hinter ihm seine Mutter. Als Alima ihren Sohn einfängt, lässt der Fünfjährige ein abgegriffenes, großes Bilderbuch fallen. Ich hebe es auf und reiche es dem Kind zurück. Das hält den Einband hoch, auf dem ein mit viel Lametta geschmückter Tannenbaum prangt: »Nouk! Grün!«

Ich räuspere mich, gebe mir einen Ruck und spitze die Lippen.

»*O Tannenbaum, o Tannenbaum, wie grün sind deine Blätter …*« Mit einer Handbewegung fordere ich Anouk auf, meine Misstöne zu korrigieren. Wäre doch zu schön, dem Mädchen zumindest einen gesungenen Laut zu entlocken. Doch ihr Mund bleibt fest verschlossen.

Nicht der ihrer Mutter, die inzwischen auch herbeigeeilt ist. »Gott sei Dank! Da ist sie ja! Komm sofort da runter, Anouk, aber flott!« Sie zerrt am räudigen Fell und reißt die Hälfte herab, ohne das Mädchen vom Pferd zu trennen. »Was ist das überhaupt für eine schrecklich stinkende Kottel?«

»Papas alter Mantel«, erwidert Jupp betroffen. »Für dass sie es warm hat. War das beste Fell im Stall.«

Das wahrscheinlich schon seit vielen Jahrzehnten als Pferdedecke hat herhalten müssen, so wie das unförmige Teil aussieht. Jupp muss die Statur von seinem Vater geerbt haben. Seine Mutter, eine zierliche Frau, habe ich noch gekannt.

»Tu doch endlich was!«, fährt Josephine Uwe Brix an.

Der hebt die Schultern, hält sich also wie immer ganz raus.

Das finde ich irgendwie verdächtig. Kann ich ihm sein totales Unbeteiligtsein wirklich abnehmen, so wie er es mir gegenüber ständig behauptet und die ganze Zeit demonstriert hat? In Krimis erweisen sich ja gerade die Unauffälligen oft als Täter, diejenigen, die man nicht auf dem Schirm hat. Die sich scheinbar raushalten. Bei den realen Verbrechen hier auf der Kehr war das nicht der Fall, aber was heißt das schon! Wenn Marcel und Anouk jetzt als Verdächtige gehandelt werden, dann muss das bis zum Beweis des Gegenteils auch für alle anderen gelten, inklusive dem betont sich aus allem heraushaltenden Herrn Brix. Erwin soll mal das Nationalregister anzapfen, in dem Informationen über alle Bürger des Königreichs gesammelt werden. Vielleicht findet er dort bei Uwe Brix einen Hinweis auf ein mögliches Mordmotiv.

»Kommen Sie!« Ich fordere Josephine auf, zu mir in den Wagen zu steigen. »Herr Esch wird Anouk jetzt im Galopp zum Restaurant transportieren.«

Da hielten sich schließlich genügend Männer auf, um ihre Tochter vom Pferd zu heben, sage ich, als wir zu dritt wieder losfahren. Ich bin höchst gespannt, zu welchen neuen Erkenntnissen die gebündelte Polizeimacht in der *Einkehr* gekommen ist.

Aber zunächst wartet vor der Tür eine andere Überraschung auf mich. Nachbar Klaus, Martin Quetschs Vater, will zwischen zwei Polizeifahrzeugen gerade eine riesige Nordmanntanne abladen.

»Schenk ich dir«, sagt er, »damit ihr hier auch mal was Schönes habt nach all diesen schrecklichen Dingen. Vielleicht kommt ihr da auf andere Gedanken.«

Ich bedanke mich, lehne aber sein Angebot ab, den Baum gleich ins Lokal zu tragen. Ich wüsste gar nicht, wo wir den da jetzt aufstellen sollten. »Ehrlich gesagt, habe ich auch nicht vor, das Restaurant vor Weihnachten wieder zu eröffnen. Der Schock sitzt einfach noch zu tief.«

»Verstehe ich gut, wenn das Fest für euch dieses Jahr ausfällt.« Klaus lässt die Hand sinken, mit der er gerade auf mein Haus jenseits der Straße deuten wollte. »Dann nehm ich das Ding eben wieder mit.«

»Warte, Klaus. Ich hab da so eine Idee.«

O Tannenbaum, o Tannenbaum …

Ich unterbreite meinem großzügigen Nachbarn einen Vorschlag.

»Wenn du meinst«, sagt Klaus zweifelnd, »aber Muslime feiern doch nicht Weihnachten.«

»Macht nix. Der Tannenbaum ist schließlich kein christliches Symbol, sondern ein urdeutsches. Ist bestimmt gut für die Integration.«

»Da hast du recht. Dann sollten wir denen aber noch was Schmuck vorbeibringen. Was meinst du? Vielleicht lieber keine Engel?«

»Die gibt es im Islam bestimmt auch. Krippenfiguren werden sie nicht beleidigen, schließlich verehren die Muslime Jesus als einen ihrer bedeutendsten Propheten.«

»Stimmt«, sagt der belesenste Bauer, dem ich je begegnet bin, »der kommt bei ihnen gleich nach Mohammed, Noah und Abraham. Dann bring ich die Tanne direkt rüber. Aber ich habe noch was für dich, Katja. Mit all den Leuten da drinnen kommt ihr ja nicht zum Einkaufen. Und hungrige Polizisten können unangenehm werden, meint Anneliese.« Rasch greift er ins Auto und reicht mir eine große Papiertüte. »Forellen aus meinem Weiher. Könnt ihr gleich so aufessen. Sind geräuchert …« Er bricht ab und starrt mit großen Augen auf die Straße.

Ich folge seinem Blick. »Das ist unser berittener Bote, Klaus. Der liefert hier ein Fellpaket ab, genauer gesagt Marcels Enkelin.« Habe ich da eben einen Blitz gesehen? Oder könnte das etwa ein Vorbote des grauen Stars sein? Wie Uwe Brix reibe jetzt ich mir die Augen.

»Marcel hat eine Enkelin?«

»Kann nicht jeder vier haben, Klaus, und die Frau, die jetzt zu Jupps Pferd hinrennt, ist seine …

Das letzte Wort meines Satzes geht in einem gewaltigen Donnerschlag unter. Jumbo, den sonst nie etwas aus der Ruhe bringt, verfällt auf den letzten Metern in einen Schweinsgalopp. Josephine kann gerade noch zur Seite hechten. Kreuz und quer flackern Blitze über den plötzlich verdunkelten Himmel. Der schleudert gnadenlos eine Riesenladung Eisklumpen herunter und lässt eine Bö übers weite Land fauchen. Der festgezurrte Integrationsbaum auf dem Autodach wackelt bedenklich.

»Tschö!« Klaus springt in seinen Wagen und Anouk blitzschnell vom Pferd. Der Saum des langen Ungetüms bringt sie zu Fall. Brix hilft ihr auf. Dabei schält er sie aus Papas Mantel und wirft das zuvor so geschmähte Fell erst rasch wieder über Anouk, dann weitere Zipfel über seinen Kopf und den der herbeigeeilten Josephine. Im geduckten Sprint hastet das sechsbeinige, vorzeitlich wirkende Wolltier durch den Hagelsturm zum Haus.

Jupp haut Jumbo die Ferse in die Flanke und brüllt mir zu, dass er das Tier unter meinem Vordach parken werde. Er könne reingehen, schreie ich ihm zu, die Tür sei unverschlossen. Aber der Donner verschluckt meine Worte. Vielleicht besser so. Wer hat schon gern ein Pferd im Haus?

Kastaniengroße Hagelkörner prasseln herab, machen einen Höllenlärm auf den Blechdächern der vielen Autos und springen mir die Beine hoch. Vor meinem Bruchsteinhaus zügelt Jupp Jumbo und steigt ab. Zwischen zwei Blitzen sehe ich meine der Wetterseite abgewandte, offene Haustür. Ich atme durch: Jupp ist drinnen, Jumbo muss draußen bleiben. *Ein Pferd aufm Flur* passt eben nur in die Hitliste, nicht durch meine Haustür, jedenfalls nicht diese breite Art von Pferd.

»Schnell, reinkommen, Katja, bevor du noch erschlagen wirst!« Marcel hat die Tür weit aufgerissen.

»Eine überaus sensible Bemerkung«, werfe ich ihm zu.

»Warte, bis du noch ein paar andere hörst«, entgegnet er erstaunlich aufgeräumt.

Wäre mein Restaurant ein Schiff, würde es jetzt kentern. Alles drängt sich vor den Fenstern und staunt über das plötzlich über uns hereingebrochene Wintergewitter. Das Königreich auf der anderen Straßenseite ist vorübergehend in Finsternis gehüllt. Doch der Himmel im Westen reißt schon wieder auf. Der Spuk ist genauso schnell vorbei, wie er begonnen hat. Im Sommer tobt so ein Sturm ausgiebiger, und da fällt dann auch schon mal der Strom aus. In Belgien meistens länger als hier in NRW, den zu Recht umstrittenen Atomkraftwerken zum Trotz. Wobei mir einfällt, dass ich die Petition zu deren Abschaltung jetzt endlich unterschreiben muss.

Stühlerücken hebt an. Alle sitzen wieder vor ihren Monitoren oder den Tellern, die Gudrun auf die Tische gestellt hat. Ich überreiche ihr die Forellentüte.

»Richte ich mit unserem Bärlauchpesto an«, ruft sie entzückt.

»Keins mehr da.«

»Wir haben doch noch so viele Gläser!«

»Keins mehr da.«

Vor einer Woche habe ich das gesamte Eingemachte weggeworfen. Auf eine Diskussion darüber werde ich mich mit Gudrun nicht einlassen. Nicht nur, weil ich jetzt Besseres zu tun habe, sondern weil ich mich schäme. Dafür, dass mir erst eine Frauenzeitschrift beim Zahnarzt verraten musste, wie leicht man die Blätter des Bärlauchs mit den hochgiftigen von Maiglöckchen und Herbstzeitlosen verwechseln kann. Habe ich im vergangenen Frühjahr wirklich nur Bärlauch eingesammelt? Ich mag eine fantasiereiche Köchin sein, aber die wilde Natur schafft es doch immer wieder, mir Schrecken einzujagen. Als gebürtige Großstadtpflanze sollte ich alle Zutaten am besten am geschützten Ort einsammeln, also im Supermarkt.

Wie in einem solchen vor Ladenschluss an der Kasse geht es derzeit an dem Tisch zu, den der Kommissar aus Bonn besetzt hält. Mehrere Beamte reden aufgeregt auf ihn ein, schwenken i-Pads und sogar Papier. Letzteres entstammt offenbar dem restauranteigenen Drucker, den Hein in den Gastraum geschleppt hat und derzeit am Buffet betätigt. Sollte mir der Bonner Polizist wieder dumm kommen, werde ich auf eine Aufwandsentschädigung bestehen, die er mir in schriftlicher Form bestätigen, abstempeln und in mehrfacher Ausfertigung aushändigen soll.

Aber erst einmal möchte ich wissen, was diese plötzliche Aufgeregtheit hervorgerufen hat. Und wo zum Teufel steckt Anouk schon wieder! Ich habe doch selbst gesehen, wie sie mit ihrer Mutter und Brix im Wollmonsterlook ins Haus gestürzt ist, aber im Gastraum hält sie sich nicht auf. Ihre Mutter ebenso wenig. Uwe Brix hingegen hat sich an seinem alten Tisch wieder in den PC-Zombie zurückverwandelt und ruckelt an seiner Brille.

Marcel raunt mir etwas Unverständliches ins Ohr. Ich spüre seinen Atem, seine Nähe und höre seine Stimme. Den Bruchteil einer Sekunde lang. Köstlich, sagt irgendwas tief in mir drin. Ach, welch lang vermisste Vertrautheit! Brumm weiter, Marcel, das hört sich warm und behaglich an. Ich brauche gar nicht zu verstehen, was du mir sagen willst. Worte waren sowieso nie unser Ding. Wenn wir geredet haben, ist es viel zu oft zu Missverständnissen gekommen. Die waren auch, aber nicht nur dem liebenswerten Singsang der seltsamen Mundart deines Volks geschuldet. Und natürlich auch meiner großen Berliner Klappe.

Doch die Zärtlichkeit, die mein Inneres erwärmt, schafft es leider nicht, jenes dicke Fell zu durchdringen, das ich mir in diesen einsamen anderthalb Jahren habe wachsen lassen, ein erheblich dickeres noch, als das von *Papas Mantel.* Ich kann nicht verhindern, dass ein scharfer, unwirscher Ton nach außen dringt: »Was?«

Marcel ist einen Schritt zurückgetreten und sieht mich fragend an. »Wollt nur wissen, ob das in Ordnung ist, Katja!«

»Was denn?« Sanfter setze ich hinzu: »Sorry, ich habe dich nicht verstanden, Marcel. Zu viel Lärm hier.«

»Dass Josephine und Anouk euer Badezimmer hinten benutzen.«

Wovon spricht der Mann? Da bin ich seit einer gefühlten Ewigkeit dabei, seine Enkelin für eine wichtige polizeiliche Aussage aufzuspüren, die sie hoffentlich vom Mordverdacht entlasten wird, und dann höre ich Badezimmer? »So ein Quatsch!«, platzt es aus mir heraus. Werde ich denn nie lernen, meine elementaren Reaktionen zu beherrschen? »Sie hat doch grad erst bei mir gebadet«, setze ich freundlich hinzu.

»Das war vor dem Fell. Da könnten Läuse drin sein. Meint Josephine. Dafür wollen sie sich jetzt die Haare waschen. Gudrun hat ihnen ein Desinfektionsmittel gegeben.«

»Und ihre Aussage?«

»Sie sagt doch nichts.«

»Die deutsche Polizei gibt sich damit zufrieden?«

»Katja, es gibt neue Erkenntnisse!«

»Offensichtlich!« Ich nicke zum Polizeitisch hin. »Darf ich vielleicht daran teilhaben?«

»Danke, dass du Erwin hierhin gebracht hast. So ging alles schneller.«

»Sag bloß, der Fall ist geklärt.«

»Nein, aber Anouk und ich sind aus dem Schneider.« Er schiebt mir schnell einen Stuhl hin, so als hätte er geahnt, wie schwach meine Knie nach dieser Offenbarung werden würden. »Jedenfalls vorerst«, seufzt er, setzt sich neben mich hin und vergräbt das Gesicht in den Händen.

»Was heißt vorerst?«

»Anouk muss noch aussagen.« Er blickt wieder auf. »Aber du kennst ja ihr Problem. Wenn die Polizei morgen nach Schleiden umzieht ...«

»Interessant zu wissen. Die bleiben also heute den ganzen Tag noch hier?«

»Ja, solange es was zu ermitteln gibt. Ist praktischer. Alles und alle sind vor Ort. Außer dem Kriseninterventionsteam ...«

»Was ist das schon wieder?«

»Leute, die sich morgen in Schleiden um Anouk kümmern werden. Spezialisten für akute psychische Belastungsreaktionen. Wenn sie jetzt nichts sagen will, kann die Polizei sie nicht dazu zwingen.«

»Und du glaubst, dass die Psychologen das morgen hinkriegen werden?«

Schweigend sieht er mir in die Augen, greift sich dann meine beiden Hände und sagt leise: »Vielleicht kriegen wir beide das ja auch hin, Katja. Mit Geduld und Nachsicht.« Er zieht seine Hände weg. »Und mit Liebe.«

Das letzte Wort verschlägt mir die Sprache. Jetzt bloß nicht sentimental werden. Jedenfalls nicht öffentlich. Zurück zu den Fakten.

Stumm nicke ich zum Tisch des Bonner Kommissars hin und breite fragend die Arme aus.

»Kurzfassung?«, fragt Marcel.

Wieder so ein Wort. Es katapultiert mich sofort ins Gestern zurück. Als er mir die Geschichte mit seiner Exfrau in der Kurzfassung erzählt hat. Als wir noch nicht ahnen konnten, dass Claudia nur Stunden später hinter meinem Haus erschlagen würde. Wie erschütternd, was in den letzten sechsunddreißig Stunden so alles über uns hereingebrochen ist!

Nichts war früher besser, und die Zeit auf dem Land verstreicht auch nicht langsamer, wie allgemeinhin behauptet wird. Jedenfalls nicht hier auf der Kehr. Auch Einstein irrte: Die Zeit vergeht nicht langsamer, wenn man sich schneller bewegt. So schnell wie in den vergangenen Stunden bewege ich mich selten, und dennoch habe ich das Gefühl, die Zeit laufe mir davon.

Wie ich jetzt erfahre, ist es offenbar tatsächlich zu einer fruchtbaren, extrem unbürokratischen Zusammenarbeit zwischen den vielen deutschen und einem belgischen Beamten gekommen. Marcel berichtet dieses so stolz, als hätte sein persönliches Eingreifen die Europäische Union vor dem Zerfall gerettet. Die Bonner Mordkommission hätte nämlich mindestens fünf zeitaufwändige Telefonate führen müssen, um das herauszufinden, wofür Erwin nur einen einzigen Anruf benötigt hatte.

»Die Polizeistelle Schleiden, Eule, Eupen, dann die Staatsanwaltschaft Eupen und wieder zurück …«

Ich räuspere mich. »Kurzfassung, Marcel!« Die Stimme funktioniert also wieder.

»Es geht um die Verbindungsdaten der SMS.«

»Die angeblich Anouk an ihre Oma versendet hat. Das habe ich schon verstanden.«

»Die SMS ist zwar aus Belgien abgeschickt worden, Katja, aber nicht aus St. Vith. Wo Anouk und ich zu genau der Zeit waren, das beweisen die Verbindungsdaten meines Handys.«

Eine Information, die mich nicht gänzlich überzeugt. »Die beweisen nur, dass dein Handy in St. Vith war, nicht aber ihr beide.« »Richtig, aber wir haben meinen Nachbarn begegnet, als wir heute Morgen ins Auto gestiegen sind. Ich habe ihm Anouk vorgestellt.«

Manchmal bringt es offenbar was, als stolzer Opa auftreten zu können.

»Vorerst reicht das der deutschen Polizei als Entlastung, aber Erwin hat noch andere interessante Dinge rausgefunden.«

»Euer Nationalregister.«

»Nun ja … würde ich nicht so laut rausbrüllen, Katja, da darf man sich nicht so einfach reinloggen. Da gibt es feste Regeln …«

»Dann eben leise.« Ich beuge mich zu ihm hin und flüstere: »Uwe Brix?«

Erstaunt blickt er auf.

»Verdächtigst du ihn?«

»Du nicht?«

»Furchtbar sympathisch ist er mir nicht, aber ich kenne ihn ja kaum. Warum hätte er Frau Bausch und Claudia ermorden sollen?«

»Zu Marita fällt mir da noch nichts ein, aber zu deiner Exfrau schon. Josephine ist doch bestimmt die Alleinerbin der Schlüsselfabrik oder nicht?«

»Verdächtigst du jetzt etwa meine Tochter?« Er rückt mit seinem Stuhl ein Stück weit von mir ab. Ich rücke hinterher.

»Natürlich nicht, Marcel! Ich spreche von ihrem künftigen Ehemann.«

»Was sagst du da?«

»Die beiden wollen bald heiraten. Hat mir Herr Brix vorhin auf der Fahrt verraten.«

Marcels Gesicht verfinstert sich. Aber er sagt nichts.

»Erwartest du etwa, dass er bei dir um die Hand deiner Tochter anhalten wird?«

Natürlich geht er darauf nicht ein, sagt nur tonlos: »Josephine hat ihm ein Alibi gegeben.«

»Wie er ihr wohl auch. Aber woher wissen wir, ob die beiden heute Morgen wirklich noch in ihrem Bettchen gelegen haben? Hätte sich einer nicht frühmorgens vom Campingplatz fort und zur Kehr raufschleichen können?«

»Also verdächtigst du Josephine jetzt doch!«

»Was ist denn nun mit den neuen polizeilichen Erkenntnissen?«

»Geh doch rüber und frag selbst!« Grimmig lehnt er sich zurück und hält den Mund so fest geschlossen wie seine Enkelin.

»Du wirst lachen, das werde ich tun!« Ich stehe auf und schiebe den Stuhl geräuschvoll an den Tisch zurück.

»Übrigens«, ruft mir Marcel hinterher. »Josephine und ihr Typ hätten sich gar nicht unbemerkt vom Camping entfernen können.«

»Weil Herr Schreiner alles mitkriegt? Kannst wieder lachen, Marcel, der hat uns nicht mal gesehen, als wir eben drüben waren!«

»Aber die Webcam hat euch gesehen«, höre ich noch, als ich mich zwischen die Menschen drängele, die dem Bonner Hauptermittler immer noch Wichtiges mitzuteilen haben.

»Frau Klein«, sagt er freundlich, »darf ich Sie bitten, etwas Abstand zu halten? Wir sind hier mitten in der Arbeit.«

Klar, die Staatsmacht bedient sich des Restaurants als Außenstelle, aber die Inhaberin darf nicht erfahren, was zwischen ihren eigenen vier Wänden vorgeht. Oder weshalb jetzt plötzlich Herr Bausch mit noch trübsinnigerer Miene als zuvor am Polizeitisch sitzt. Er hätte doch schon längst gehen dürfen. Ist sein Alibi etwa geplatzt?

Erwin erhebt sich. »Komm schon, Katja, du kennst doch das Prozedere. Bei einer laufenden Ermittlung ...«

»Weiß schon«, unterbreche ich ihn und versuche schnell noch irgendwas auf den herumliegenden Papieren zu entziffern, leider vergeblich.

Erwin nimmt mich am Arm. »Wir trinken jetzt erst mal nen schönen Kaffee. Oder vielleicht doch einen Whisky?«

Zweifelnd mustere ich seine Uniform.

»Bin doch nicht im Dienst«, sagt er lachend und greift sich selbst die Single-Malt-Flasche vom Buffet. »Und weil ich das nicht bin ...«, erst wird seine Stimme fast unhörbar leise, »und dies nicht mein Fall ist ...«, dann sehr laut: »Marcel, bring doch bitte die Gläser mit rüber ... kann ich dir jetzt ein paar hübsche Dinge erzählen.« Er steuert den freien Tisch an, der am weitesten von deutschen Polizisten entfernt ist.

»Dass Herr Bausch der Täter ist?«, frage ich atemlos.

Erwin schiebt mir höflich einen Stuhl zu und setzt sich dann mir gegenüber hin. »Bausch? Der Täter? Mais nee.«

»Nee? Aber wieso wird der von denen dann gelöchert? Das wird er doch, oder? Irgendwas muss er doch mit den Morden zu tun haben? Zumindest mit dem an seiner Frau? Oder waren es vielleicht zwei Täter?«

»Ungeduldig wie immer, unsere Katja, komm setz dich, Marcel!« Erwin will drei Gläser füllen, aber ich lege die Handfläche über meins. Ich muss unbedingt nüchtern bleiben. Damit mir nicht noch mehr entgeht.

»Das Ehepaar Bausch hat zwei Söhne«, fährt Erwin fort und gönnt sich den ersten Schluck. »Délicieux. Das tut jetzt gut. Der Jüngere ist ein Sorgenkind. Erst ist er in der Hooligan-Szene aufgefallen, und vor Kurzem hat er sich einer rechtsradikalen Bande angeschlossen. Er und seine Kumpels haben immer wieder Ausländer angegriffen, und einer steht derzeit vor Gericht, weil er ein Heim für Asylbewerber angezündet haben soll.«

Ich bin stumm vor Schreck. Arme Marita. Kein Wunder, dass sie nichts von ihrer Familie erzählt hat.

»Der junge Bausch fand das ganz schlimm, was seine Mutter gemacht hat. Sich für die Leute einzusetzen, die er am liebsten aus dem Land prügeln würde. Oder noch schlimmer. Auf seiner Facebook-Seite hat er sie eine Volksverräterin genannt, die bestraft werden müsse.«

Ich suche nach Worten. »Aber … aber die eigene Mutter … der würde doch nicht so weit gehen, sie …«

»Ach nee«, sagt Marcel lakonisch, »Josephine hast du das eben aber schon zugetraut.«

»Jetzt hör mir mal zu!«, schreie ich ihn an. Ein bisschen zu laut. Alle Augen sind plötzlich auf uns gerichtet.

»Frau Klein!«, ruft der Bonner zu mir herüber. »Lassen Sie doch bitte die belgischen Kollegen in Ruhe. Die werden Ihnen auch nichts über unsere Ermittlungen sagen.«

Marcel beugt sich zu Erwin vor. »Wieso eigentlich nicht? Die belgische Polizei ist ja nicht involviert.«

»Nur höchst inoffiziell«, bestätigt Erwin. »Für schnelle Resultate zu kriegen. Ich glaube nicht, dass das vor einem deutschen Gericht standhalten würde. Wenn's rauskäme. Aber wer sollte schon die lauteren Methoden der bundesdeutschen Polizei anzweifeln?«

»Vielleicht der Anwalt von Ernesto Fidel Bausch?«, schlägt Marcel vor.

»Ernesto Fidel Bausch«, wiederhole ich erschüttert.

»Psst. Nicht so laut, Katja. Wird schon nach ihm gefahndet. Er war nämlich gestern Morgen hier in der Gegend. Hatte es so eilig, dass er auf seinem Motorrad bei Manderfeld geblitzt worden ist. Von der Zeit her könnte das schon hinhauen.«

Hinhauen. Manche Wörter sind wirklich schlimm.

Als **Neuntes** gerät einiges durcheinander,
eine böse Vergangenheit berührt die Gegenwart,
bürokratische Praktiken und
vermeintliche Gewissheiten werden infrage gestellt,
und am Schluss hat jemand was Böses am Hals.

Vegetarische Weihnachtsfrikadellen:

Das Fleisch gegrillter Auberginen auslöffeln, klein schneiden und zerquetschen, Spekulatiuskekse in Wasser einweichen. Zwiebel fein hacken und mit einer Messerspitze Sambal Oelek anbraten, dann mit dem Auberginenmus, Mandelmehl, der abgetropften und gründlich ausgedrückten Keksmasse, Eiern, Kreuzkümmel, Kräutersalz und fein gehackter Petersilie vermengen.
Mit feuchten Händen kleine Frikadellen formen, üppig in Mehl wälzen und in heißem Öl kurz braten.

Katja? Ist dir nicht gut? Du bist ja ganz blass geworden!«

Ich lese ehrliche Besorgnis in Marcels Augen.

»Wie soll es ihr denn gut gehen, Marcel!« Erwin hebt die Arme. »Wo hier schon wieder so was Schreckliches passiert ist, und die deutsche Polizei euch jetzt alle verdächtigt!«

Euch alle nun gerade nicht, zumal es derzeit Hinweise auf einen Täter gibt, den keiner von uns kennt, von Herrn Bausch mal abgesehen.

Genau das habe ich eben gedacht und bin gleichzeitig so vor mir selbst erschrocken, dass mir wohl die Farbe aus dem Gesicht gewichen ist. Wie kann ich nur erleichtert sein, wenn Marita tatsächlich von ihrem eigenen Sohn erschlagen worden sein sollte? Was für ein ungeheuerlicher Gedanke!

Voller Mitgefühl blicke ich zu Herrn Bausch hinüber. Der hagere Altachtundsechziger ist noch mehr in sich zusammengesunken. Fahrig zupft er sich eine Strähne aus dem dünnen Pferdeschwanz und schüttelt dabei unablässig den Kopf.

»Der Mann hat alles verloren«, sagt Marcel leise. »Sogar sein Dach überm Kopf.«

»Weil Marita ihn rausgeworfen hat?«, frage ich.

»Nein«, sagt Erwin. »Die haben schon lange nicht mehr zusammengewohnt. Aber gerade, weil Hagen-Volker Bausch das Dach überm Kopf verliert, hat er ein absolut wasserdichtes Alibi.«

Hagen-Volker. Über diese Namensgebung dürfte er ähnlich unglücklich gewesen sein wie sein Neonazi-Sohn über Ernesto Fidel. Ist es denkbar, den eigenen Namen als Auftrag zum Widerstand gegen die Eltern zu begreifen? Aber deswegen schlägt man ihnen doch nicht gleich den Kopf ein!

»Zur Tatzeit hat er nämlich beim Verwaltungsgericht in Köln um sein Haus gekämpft. Und verloren.«

Marcel und Erwin sehen einander verschwörerisch an und ziehen zeitgleich die Augenbrauen hoch.

»Ihr Deutschen mit Eurem Papierkram! So was Willkürliches könnte bei uns in Belgien nie passieren. Das ist ein echter Skandal, der arme Mann!«

Ich erfahre, dass Hagen-Volker Bausch von seinen Eltern nicht nur mit einem urdeutschen Namen ausgestattet worden ist, sondern auch mit einem alten Fachwerkhaus im Bergischen Land. Dieses Erbe soll er jetzt auf eigene Kosten abreißen lassen.

Nicht etwa, weil es baufällig wäre, ganz im Gegenteil.

Die Immobilie sei auf 800.000 Euro geschätzt worden, erzählt Erwin. Eine Summe, die den arbeitslosen Herrn Bausch nach der Trennung von der gut verdienenden Marita aller finanzieller Sorgen enthoben hätte. Also hat er das Haus zum Verkauf angeboten. Und damit jenen Stein ins Rollen gebracht, unter dem er jetzt finanziell zerquetscht zu werden droht.

»Nicht nur, dass er keine Entschädigung dafür kriegt, er soll sogar selbst die 35.000 Euro für den Abriss des Fachwerkhauses aufbringen«, erklärt Marcel fassungslos. »Für den Abriss eines wunderschönen, perfekt erhaltenen, alten Gebäudes, das eigentlich unter Denkmalschutz gestellt werden müsste. Er hat uns Bilder gezeigt, incroyable!«

»Das Haus ist 80 Jahre alt«, setzt Erwin hinzu. »Und genau da sitzt der Haken. Aus dieser Zeit gibt es nämlich keine Baugenehmigung.«

Ich rechne kurz nach.

»Es ist also Mitte der Dreißigerjahre errichtet worden – vor dem Zweiten Weltkrieg, da könnten doch Unterlagen im Bombenhagel ...«

»Sind sie aber nicht«, unterbricht mich Marcel. »Das Archiv hat den Krieg unbeschadet überstanden. Und das Haus wurde damals von einer jüdischen Familie heimlich gebaut. Für sich auf dem Land zu verstecken.«

Erschrocken mustere ich Hagen-Volker Bausch. Zweifellos wird er sich irgendwann gefragt haben, wie die Immobilie wohl in die Hände seiner Familie gelangt sein mochte.

Vielleicht auf ähnlich widerwärtige Weise wie einst Gudruns Vater zu seinem Hof auf der Kehr gekommen ist? Werner Arndt hatte eine Jüdin dem Tod in der Gaskammer ausgeliefert und war dafür mit einem Bauernhaus belohnt worden. Später verlor er es an meine Verwandtschaft, eine andere böse Geschichte, von der ich erst erfuhr, als ich vor vielen Jahren auf der Suche nach meinen Wurzeln in die Eifel gekommen bin. Mir wurde dieses Gebäude, Gudruns Elternhaus, als Erbe zugesprochen. Doch weder sie noch ich haben auch nur einen Moment lang erwogen, das durch großes Unheil Erworbene zu behalten. Wir setzten uns also auf die Spur der jüdischen Familie, der rechtmäßigen Besitzer des Hofs. Nach einer mühseligen Suche machten wir in Texas David Quirk ausfindig, den Enkel der ermordeten Jüdin, und übereigneten ihm Haus und Grundstück.

Es ist eine schöne Wendung der schrecklichen Geschichte, dass aus dem Enkel des Opfers und der Tochter des Täters dann ein Paar geworden ist.

»Nein, der Fall liegt hier anders als bei dem Elternhaus von Gudrun«, sagt Marcel, der meinem Blick gefolgt ist und wohl wieder mal meine Gedanken gelesen hat. »Die Bauschs haben das Gebäude erst Anfang der Fünfzigerjahre gekauft. Wohl ohne, dass damals jemand nach einer Baugenehmigung gefragt hat.«

»Warum dann jetzt?«

»Deutsche Gründlichkeit«, schnauft Marcel. »Scheinbar gilt bei euch ja nicht mal ein Gewohnheitsrecht. Bis froh, Katja, dass dein Haus auf der anderen Straßenseite steht. Wir Belgier sind menschenfreundlicher.«

»Kann Herr Bausch denn nicht nachträglich eine Baugenehmigung einholen?«

»Keine Chance: Das Gebäude ist auf einer Fläche gebaut worden, die als landwirtschaftliches Nutzgebiet ausgewiesen ist. Bestandsschutz gibt es auch nicht.«

»Der Witz dabei ist«, sagt Erwin, »dass das Haus sogar ordnungsgemäß im Grundbuch eingetragen ist! Aber das reicht dem Gericht nicht. Moment mal …« Er zieht ein Notizbuch hervor. »Ich hab mir die Formulierung aufgeschrieben. *Der Eintrag im Grundbuch ist nur der Eigentumsnachweis des Grundstücks und nicht die Baugenehmigung, deshalb muss geltendes Recht durchgesetzt werden.*« Er klappt das Heft wieder zu. »Und dieses geltende Recht hat das Kölner Verwaltungsgericht gestern Morgen mit den Worten durchgesetzt, das Haus müsse abgerissen werden. Herr Bausch hat sich das zu genau der Zeit anhören müssen, als seine Frau hier auf der Kehr erschlagen worden ist.«

»Wahrscheinlich hat er am Abend vorher mit ihr über den Prozess gesprochen«, sage ich nickend. »Deshalb also das lange Telefongespräch. Kann er denn noch in Revision gehen?«

»Ja, beim Oberverwaltungsgericht in Münster. Aber die Chancen stehen nicht sonderlich gut. Es gibt offenbar Präzedenzfälle in der Gegend. Dann muss Bausch das Geld für den Abriss locker machen.«

»Und das könnte er ja jetzt auch mit dem Erbe seiner Frau«, setzt Marcel hinzu. »Was ihn nun doch wieder irgendwie verdächtig macht …«

»Aber sein Sohn …«, fahre ich dazwischen.

»Genau. Den könnte er mit dem Mord beauftragt haben, meinen die deutschen Kollegen. Ernesto Fidel ist immer noch über alle Berge. Bisher keine Spur von ihm.«

»Das ergibt doch keinen Sinn!« Ich schlage mit der flachen Hand auf den Tisch. »Wenn der Sohn wirklich seine Mutter erschlagen hätte, würde er doch nicht noch einen Tag gewartet haben, bis Claudia hinter meinem Restaurant auftaucht …«

»Richtig. Deswegen gehen die Kollegen aus NRW jetzt doch von zwei unterschiedlichen Tätern aus und halten den Mörder von Claudia für einen Trittbrettfahrer.«

Marcels Gesicht erhellt sich. Verständnislos wende ich mich um und sehe Tochter und Enkelin offenbar frisch gebadet auf uns zukommen.

»Anouk!«, strahlt Marcel. »Komm, setzt euch bei uns. Was hast du denn da an? Sieht sehr hübsch aus.«

Anouk fährt sich durch das kurze, nasse Haar und verzieht ihr Gesicht. Verstehe ich gut. Dieser Textilie kann nur ein liebender Großvater freundliche Worte abgewinnen. Ich hatte das groß geblümte Monstrum eines kunstseidenen Sommerkleides Gudrun schon vor sieben Jahren ausgeredet und ihr ans Herz gelegt, die Altkleidersammlung damit zu bereichern. Doch offensichtlich hat sie sich von ihrem Lieblingsstück nicht trennen können und es im Hinterzimmerschrank der *Einkehr* gebunkert.

Anouk bleibt neben ihrer Mutter am Tisch stehen.

»Ziemlich scheußlich, aber wenigstens sauber«, bemerkt Josephine. »Hat mir die Frau da drüben gegeben.« Sie deutet auf Gudrun, die sich gerade zu Hagen-Volker Bausch beugt und ihm etwas ins Ohr zu flüstern scheint. Der Mann greift nach ihrer Hand und hält sie für meinen Geschmack ein bisschen zu lang fest.

Ich sollte gnädiger sein. Der arme Bausch durchlebt gerade mehrere Albträume, da ist ihm ein bisschen menschliche Wärme zu gönnen. Trotzdem wird es Zeit, dass David zurückkommt.

»Setzt euch doch bei uns«, wiederholt Marcel seine Aufforderung.

»Nein!«, trompetet Josephine. »Uns reicht's. Wir fahren jetzt zurück zum Campingplatz. Aufräumen, Einpacken, Abreise. Uwe!«

»Anouk muss morgen doch ...«

»Ist alles schon mit deinen deutschen Kollegen geklärt. Wir fahren morgen nach Schleiden. Auch wenn ich mir von diesem Krisendingsdateam überhaupt nichts erwarte. Wie sollen die denn was aus dem Kind rauskriegen, wenn wir es schon nicht schaffen. Uwe!!«

Erst jetzt wechselt der Angerufene den Blick von der Benutzeroberfläche des Bildschirms zu der Frau seines Lebens.

»Brauchen die dich hier noch?«

Uwe Brix schüttelt den Kopf.

»Dann pack ein! Wir fahren!«

Neben mir höre ich Stuhlbeine über den Boden rumpeln. Anouk hat sich hingesetzt. Allerdings sehe ich nur ihren geblümten Rücken, da sie sich an ihren Schuhen zu schaffen macht.

»Beeil dich!«, ruft Josephine ihrem Lebensgefährten zu.

»Nur weg von hier. Das verstehe ich«, sagt Marcel zu seiner Tochter. »Was wirst du denn jetzt machen?«

»Was wohl? Nach Hause fahren und das Begräbnis vorbereiten. Und irgendjemand muss sich ja auch um den Laden kümmern.«

»Um eure Schlüsselfabrik.«

»Ja …« Josephine hebt die Hände, als wollte sie sich die frisch gewaschenen Haare raufen. »Ich weiß gar nicht, wie ich das alles schaffen soll. Mutter hat mich ja in nichts mehr eingeweiht. Ich werde da wohl ganz neue Saiten aufziehen müssen.«

Klar, und endlich Schlüsselkarten einführen, denke ich, modernisieren und all das tun, weshalb dich deine Mutter vor die Tür gesetzt hat.

Marcel steht auf. Einen Augenblick sieht es so aus, als wollte er seine Tochter in die Arme nehmen. Sie weicht einen halben Schritt zurück. Unbeholfen klopft er ihr also auf eine Schulter und zieht dann seine Visitenkarte aus der Brusttasche. »Wenn ich dir irgendwie helfen kann, Josephine, ruf mich bitte an. All die Jahre war ich nicht für euch da. Das tut mir entsetzlich leid. Jetzt möchte ich wenigstens deiner Mutter die letzte Ehre erweisen. Bitte, darf ich zum Begräbnis kommen?«

Während er spricht, geht im Gesicht seiner Tochter eine ungeheure Wandlung vor. Im Bruchteil einer Sekunde machen Kälte, Ablehnung und verkniffene Entschlossenheit plötzlich Wärme, Entgegenkommen und Ratlosigkeit Platz. Der identische Ausdruck in den dunklen Augen von Vater und Tochter rührt mich zutiefst. Die bösen Gedanken, die soeben noch in mir aufkommen wollten, verfliegen.

Ich halte die Luft an, als Josephine einen halben Schritt vortritt. Vorsichtig berührt sie mit beiden Händen die Oberarme ihres Vaters. In dieser Lage bei diesen Menschen könnte man das schon fast als eine Umarmung bezeichnen. Ich kenne Marcel gut genug, um zu wissen, wie viel Überwindung es ihn kosten muss, die

Tochter nicht an sein Herz zu ziehen. Bloß nichts überstürzen.

»Natürlich darfst du kommen ...«, Josephines Stimme hat alle Schärfe verloren, »Vater.« Sie räuspert sich und schüttelt den Kopf, als hätte sie soeben eine Vision gehabt. »Uwe! Nun mach schon! Steh auf, Anouk! Wir gehen.«

Aber nicht mit Anouk. Sie bleibt auf dem Stuhl sitzen und deutet nach unten. Während sich Vater und Tochter ein klitzekleines Stückchen nähergekommen sind, hat sich die Enkelin mit zwei Stuhlbeinen verbündet. Oder besser gesagt, die Schnürsenkel ihrer Sneakers mit ihnen verbändelt.

»Kind! Mach es uns doch nicht so schwer! Du kannst nicht ganz allein hier bleiben.«

»Sie ist nicht ganz allein. Ich kann morgen wohl auch mit ihr nach Schleiden fahren.« Marcels Stimme klingt bittend.

Die seiner Tochter allerdings wieder beißend: »Du bist nicht ihr Erziehungsberechtigter!«

Ich mache einen Vorschlag zur Güte. Josephine könne doch erst mal ohne Anouk zum Campingplatz fahren, dort alles erledigen, einpacken, auschecken und mit frischen Sachen für Anouk zurückkehren. Danach würden wir weitersehen. Ich stehe auf und raune Marcels Tochter ins Ohr: »Da brauchen Sie auch keine Angst zu haben, dass Ihnen das Mädchen zwischendurch wieder mal davonläuft.« Dann wende ich mich an Anouk, die mich misstrauisch beäugt. »Du musst doch Hunger haben.«

»Ich habe Hunger«, meldet sich Uwe Brix.

Das erstaunt mich. Gudrun schwirrt doch die ganze Zeit mit Tellern durch den Gastraum – wieso hat sie Josephines Partner nichts hingestellt? Hat sie sich etwa nicht vorstellen können, dass das blasse, brillenruckelnde Wesen vor dem Monitor irgendwelche menschliche Gelüste haben könnte?

Mein Restaurant hat bislang noch nie jemand hungrig verlassen, und das soll auch so bleiben. Ich entschuldige mich für unsere Unaufmerksamkeit.

»Nein, nein, ich wollte nichts«, erwidert er. »Ich esse nie was bei der Arbeit, aber ich habe jede Menge Kaffee getrunken. Was schulde ich Ihnen?«

»Wir rechnen später ab.«

»Wie, später?« Er sieht mich rätselnd an.

»Wenn wir zurückkommen«, sagt Josephine.

»Zurückkommen? Ich dachte, wir reisen jetzt ab?«

»Tun wir auch. Vom Kronenburger See. Danach kommen wir wieder her, essen was und fahren mit Anouk heim.« Sie deutet nach unten. »Oder willst du meine Tochter etwa mit dem Stuhl raustragen?«

Erwin verabschiedet sich. Er werde zurückkehren, wenn er das eine oder andere nachgeprüft habe, versichert er.

»Könnte was dauern.«

»Ist dir etwa vorhin beim Rumlungern vor der Tür was Interessantes aufgefallen?«, will ich wissen.

»Möglich«, murmelt er und macht sich vom Acker.

Ich lasse Marcel mit seiner an den Stuhl gefesselten Enkelin allein. Nicht nur, weil es dem Opa unter vier Augen eher gelingen könnte, das Mädchen der Wortlosigkeit zu entreißen, sondern weil meine Anwesenheit in der Küche dringend erforderlich ist. Das hat mir Gudrun in den vergangenen Minuten schon mehrmals Augen rollend klargemacht.

»Wo bleibt nur Jupp?«, klagt sie, als ich beginne, die Spülmaschine mit Tellern und unzähligen Tassen zu füttern.

»Bringt wohl Jumbo zurück«, antworte ich und werfe einen Blick aus dem Fenster. Seltsam, Jupps Wagen steht schon wieder auf seinem alten Platz. Wieso kommt der Mann nicht rein und hilft uns? Der weiß doch, was hier los ist. Ich lasse mir meine Verärgerung nicht anmerken, sage nur: »Immerhin hat das Pferd seinen therapeutischen Zweck erfüllt.«

»Aber sprechen tut das Mädchen immer noch nicht.«

»Nicht jeder kann so kommunikativ sein wie du, Gudrun. Was turtelst du eigentlich die ganze Zeit mit Herrn Bausch herum?«

»Turteln?« Gudrun funkelt mich an. »Ich habe Mitgefühl mit dem armen Mann. Hat hier ja sonst keiner. Schlimm, wie die Polizisten auf ihm rumhacken. Der Mord an Marita hat ihn doch total fertiggemacht – dann die blöde Sache mit dem Haus, und jetzt auch noch die mit seinem Sohn!«

»Was hast du denn so alles mitgekriegt?«, frage ich, gespannt, welche zusätzliche Information sie beim Servieren aufgeschnappt haben könnte.

Doch sie berichtet mir nichts Neues; ihr Ohr hat offenbar ausschließlich Hagen-Volker Bausch gehört. »Sippenhaft, so nennt er das, was ihm da jetzt passiert! Der arme Mann kann doch nichts dafür, dass sein Sohn in falsche Gesellschaft und auf die schiefe Bahn geraten ist.« Sie sieht mich verzweifelt an. »Es ist schon schlimm, keine Kinder zu haben, aber so ein Kind zu haben, ist doch noch viel, viel schlimmer. Weißt du, Katja, der Herr Bausch erinnert mich ein bisschen an deinen Bruder. Der war auch …«

Rasch drücke ich auf den Knopf des Kaffeeautomaten. Gudruns Worte gehen im Kreischen des Mahlwerks unter.

Nein, gerade jetzt möchte ich nicht an meinen Halbbruder Gerd erinnert werden. Seinetwegen bin ich vor vielen Jahren überhaupt erst aus Berlin in die Eifel gekommen. Er ist Gudruns erste große Liebe gewesen und hat ihr viel Kummer bereitet. Ein unangenehmer, schmuddeliger, bösartiger Mensch. Doch über einen Toten sollte man weder schlecht reden noch denken. Mir läuft ein Schauer über den Rücken. Gerd ist damals auch erschlagen worden.

Ich deute auf den vollen Kaffeebecher. »Bringst du das bitte zu Marcel rüber?«

Gudrun stellt den Becher auf eine Untertasse und legt noch ein paar Kekse dazu.

»Klar, Katja. Unser Marcel darf doch nicht auf dem Trockenen sitzen!«

Aber allein am Tisch. Oder im Kreise deutscher Polizisten. Denn kaum hat Gudrun die Küche verlassen, als plötzlich Anouk vor mir steht. Auf meinen Vorschlag, sich die Schuhe wieder ordentlich zuzubinden, reagiert sie nicht. Ebenso wenig wie sie meine Frage beantwortet, ob sie etwas essen möchte. Aber sie greift sich die letzte gegrillte Aubergine aus der Jenaer Schüssel und beginnt, mit einem Löffel das Fruchtfleisch auszulösen.

»Du möchtest dir also selbst was zubereiten?«

Sie deutet fragend auf die offene Packung Spekulatius.

»Bedien dich nur«, fordere ich sie auf und sehe staunend zu, wie sie sämtliche Kekse in eine Schüssel kippt und Wasser dazuschüttet.

»Was soll das denn werden?«

Sie deutet auf einen Teller syrischer Bouletten und formt mit beiden Händen imaginäre Bällchen.

»Frikadellen ohne Fleisch? Mit Spekulatius statt Brot?«

Sie bringt ein kleines Lächeln zustande und nickt. Für ungewöhnliche Kreationen bin ich immer zu haben; das Mädchen gefällt mir.

»Dann drück die Keksmasse gut aus«, rate ich ihr. »Tu Eier rein, Zwiebeln und noch etwas Mandelmehl. Und wälz die Dinger vorm Braten unbedingt in Mehl.« Ich stelle ihr die Zutaten hin. »Sonst wird das alles zu nass und deine vegetarischen Weihnachtsbouletten fallen dir in der Pfanne auseinander.«

Ein Schrei beendet meinen Schnellkochkurs und jagt mich zurück in den Gastraum.

»Ja, das ist er!«, brüllt Gudrun.

Polizeioberkommissar Kölln ist zurückgekehrt. Zwischen ihm und einem anderen Polizisten steht mit gesenktem Haupt ein schmächtiger, schwarzhaariger Mann, den man durchaus als »finstere Gestalt« bezeichnen könnte.

Gudruns ausgestreckter Arm zittert. »Das ist der Mann!«

»Sind Sie sich ganz sicher, Frau Arndt? Sie haben ihn doch nur kurz gesehen«, fragt der Kommissar aus Bonn.

»Ganz sicher«, erklärt Gudrun. »Ich erkenne das Gesicht. Und die blaue Ballonseide hatte er gestern auch an. Er war es ganz bestimmt!«

Da haben wir ja den Mörder!, sagt der hoffnungsfrohe Blick, den sie rasch Herrn Bausch zuwirft.

»Wir waren eben bei den Syrern nebenan.« Roland Kölln deutet aus dem Fenster Richtung Kehre. »Die haben ihn auch wiedererkannt. Natürlich nichts gesagt, sagt ja nie jemand was, aber es war ihnen anzumerken.«

Ohne eine Aussage mit Dolmetscher reiche das wohl kaum aus, um den Mann dem Haftrichter vorzuführen, bemerkt der Bonner leicht irritiert.

»Nicht unbedingt wegen des Mordverdachts«, bestätigt Kölln, »obwohl er zumindest für den ersten Mord durchaus infrage käme. Aber wir können ihn wegen seines Geschäftsmodells drankriegen.«

Wie Kölln berichtet, sei dieser Mann bisher mindestens viermal aus Afghanistan in die Bundesrepublik eingereist. Er habe sie jedes Mal wieder freiwillig verlassen und bei der Rückkehr in seinem Heimatland dann immer bis zu dreitausend Euro Aufbauhilfe kassiert.

»Aber das war quasi nur sein Nebenverdienst. Da er mit der Route ja vertraut war, hat er bei seinen erneuten Touren nach Deutschland Landsleute mitgenommen und sich das von denen gut bezahlen lassen.«

Die Schlepperqualitäten des Afghanen hätten sich in der Hellenthaler Notunterkunft herumgesprochen und seien schließlich auch der Polizei zu Ohren gekommen. Heute sei es ihr endlich gelungen, seiner habhaft zu werden.

»Aber was wollte er dann von unseren Syrern?«, frage ich.

»Vermutlich seinen Tätigkeitsbereich ausweiten«, antwortet Kölln, dessen Telefon zu klingeln begonnen hat. Während er es aus der Tasche zieht, spricht er schnell weiter: »Eure syrische Familie will offenbar Verwandtschaft aus Aleppo nachholen und hat sich in der Notunterkunft umgehört. Gibt genügend Hinweise, dass unser Afghane inzwischen Teil eines Schleusernetzwerks geworden ist. Operiert länderübergreifend. Das reicht, für ihn erst mal festzunehmen.« Er hält das Telefon ans Ohr. »Ja, klar, machen wir. Bin ganz in der Nähe. Bis gleich.« Er steckt das Handy wieder ein. »Abflug«, fordert er seinen Kollegen auf. »Blitzeinbruch in Stadtkyll.«

»Ist das nicht Rheinland-Pfalz?«, fragt der Bonner Kommissar irritiert.

»Das ist Amtshilfe«, erklärt Kölln, wirft rasch einen kleinen Schlüssel auf den Tisch, nickt zu seinem Gefangenen hinüber und ruft beim Rausgehen: »Details zu dem Herrn habe ich euch schon rübergemailt. Er ist jetzt euch. Macht was draus.« Der Bonner Kommissar will Gudrun und mich mit einer Handbewegung fortscheuchen: »Danke, die Damen.«

Ich blicke zu Marcel hinüber, der völlig ungerührt in der Ecke seinen Kaffee schlürft. Sein fast unmerkliches Kopfnicken beruhigt mich. Er wird alles registrieren, was in meinem Gastraum vorgeht, und mir hinterher Bericht erstatten. Aber so schnell lasse ich mich dann doch nicht aus meinem Herrschaftsbereich jagen. Meine Gastfreundschaft hört da auf, wo die Okkupation beginnt. »Wie lange werden Sie sich in meinem Restaurant denn noch aufhalten müssen?«, will ich wissen.

»Nicht mehr lange«, versichert der Kommissar. »Sie sind uns gleich los. Wir packen nur eben zusammen und ziehen dann nach Schleiden um.« Er fordert seine Untergebenen auf, den verdächtigen Mann unverzüglich in den Wagen zu schaffen und wendet sich an Bausch: »Sie kommen morgen früh bitte auch nach Schleiden. Ihren Sohn haben wir bis dahin bestimmt aufgetrieben.«

Hagen-Volker Bausch nickt ergeben und lässt sich mit Gudrun wieder an seinem alten Tisch nieder.

»Aber bevor wir gehen, Frau Klein …«, der Bonner zieht meinen kurzen Namen seltsam doppeldeutig in die Länge und die Augenbrauen zusammen, »würde ich von Ihnen gern noch was wissen …« Wieder bricht er ab und schaut ungehalten zur Eingangstür, aus der sich der an den Händen gefesselte Afghane einfach nicht herausbugsieren lässt. Mit aller Macht stemmt er sich gegen seine beiden Bewacher und stößt einen Klagelaut aus.

»Schafft den Mann endlich raus! Was ist denn da schon wieder los?«

»Toilet! Please!«

Die verblüffend helle Stimme passt überhaupt nicht zu dem *finsteren* Gesicht, das jetzt einen sehr kläglichen Ausdruck angenommen hat. Der Mann presst die zusammengebundenen Hände vor den gekrümmten Leib und stöhnt vernehmlich.

»Raus mit dem Kerl! Der wird sich schon zusammenreißen können!«

Ich schreite ein: »Nach der Genfer Konvention, Herr Kommissar …«

Das große Geschütz für das kleine Geschäft wirkt sofort.

»Schon gut, schon gut!«, unterbricht mich der Bonner. »Dann bringt ihn halt einer aufs Klo. Durch das kleine Fenster kommt der eh nicht raus. Und eine Hintertür gibt's da ja auch nicht.« Er wirft einem Beamten den kleinen Schlüssel rüber und wendet sich dann wieder mir zu. »Setzen Sie sich.«

Ich folge der Aufforderung und sehe mehr gereizt als gespannt zu, wie sich der Kommissar durch Papiere raschelt und dort Notiertes offenbar mit einem Text auf dem Monitor vor sich vergleicht. Dann blickt er freundlich lächelnd auf.

»Also, jetzt erzählen Sie mir doch bitte mal, meine liebe Frau Klein …« Auf diesen Plauderton bin ich nicht vorbereitet. Noch weniger aber auf die Frage, die der Hauptkommissar jetzt ausspuckt: »… wie war Ihr Verhältnis zu Frau Claudia Langer denn wirklich?«

»Was soll das? Das hat sie Ihnen doch schon alles erzählt!«

Marcels Stimme klingt ungewöhnlich scharf. Ich bin heilfroh, dass er nicht mich, sondern seinen Kaffee im Stich gelassen hat und sogleich an meine Seite geeilt ist.

»Richtig, aber ich würde es gern noch einmal von Ihnen selbst hören, Frau Klein.« Der Kommissar macht eine unheilschwangere Pause. »Warum haben Sie eigentlich die ehemalige Frau Ihres Freundes bei sich übernachten lassen? Wo Sie die doch angeblich erst gestern Abend kennengelernt haben? Ist Ihnen eigentlich klar, dass Sie überhaupt kein Alibi für den Mord hinter Ihrem Restaurant haben?«

Ich ziehe die Luft ein. Mit allem habe ich gerechnet, aber ganz bestimmt nicht damit, in den Kreis der Verdächtigen aufgenommen zu werden.

»Genau betrachtet«, fährt der Kommissar fort, »ist auch Ihr Alibi bezüglich des Mordes an Marita Bausch außerordentlich wacklig, weshalb ich …«

Getöse im kleinen Flur. Schreie, Gerumpel, Türknallen. Nach einem kurzen Moment der Schockstarre springen im Gastraum alle auf. Ich bin nicht ganz so flink wie die anderen. Die Uniformen versperren mir die Sicht auf das, was sich im Gang ereignet, von dem das Klo und die gegenüberliegende Küche abgehen.

»Drop your guns!«, kreischt die helle Stimme des Afghanen. »Otherwise …«

Ich höre es klappern.

»Fat lady! Come here!«

Kein Zweifel, wen er meint. Es ist nur eine *fat lady* anwesend. Wozu die gut sein soll, kann ich nicht einmal erahnen.

»Go back! All of you! Only fat lady! Come here!«

Von vorderster Front höre ich: »Bleiben Sie, wo Sie sind, Frau Klein!«

Unmögliches kann niemand von mir verlangen. Also schiebe ich mich augenblicklich nach vorn durch.

Und begreife sofort, weshalb der Afghane an der *fat lady* interessiert ist.

Eine solche würde seinem Körper erheblich mehr Schutz bieten als die schmale Gestalt im großgeblümten Sommerkleid, die seitlich gegen den Rahmen der offenen Küchentür gedrückt wird. Anouk starrt uns mit angstgeweiteten Augen an. Sie kann sich nicht vom Fleck rühren, denn der Mann, der hinter ihr in der Küche steht, hält ihr mein schärfstes Fleischermesser an den Hals.

»Fat lady! Good. Go away, police!«

Als **Zehntes** wird ein Kochtopf zweckentfremdet;
ein Tritt zeitigt tierische Folgen;
Bitterkeit wird durch feine Süße gemildert,
bis ein Schlüssel neue Rätsel aufgibt
und dann nicht nur die Köpfe qualmen.

Mandeltropfen:

Puderzucker mit sehr fein geriebenen Mandeln und Orangenblütenwasser aus der Apotheke vermengen, sodass eine feste Masse entsteht. Mit den Händen weich kneten. Die Paste etwas ruhen lassen.
Dann kleine Kugeln aus dem Teig formen und eine Pistazie oben hineindrücken.
Die Mandeltropfen in kleine Pralinenförmchen legen und trocken werden lassen.

Plötzlich herrscht Stille.

Wie ein Standbild verharren Anouk und ihr Geiselnehmer stumm und absolut regungslos vor mir. Auch ich kann mich nicht rühren. Für Bruchteile einer Sekunde scheint die Zeit eingefroren zu sein. Mein Hirn aber heizt mir mächtig ein.

Wo ist das Kriseninterventionsteam, wenn man es braucht? Viel zu weit weg – wie jede weitere polizeiliche Unterstützung auch. Nicht auszumalen, was hier noch alles passieren kann, bis Hilfe auf der Kehr eingetroffen sein wird. Was tun?

Selbst deeskalieren! Wir müssen versuchen, die Lage, also den Mann irgendwie in den Griff zu kriegen. Die *fat lady* ist gerufen worden, also fällt ihr diese Aufgabe zu.

Neues Mantra: Ruhe bewahren, Ruhe bewahren, Ruhe bewahren.

Wie aber kann ich einen kühlen Kopf bekommen, wenn mein Blutdruck so hochgeschossen ist, dass es wild an den Schläfen pocht? Es mir vor den Augen flimmert und ich genug damit zu tun habe, mich auf den Beinen zu halten? In Anouks angstvoll flehendem Blick spiegelt sich meine eigene Panik. Die muss ich schnellstens loswerden. Ausatmen, einatmen, ausatmen. Ich klinge wie ein Blasebalg. Macht nichts, bei Menschen meiner Statur rechnet man mit Kurzatmigkeit.

Ruhe bewahren, Ruhe bewahren, Ruhe bewahren.

Den Mann ganz gelassen fragen, was er will. Was wohl - er will abhauen und braucht ein Auto. Blöde Frage. Trotzdem muss ich mit ihm reden, auf ihn einwirken, auf die Macht der Worte setzen.

In Filmen funktioniert das meistens.

Hier nicht.

Mein erstes, heiser hervorgebrachtes Angebot, Anouk gegen mich einzutauschen, beantwortet ihr Geiselnehmer mit einem fast unmerklichen Zucken. Das genügt, um ein silbrig glänzendes Partikelchen von des Messers Schneide auf den dünnen Hals des Mädchens herabgleiten zu lassen. Darunter bildet sich plötzlich ein winziger Blutstropfen. Hat der Mann eine Ahnung, wie scharf das Fleischermesser ist? Dummes Mädchen, warum nur hast du ausgerechnet damit Zwiebeln gehackt! Der vage Gedanke, nun doch meine Körpermasse einzusetzen, um den Angreifer zu überrumpeln, verflüchtigt sich vollends.

»Police! All to the room! In the back! On the floor! Hands over your heads! No tricks!«

Ich spüre, wie es hinter mir deutlich luftiger wird.

Der Hauptkommissar ruft mir aus dem Gastraum irgendwelche Anweisungen zu, aber ich verstehe nichts. Alle meine Sinne konzentrieren sich auf das Szenario vor mir. In das jetzt etwas Bewegung kommt. Der Afghane zieht Anouk in die Küche hinein. Ich folge mit bibbernden Knien.

»Car?«

Mein Autoschlüssel liegt auf der Anrichte. Ich halte ihn hoch.

»Open it!« Er nickt zum Fenster hin.

Geht nicht, erkläre ich, mein Wagen stehe auf der anderen Straßenseite, sei also nicht vom Fenster aus zu öffnen.

Ich solle es trotzdem versuchen.

»You see, it works!«, sagt er befriedigt, als wir die orangefarbenen Lichter meines Allradmonsters tatsächlich aufflackern sehen. Unglaublich, welche Reichweite dieser Mechanismus hat.

»We go now!«

Mit der freien Hand greift er sich einen massiven Stahltopf aus dem Regal und setzt ihn sich auf den Kopf. Er passt wie angegossen. Der Mann hat Augenmaß, das beruhigt mich etwas. Als Nächstes fordert er mich auf, eine große Decke zu holen, die uns drei gänzlich umhüllen wird. Mir fällt was Besseres ein. Als ich zum Badezimmer gehe, nicke ich dem wieder im Gang lauernden Hauptkommissar beruhigend zu.

Der wagt einen Blick in die Küche, zieht sich aber sofort wieder zurück, als der Geiselnehmer wüste Drohungen ausstößt und ihnen mit ungeheurem Geklapper Nachdruck verleiht. Es klingt, als hätte er die restlichen Töpfe vom Regal gefegt.

Als ich mit *Papas Mantel* aus dem Badezimmer komme, ist der Bonner Beamte verschwunden. Wahrscheinlich liegt er bei seinen Kollegen im hinteren Teil des Gastraums. Die Pistolen, die bis eben noch über den Flur verteilt waren, sind auch weg. Ich kann nur hoffen, dass jetzt alle die Nerven behalten.

»Ruhe bewahren«, sage ich mehr zu mir selbst als zu Anouk, die ja ohnehin nichts anderes tun kann. Es dauert ein Weilchen, bis wir nach Anweisung unseres Geiselnehmers zwischen den Töpfen auf dem Boden das menschliche Sandwich zubereitet haben, als das wir aus dem Haus gehen sollen. Als Erstes lege ich die Rückseite des schafswollenen Ungetüms um Anouk, dabei sehr bedacht, nicht aus Versehen an das Messer zu geraten. Die Seiten wickele ich um den schmächtigen Mann mit dem Topfhut. Ich presse meinen Bauch an seinen Leib und verknote die Ärmel des Riesenmantels wie Schürzenbänder auf meinem Rücken. Hoffentlich kommt niemand auf die Idee, auf die Füße des Geiselnehmers zu schießen. Im Fallen könnte er Anouk die Kehle aufschlitzen.

Mit Trippelschritten machen wir den Abmarsch.

»Stay down, hands over your heads!«, tutet die helle Stimme, bevor wir den Gastraum betreten.

Die Beamten gehorchen. Marcel ist allerdings nirgendwo zu sehen. Klar, der legt sich nicht einfach zu den Kollegen und lässt seine Enkelin mit einem Messer am Hals abführen. Der will was tun. Das Herz klopft mir wieder bis in die letzte Gehirnwindung hinein. Ich ahne, was er vorhaben könnte: sich in meinem Auto verstecken und beim Einsteigen den Überraschungsmoment nutzen.

Bitte nicht!, sende ich eine telepathische Botschaft, viel zu gefährlich! Und wahrscheinlich total überflüssig. Deutsche und belgische Polizeibehörden werden längst informiert sein und meinen Wagen auch dann noch im Visier behalten, wenn der Mann Anouk und mich rausgelassen haben wird. Wenn er das überhaupt vorhat. Außerdem wird er tanken müssen. Mein Benzin reicht höchstens bis Köln oder Luxemburg.

Ich muss umständlich an den beiden Körpern vor mir vorbeigreifen, um die Tür zu öffnen. Wir hoppeln die drei Stufen hinunter und schlängeln uns an den geparkten Wagen vorbei.

Von links nähert sich ein Bulli mit Hamburger Kennzeichen. Der Fahrer, der uns am sofortigen Grenzübertritt hindert, hupt und winkt uns fröhlich zu. Womöglich hält er die seltsame Erscheinung am Straßenrand für eine Gestalt aus dem Brauchtum dieses Hinterlandes. Vielleicht wird er zu Hause davon schwärmen, das sechsbeinige Eifeler Adventslamm gesichtet zu haben. Wie soll er auch ahnen, was für ein Drama sich unter dem räudigen Schafsfell verbirgt! Vielleicht liest er es ja morgen in der Zeitung. Noch ist allerdings kein Reporter hier. Die Polizei hat bestimmt eine Nachrichtensperre verhängt.

Während wir im schlurfenden Gleichschritt die Straße überqueren, drohen die zusammengebundenen Ärmel des Mantels auf meinen Rücken auseinanderzugehen. Ich zurre sie halbherzig fester und überlege, wie sich der Geiselnehmer das Einsteigen in meinen Wagen vorstellt.

Wahrscheinlich soll ich fahren, während er sich mit Anouk auf dem Rücksitz breitmacht. Gut möglich, dass er mir dann von hinten das Messer an den Hals hält, damit ich keinen Unfall provoziere. Während ich noch fieberhaft darüber grübele, was für eine Falle ich ihm stellen könnte, stehen wir schon an meinem Allradmonster.

Ich habe es mit der Schnauze zur Straße hin geparkt, neben dem Gebäude und natürlich sehr nah an der Haustür. Wenn man schon keine Garage hat, will man vor allem im Winter den Weg zum Gefährt so kurz wie möglich halten.

Ich wende den Kopf und sehe die Bonner Beamten, die sich auf der deutschen Straßenseite versammelt haben. Der Hauptkommissar hält ein Telefon ans Ohr, und zwei Polizisten steigen jetzt in einen Streifenwagen.

Das nimmt auch unser Entführer wahr, aber es scheint ihn nicht groß zu kümmern. Er reißt die Fahrertür auf, schält uns in deren Schutz aus dem Mantel und bedeutet mir, mich ans Steuer zu setzen.

Als ich nicht sofort reagiere, lässt er das Messer wieder kurz zucken. Zum ersten Mal entweicht Anouk ein Laut. So schnell war ich noch nie in meinem Auto.

Immer noch mit dem Messer am Hals des Mädchens beugt sich der Mann vor und inspiziert das Innere das Wagens. Ich atme erleichtert aus. Offenbar lauert da nirgendwo ein Marcel.

In Zeitlupentempo schiebt der Kerl Anouk in den Wagen und macht sich daran, selbst einzusteigen.

Dann geht alles sehr schnell.

Ich nehme einen kurzen Rumms wahr. So ein dumpfes Geräusch, wie wenn jemand gegen eine Holztür prallt, um sie aufzubrechen. Aber warum sollte der Mann das tun? Wieso liegt er jetzt vor meinem Eingang und fasst sich laut klagend an den Kopf? Welche unsichtbare Macht hat ihn dorthin katapultiert? Man könnte glatt an die Hand Gottes glauben.

Da öffnet sich die Haustür. Mit lautem Gebell stürzt Linus raus und hopst unbekümmert über den am Boden Liegenden. Er will sich schwanzwedelnd unter das Auto drängen, als ich ein zweistimmiges »Fass!« höre.

Das nächste Wunder geschieht: Mein Hund gehorcht. Er wirbelt herum und wirft seinen mächtigen Leib mit bedrohlichem Knurren über den schmächtigen Mann.

»Super, Jupp, perfekt!« Marcels Stimme kommt von unten. »Oh Gott, mein Kreuz!«

Ich beuge mich aus dem immer noch offenen Wagen und sehe staunend, wie sich der belgische Polizeiinspektor mit schmerzverzerrtem Gesicht unter ihm hervorwindet.

»Mann, ist das kalt! Hab mir wohl was ausgerenkt!« Sein Versuch, sich zu recken, missglückt. Jämmerlich gekrümmt fegt er sich wirkungslos über die stark verschmutzte Uniformhose.

Linus hat es sich auf dem klagenden Geiselnehmer ordentlich bequem gemacht. Daneben hockt Jupp. Er krault mit der linken Pranke den Nacken des Hundes und drückt mit der Rechten den Brustkorb des schreienden Mannes nieder.

Die deutsche Polizei stürmt über die Straße.

»Gute Arbeit!«, keucht der Hauptkommissar.

Marcel nimmt Haltung an, was ihm sichtlich schwerfällt, und versperrt den Deutschen den Zugang zum Täter. Er hebt einen Arm. »Stopp!«, trompetet er. »Hier ist Belgien.«

Der Bonner reißt Mund und Augen auf und setzt zu einem Protest an.

Marcel lässt ihm keine Chance für einen Angriff. Er deutet eine Verbeugung an, macht eine galante Handbewegung und tritt zur Seite. »Aber wir Belgier sind ja kooperativ. Freu mich schon drauf, das morgen in eurem Dossier zu lesen. Und jetzt holt den Kerl nach Deutschland mit.«

Was sich die Beamten nicht zweimal sagen lassen.

Ich bin inzwischen ausgestiegen und helfe Anouk aus dem Wagen. Das Mädchen ist kreidebleich. Der kleine Körper zittert noch mehr als bei der ersten Begegnung mit Linus. In dem dankbaren Blick, den sie ihm jetzt zuwirft, spiegelt sich aber auch wieder ein gewisses Erschrecken. Ist eben doch ein wildes, gefährliches Tier, der Linus, mit dem sie sich vor Kurzem noch mein Bett geteilt hat. Ich bin froh, dass Jupp ihn festhält. Er hätte Anouk sonst vor Freude angesprungen und damit wohl erneute Panik in ihr ausgelöst. Wie schnell das zarte Pflänzchen frischen Vertrauens geknickt werden kann, weiß ich aus eigener Erfahrung.

Der Hauptkommissar müht sich um Anouks Aufmerksamkeit. »Gleich fährt dich ein Kollege ins Krankenhaus.«

Vehement schüttelt sie den Kopf, klammert sich an mir fest und verbirgt ihr Gesicht an meiner Brust.

»Bist du denn in Ordnung, Mädchen?«, erkundigt sich der Polizist unsicher. »Wir können dich doch nicht einfach hierlassen. Nach all dem, was du durchgemacht hast, muss sich doch jetzt jemand um dich …«

»… kümmern. Das tue ich. Gehen Sie nur«, sage ich und klopfe Anouk sanft auf den Rücken. Nein, wir werden das Mädchen keinen fremden Leuten ausliefern, die sie mit noch mehr Fragen quälen, wenn ihre Antworten ausbleiben.

»Der Opa ist ja auch noch da«, meldet sich Marcel. Er legt einen Arm so um mich, dass er mit der Hand über den Kopf seiner Enkelin streichen kann. Das Zittern ebbt ein wenig ab. Auch bei mir.

»Sind Sie sicher?«

Ich kann die Erleichterung in der Stimme des deutschen Kommissars nachvollziehen. Welches Krankenhaus wäre zuständig? Das von Prüm läge am nächsten, ist aber in Rheinland-Pfalz, wo ein NRW-Polizist zusätzlichen Schreibkram am Hals hätte. Natürlich würde er nicht im Traum daran denken, das belgische Mädchen, das sich gerade auf Heimatboden befindet, nach St. Vith zu transportieren. Also käme Anouk wohl ins Krankenhaus von Schleiden. Der betreffende Beamte müsste die Erziehungsberechtigte informieren, sich vielleicht auch um psychologische Dinge kümmern, aber auf jeden Fall einen zusätzlichen Bericht verfassen. Alles sehr zeitaufwendig. Sehr lästig, wenn man gerade auf der Suche nach einem Mörder ist.

Genau betrachtet ist auch Ihr Alibi bezüglich des Mordes an Marita Bausch außerordentlich wacklig …

Wie ein Blitz schießt mir der Satz ins Hirn, den der Beamte vorhin wegen deutlich übergeordneten Interesses hatte abbrechen müssen. Er wird es wohl kaum wagen, in dieser Lage darauf zurückzukommen.

»Nach diesem Schreck wünsche ich allseits gute Erholung.« Er reicht jedem von uns die Hand, nur Anouk nicht, die sich immer noch an mich drückt. »Wir sehen uns ja morgen früh in Schleiden wieder.« Und dann schießt er zum Abschied doch noch quer: »Sie kommen natürlich auch, Frau Klein, wir müssen unbedingt unser Gespräch fortsetzen.« Er wendet sich zum Gehen.

Marcel stellt sich ihm in den Weg. »Moment mal, Herr Kommissar, Sie sind uns noch eine Erklärung schuldig!«

Genau, denke ich, was fällt dem Mann ein, mir zu unterstellen, dass ich mit den Morden was zu tun haben könnte! Gut, dass der Held der Stunde dem Abstauber vom Dienst die Leviten lesen will.

»Ich Ihnen? Eine Erklärung?«

»Das Messer am Hals meiner Enkelin! Wie konnte so was nur passieren?«

Gequält verzieht der Bonner das Gesicht. »Nur eine Sekunde Unachtsamkeit ...« Er sieht mich vorwurfsvoll an: »Wie kann es sein, dass unsere Bauaufsicht überhaupt so eine winzige Toilette genehmigt ...«

Zu winzig für zwei. Deshalb geht die Tür ja auch nach außen auf. Dicht vor ihr hatte der Polizist dem Delinquenten die Handschellen abnehmen müssen und draußen auf ihn gewartet. Nicht damit gerechnet hatte er, dass der Mann auf dem Boden liegend die Tür aufstoßen und ihm flugs die Beine wegziehen würde. Der Rest war ein Klacks. Der Afghane sprang über den gestürzten Beamten in die Küche, packte sich Anouk und entriss ihr das Messer, mit dem sie gerade die Zwiebeln für ihre Weihnachtsbouletten zerhackte.

»Dumm gelaufen«, gesteht der Bonner.

»Das sagt ihr sonst über uns«, bemerkt Marcel und

deutet auf die kleine DG-Plakette, die er mir vor Jahren mal auf die Autoscheibe geklebt hat. »Wie ihr überhaupt gern über belgische Schlamperei lästert. Jetzt haben wir mal was über euch zu erzählen. Auf Wiedersehen. Bis morgen.«

»Wir müssen rein«, sage ich, nachdem sich die deutsche Polizei aus Belgien zurückgezogen hat. »Das Mädchen erfriert uns sonst.«

Eine Gefahr, die bei Jupp nicht besteht. Er hat sich *Papas Mantel* umgehängt und streicht nachdenklich über das Fell.

»Stinkt wirklich ganz schön.«

»Dann lass das Ding doch hier draußen auf der Bank auslüften.«

Jenseits der Grenze heulen Motoren auf.

»Gut, dass die wegfahren«, seufzt Marcel.

»Und so ganz ohne dich«, setze ich hinzu. »*Du* bist ja jetzt wohl aus der Schusslinie. Was meinst du, sollte ich in Belgien untertauchen?«

Marcels Gesicht verfinstert sich.

»Äxte sind nicht dein Stil, Katja. Komm, lass uns nach drinnen gehen.«

Im Haus sehen wir einander kopfschüttelnd an. Hier können wir nicht bleiben. Bei all der Hektik heute Morgen habe ich vergessen, die Heizung aufzudrehen. Bis ein Kaminfeuer gemütliche Wärme verbreitet, würde es viel zu lange dauern.

Marcel, der wie alle Eifeler, die ich kenne, im Winter tropische Temperaturen im Haus liebt, wehrt jeden Schritt in mein Wohnzimmer ab.

»Nee, Katja, lass uns rüber in die *Einkehr* gehen, ist gemütlicher, und mein Rücken braucht jetzt Wärme. Außerdem wird Anouk in ihrem hübschen Sommerkleid ja schon ganz blau vor Kälte!«

Das Mädchen reibt die verschränkten Arme vor der Brust und nickt.

»Das haben wir gleich!«

Ich öffne die Schlafzimmertür.

»Du willst ihr was von dir geben?« Die Ungläubigkeit in Marcels Stimme ist verständlich. Das zierliche Geschöpf könnte in meinen Stoffmassen genauso versinken wie in *Papas Mantel.*

»Nein. Moment.«

Ich muss nichts aus dem Kleiderschrank ziehen. Der Wollmantel, den ich Marcel zum vorletzten Weihnachten geschenkt habe, und den er im Sommer unserer Trennung bei mir zurückgelassen hat, liegt griffbereit auf dem Sessel neben dem Bett. Weil das Teil immer noch nach Rasierwasser duftet und mir in den einsamen Nächten der vergangenen Monate eine ganz spezifische Wärme verleihen konnte.

Marcel ist ein sehr schlanker Mann, doch an Anouk sieht das schmal geschnittene Teil eher unförmig aus.

»Du kannst ihn später deinem Opa zurückgeben«, sage ich, ohne Marcel anzusehen.

»Linus muss raus«, meldet sich Jupp. »Darum war ich ja hier.«

»Was war das eben überhaupt?«, frage ich.

»Jupp und ich sind schon ein tolles Team.«

»Ihr solltet zusammen auftreten. Aber richtig verstanden habe ich nicht, was da grad passiert ist.«

Marcel setzt mich schnell ins Bild.

Als er die Lichter meines Autos hatte aufblinken sehen, war er aus der Einkehr hinausgerannt, über die Straße und unter mein Auto gehechtet.

»Mir war klar, dass der Mann mit Anouk hinten einsteigen würde und zwar auf der Seite, wo ihm die Hauswand Schutz bietet. Also habe ich mich in Position gelegt und musste nur noch warten, bis er einen Fuß ins Auto stellt … und dann zack!«

Der malträtierte Rücken lässt nur eine müde Demonstration des gewaltigen Tritts zu, mit dem er den Mann am Schienbein getroffen und gegen meine Haustür gedonnert hat.

»Toll gezielt«, sagt Jupp anerkennend.

»Eine belgische Spezialität. Wir können kicken. Haben schließlich die beste Fußballmannschaft der Welt. Unsere diables rouges werden noch die Weltmeisterschaft gewinnen. Und jetzt flott in die *Einkehr.*«

Anouk schüttelt den Kopf.

Ich wechsele einen Blick mit Marcel. Für das Mädchen muss mein Restaurant zum Haus des Grauens geworden sein. Klar, dass sie keinen Schritt mehr hineinsetzen will.

»Nur für ein Weilchen«, sagt Marcel eindringlich. »Deine Mutter und Herr Brix kommen ja gleich und holen dich mit nach Hause.«

Wieder heftiges Kopfschütteln.

»In meinem Bett ist es warm. Da kannst du auch warten«, schlage ich vor.

Erneutes Kopfschütteln. Klar, das Mädchen hat Angst vor den Bildern, die in der Stille meines Schlafzimmers auf sie einstürmen könnten. So richtig zur Ruhe kommen möchte ich jetzt auch nicht.

»Ich geh dann mal mit Linus«, meldet sich Jupp.

Nicht nur er ist erstaunt, dass Anouk bei diesen Worten noch einmal den Kopf schüttelt.

»Nein?«, fragt unser Riese verunsichert.

Anouk hebt eine Hand und huscht in meine Küche.

Nach kurzem Klappern hören wir Wasser rauschen, und dann raschelt es. Gespannt warten wir, womit uns dieses seltsame Kind wieder überraschen wird.

Diesmal ist es die Weihnachtsdeko, die Gudrun auf den Tischen verteilt und ich anschließend sofort wieder eingesammelt hatte. Weil ich solche Geschmacklosigkeit lieber als Nervennahrung für anstrengende Zeiten in meinem privaten Küchenschrank bunkere.

Kleine Weihnachtsmänner aus Schokolade. Anouk hat sie ausgewickelt und rund um einen Hundekuchen hübsch im Fressnapf arrangiert.

Sie bückt sich und schiebt Linus vorsichtig das Metallteil zu. Der Hund will sich begeistert über die Schokolade hermachen, doch Jupp hält ihn zurück.

»Lass ihn doch!«, rufe ich, »Linus hat eine Belohnung verdient!«

»So viele Weihnachtsmänner können ihn aber umbringen«, bemerkt Marcel. »Der alte Herr hat bestimmt Diabetes. Ein Leckerli genügt.«

Erschrocken schnappt sich Anouk den Fressnapf, stopft sich zwei Weihnachtsmänner in den Mund und bietet uns die anderen dar. Wir greifen zu und überlassen Linus zwei Exemplare und den Hundekuchen.

»Man kann den Umgang mit Hunden erlernen,

autsch …« Marcel fasst sich kurz an den Rücken, »und auch den mit der Angst vor ihnen. Damit man ein bisschen freier wird. Katja weiß genau, wovon ich spreche.«

Von Zeiten, in denen mich schon der Anblick eines Dackels zwang, die Straßenseite zu wechseln. Bis ich auf die Kehr kam, wo es keine Bürgersteige gibt, sich mir aber ein halber Kampfhund in den Weg stellte. Erst klaute er mir ein Kalbsleberbrötchen, dann mein Herz und schließlich die Angst, von ihm gefressen zu werden. Bei Dackeln bin ich mir da immer noch nicht so sicher, aber das braucht Anouk nicht zu wissen. Sie atmet tief durch, zieht kurz entschlossen die Leine vom Haken und nickt mir auffordernd zu.

Spazierengehen gehört eigentlich nicht zu meinen Lieblingsbeschäftigungen.

Jupp weiß das und bietet an, mit Anouk und dem Hund eine Runde zu gehen. Doch noch weniger Lust als auf Bewegung im Freien habe ich auf die im Restaurant, Stühle rücken, Töpfe aufheben, Spülmaschine einräumen und dabei spannende Erklärungen über das Ende der Geiselnahme abgeben zu müssen. Marcel soll Gudrun und Hein alles erzählen. Und Herrn Bausch, dessen Auto erstaunlicherweise immer noch vor der Tür steht. Außerdem wäre ich gern abwesend, wenn Josephine zurückkehrt. Sie wird jeden mit Vorwürfen überschütten, sobald sie erfährt, welcher Lebensgefahr ihre Tochter ausgesetzt gewesen ist. Das soll sie mal alles schön bei ihrem neuen Vater abladen. Und sich danach für seinen beherzten Tritt bedanken und ihm den schmerzenden Rücken massieren.

Ich lehne also Jupps Angebot ab. »Nee, mein Freund, du hast was ganz anderes vor.«

»Hab ich?«

»Ja. Du wirst den Kehrern ihre Äxte zurückbringen. Es gab schon Beschwerden aus der Nachbarschaft.«

»Oje, tut mir leid.« Er schnappt sich sein räudiges Fell und stapft mit gesenktem Haupt davon.

Marcel blickt zum Himmel.

»Sieht so aus, als ob da gleich wieder was runterkommt. Geht lieber nicht zu weit.«

Das habe ich auch nicht vor.

Ich bitte Marcel, mir eine SMS zu schicken, sobald Josephine und Brix vom Campingplatz zurückgekehrt sind, und mache mich mit Anouk und Linus auf den Weg. Schweigend. Nicht etwa, weil ich nicht wüsste, wo ich mit dem Erzählen anfangen sollte, sondern weil ich unbedingt vermeiden will, das Mädchen mit einer unbedachten Bemerkung noch weiter zu verstören. Ich brauche ein Thema, das überhaupt nichts mit dem gerade Vorgefallenen, der Familie oder gar mit den beiden Morden zu tun hat.

Beim Schild *Auf dem Gericht* lassen wir Linus von der Leine und schlagen links den kleinen Pfad ein, der ins Wäldchen führt. An einem vermoosten Drachenzahn bleibt Linus stehen und hebt das Bein.

Anouk sieht mich fragend an.

»Was das ist?«, übersetze ich ihren Blick und greife die Gelegenheit beim Schopf. »Ein Teil der Höckerlinie. Aus dem zweiten Weltkrieg …« Meine Stimme ebbt ab.

Nein, als entspannender Gesprächsstoff ist der Horror von damals wenig geeignet. Ich müsste von der Ardennenoffensive sprechen, von dem blutgetränkten

Boden, über den wir gerade wandern, von den vielen Opfern. Wie kann ich da jetzt nur die Kurve kriegen?

Der Himmel hat ein Einsehen. Er öffnet seine Schleusen und schickt einen erneuten Hagelschauer auf uns hernieder. Wir rennen los. Außer Puste ziehen wir an der Außenglocke des nächstgelegenen Hauses, dem Hof an der Kehre.

Die Tür öffnet sich einen Spalt.

»Katja! How nice! Come in, come in …« Shadia löst die Kette.

»Sorry«, sage ich, als sich Linus an uns vorbeidrängt und mit seinen dreckigen Pfoten in den geräumigen Flur schießt.

»No problem.«

Shadia wartet, bis Anouk und ich Mäntel und Schuhe ausgezogen haben und geht uns dann ins Wohnzimmer voran.

Urplötzlich fällt eine Last von mir ab. Mir ist, als würden wir durch einen Spiegel in eine Zauberwelt eintreten, in eine Sphäre des Friedens, wie sie der Jahreszeit angemessen ist. Fehlt nur noch der Weihnachtsbaum. Hat Klaus ihn also doch nicht hier abgeladen?

Beide Familien haben sich in dem großen, spärlich eingerichteten Raum versammelt. Im Kaminofen lodert ein Feuerchen, und es duftet nach Orangen und gebrannten Mandeln. Die kleineren Kinder spielen auf dem Fußboden mit Autos und Puppen, ein älterer Junge hängt mit seinem Handy auf dem Sofa ab. Am Esstisch sind die beiden halbwüchsigen Mädchen in Maritas hochgelobtes Bildwörterbuch vertieft und deren Väter in ein Brettspiel. Anmutig bewegt sich Alima zu Klängen, die aus dem Fernseher kommen, wo gerade eine arabische Musiksendung läuft.

»Surprise!«, ruft Shadia und gibt den Weg für uns frei. Die Männer blicken nur kurz von ihrem Spiel auf und heben grüßend die Hände.

»Lasst euch nicht stören«, rufe ich den Mädchen zu und bedeute ihnen, doch bitte sitzen zu bleiben.

Die kleineren Kinder tollen mit Linus herum, nur Hakim nicht. Der Fünfjährige rappelt sich vom Boden auf, stürzt auf Anouk zu, zerrt mit einer Hand an ihrem Kleid und hält ihr mit der anderen das Feuerwehrauto hin: »Grün!«

»Rot«, verbessere ich sanft, weil Anouk auf das Kind überhaupt nicht reagiert.

»Nouk! Nouk!« Wütend stampft der kleine Junge auf.

Alima weist ihren Jüngsten scharf zurecht. Der bricht in Tränen aus und stürmt aus dem Raum.

Shadia verscheucht ihren daddelnden Sohn vom Sofa und bittet uns Platz zu nehmen.

»Komm, Anouk«, sage ich, doch das Mädchen bleibt stocksteif an der Tür stehen.

Shadia sieht mich fragend an. »Poor little girl. She is so sad.«

Genau, sage ich, eben weil Anouk so traurig sei, hätten wir einen kleinen Spaziergang gemacht. Im köstlichen Frieden dieses Raumes werde ich ganz bestimmt kein einziges Wort über den Albtraum der letzten Stunde verlieren.

Mit wiegenden Bewegungen nähert sich Alima der Tür, streckt ihre Arme aus und schafft es tatsächlich, der Holzpuppe im groß geblümten Sommerkleid gewisse Schwingungen zu entlocken. Staunend sehe ich zu, wie Anouk konzentriert den Schritten Alimas folgt, sich kurz darauf von der Vorlage löst und nach eigener Interpretation leichtfüßig durchs Wohnzimmer gleitet. Alima stellt den Ton des Fernsehers lauter und zaubert damit ein kleines Lächeln in Anouks Gesicht. Ich sollte den Volkshochschulen in der Gegend vorschlagen, die syrischen Frauen einen Kurs arabische Tanztherapie geben zu lassen.

Dankend winke ich ab, als Shadia auch mich vom Sofa ziehen will. *Wenn ick so sitze, denn jeht's,* heißt das bei uns in Berlin. Nein, ich möchte keine neuen Bewegungen lernen, die alten sind schon schwer genug. Wir wollen ohnehin nur so lange bleiben, wie der Sturm ums Haus heult.

Aber da habe ich meine Rechnung ohne die beiden syrischen Frauen gemacht. Sie bestehen darauf, uns zu bewirten. Während ich starken, süßen Tee schlürfe und köstliche Mandeltropfen nasche, schicke ich eine SMS an Marcel ab, damit er weiß, wo wir sind. *Anouk tanzt,* setze ich hinzu.

Doch als ich aufblicke, stimmt das nicht mehr. Anouk steht mit dem Rücken zu uns an einer Kommode. So versteinert wie vorhin an der Tür.

Ich stehe auf und gehe zu ihr hin.

»Was ist los?«, frage ich beunruhigt.

Sie sieht mich mit tränengefüllten Augen an, greift einen riesigen, gusseisernen Schlüssel mit dichter, langer Quaste von der Kommode, offenbar ein antikes Fabrikat, und hält ihn mir hin. Trotz der Bewegung und der Wärme im Zimmer schlottert sie wieder am ganzen Leib.

Alima ist herangekommen. Sie deutet auf den Schlüssel.

»Is gift from Marita«, sagt sie traurig. »The key to our new life, she said.«

Anouk lässt den Schlüssel fallen.

Ich hebe ihn auf und betrachte ihn genauer. Würde ein altes Teil nicht Rost aufweisen? Woher hatte Marita diesen kunstvoll angefertigten, offensichtlich neuen Schlüssel?

»Ist der etwa aus der Fabrik deiner Oma?«, frage ich atemlos. Womöglich halte ich ein Verbindungsstück zwischen den beiden Morden in der Hand! Aber was könnte Marita mit Claudias Firma zu tun gehabt haben?

Anouk rutscht zu Boden und vergräbt ihr Gesicht zwischen den Knien. Der ganze kleine Körper bebt. Shadia lässt sich neben ihr nieder, nimmt sie in die Arme, wiegt sie wie ein kleines Kind und beginnt, ihr leise etwas vorzusingen.

Alima stellt den Fernseher aus. Die Kinder unterbrechen ihr Spiel und blicken zu der jüngeren Mutter hin, deren leise, aber kraftvolle Melodie den Raum akustisch ausfüllt.

»Beautiful voice«, flüstere ich hilflos.

Alima lächelt. Shadia mache eben ihrem Namen alle Ehre, erklärt sie, er bedeute nämlich »die Sängerin«. Auf die Frage nach ihrem eigenen Namen erfahre ich, dass *Alima* für die Liebe zu Tanz und Musik stehe.

Mit so passender Signifikanz kann ich nicht dienen. Ich sei nach meiner Großmutter benannt worden, sage ich, und hieße eigentlich Katharina. Das habe wohl irgendwas mit Reinigung zu tun. Was meiner Mutter, die in Berlin als Putzfrau gearbeitet hatte, ganz gewiss nicht bewusst gewesen ist.

»Katharina, Katharsis«, flüstert Alima zurück. »Perfect. Just what the little girl now needs.«

Ich schweige beeindruckt. Die Bildung der syrischen Optikerin ist der meinen offenbar weit voraus.

Der Schlüssel in meiner Hand wiegt schwer. Sein reich verzierter Griff mutet arabisch an, vielleicht hat ihn Marita deshalb für ein geeignetes Geschenk gehalten. Könnte es der Prototyp eines Schlüssels sein, den ein Scheich bei Claudia in Auftrag gegeben hat? Aber wie ist dieses Teil ausgerechnet bei Marita gelandet? Und wann hat sie es den Syrern geschenkt? Ich frage nach.

Heftiges Läuten und laute Schreie entheben Alima der Antwort. Zusammen stürzen wir in den Flur und reißen die Tür auf.

Josephine zappelt vor dem Haus herum.

»Feuer!«, schreit sie, »Feuer! Da!« Aufgeregt weist sie zur Seite.

Alima und ich wechseln einen entsetzen Blick und rennen raus.

Dichter stinkender Qualm dringt aus dem offenen Tor des Nebengebäudes, da, wo Gerätschaften und Gerümpel lagern. *Brandanschlag* schreit es in meinem Kopf, in dem sich plötzlich ein Gebet formuliert: Lass es bitte kein Brandanschlag sein, nicht Ernesto Fidel Bausch!

»112«, keucht Josephine. »Ruft an! Ich kenn doch die Adresse hier nicht!«

Als **Elftes** erstickt zwar
ein alter Gegenstand Glühendes,
ein neuer, der alt aussieht,
jedoch keine Argumente.
Der Grenzgänger spart sich
wesentliche Neuigkeiten noch auf,
wohingegen der, der mit dem Wolf tanzt,
nichts anbrennen lässt
und Pikantes serviert,
kurz bevor der Kehrblechblues
angestimmt wird.

Roquefort-Birnen-Nusskuchen:

3 Eier, 120ml Öl und 100ml Milch mit 180g Mehl und einem Tütchen Backpulver verrühren, 100g geriebenen Gruyère, 150g fein zerbröselten Roquefort, drei geschälte, in kleine Stücke geschnittene Birnen, 100g grob gehackte Walnüsse, etwas Sambal Oelek und Birnensenf dazugeben, zu einem Teig verarbeiten, in die mit Mehl bestäubte Kastenform füllen und 50 Minuten lang bei 180 Grad backen lassen; darauf achten, dass die Kruste nicht verkohlt.

Ahmed, Karim, water!«, brülle ich und stürme ins Haus hinein, um einen Wassereimer zu füllen. Es wäre völlig sinnlos, die Feuerwehr herbeizurufen. Wir müssen diese brandgefährliche Lage selbst unter Kontrolle bekommen. Und zwar nicht nur, weil es zu lange dauern könnte, bis hier Hilfe von außen eintrifft.

Josephines Appell, die 112 zu wählen, mag nämlich überall auf der Welt gelten, keineswegs aber für die Gebäude auf der Kehr, die in Nordrhein-Westfalen stehen. Wir sind von Rheinland-Pfalz im politischen Sinn des Wortes eingekreist und somit von den internationalen Notrufnummern ausgeschlossen. Wenn's brennt, sind wir gezwungen, eine längere Zahlenreihe einzugeben: 02251-5036. Da landen wir bei der Feuerwehr im fernen Euskirchen.

Ebenso wenig können wir bei Einbruch, Unfall oder gar Mord unter 110 sofort auf polizeilichen Beistand hoffen. Da meldet sich nämlich die Behörde in Trier, die sich als für uns nicht zuständig erklärt und uns an die Polizei in Schleiden weiter verweist. Rheinland-pfälzische Beamte werden eben nicht dafür bezahlt, bedrohliche Zustände in Nordrhein-Westfalen zu entschärfen.

Beim Eintippen der anderswo üblichen drei Notfall-Ziffern kann bei uns also kostbare Zeit verstreichen. Das sollte man wissen, wenn man hier lebt.

Ich wusste das nicht, als ich vor Jahren auf die Kehr kam. Höchst verwundert nahm ich damals Jupps Geschenk zur Eröffnung meines Restaurants entgegen: ein selbst gebasteltes, gerahmtes Stickbild mit zwei langen, bunten Zahlenreihen.

»Häng's übers Telefon«, riet mir Hein, nachdem er die Erklärung abgeliefert und den Verantwortlichen für diesen spezifischen Kehr-Notstand benannt hatte: »Die Telekom ist schuld.«

Die ignoriert nämlich schlichtweg die amtlich abgesteckten Grenzen der Bundesländer und schert es wenig, dass unsere Vorwahl 06557 behördlich Rheinland-Pfalz zugeordnet wird, einem Bundesland, das mit NRW-Kalamitäten möglichst nichts zu tun haben will.

Solche Umstände können schon Einheimische überfordern, unsere syrischen Familien aber sind ohnehin nicht daran gewöhnt, auf die Unterstützung der Obrigkeit zu vertrauen. Diese Menschen haben in ihrem Heimatland unter viel schlimmeren Umständen noch ganz andere Brände löschen müssen. Ahmed und Karim versuchen also gar nicht erst, den für den Winter stillgelegten Außenkran wieder fit zu machen. In Windeseile schaffen sie nasse Decken und volle Wassereimer herbei. Zusammen mit ihren Frauen binden sie Josephine, Anouk und mich augenblicklich ins Löschprogramm ein. Wir haben gar keine Chance, uns dieser unglaublich konzentrierten Aktion zu entziehen und folgen allen Anweisungen blindlings. Damit uns der Hund nicht zwischen den Füßen herumläuft, sperre ich ihn rasch in ein Zimmer ein.

»No fire, just smoke«, ruft Karim, als ich ihm außer Atem einen überschwappenden Kübel hinstelle. Der Mann ist mit einem feuchten Tuch überm Kopf ins Gebäude hineingerannt und wirft jetzt die Reste von kokelnden, gelben Säcken ins Freie. Schwelendes, stinkendes Plastik verteilt sich in der Einfahrt.

Ich erlaube mir einen wehmütigen Gedanken: Marita wäre sehr stolz darauf gewesen, wie konsequent ihre Asylbewerber doch die deutsche Mülltrennung einhalten! Darüber habe ich mich mit ihr vor einigen Wochen sogar noch in den Haaren gehabt. Damals fand ich, die Neuankömmlinge hätten Wichtigeres einzuüben, als Joghurtbecher gesondert von Kartoffelschalen, Papier und Glas zu entsorgen.

Marita hatte darauf ziemlich heftig reagiert. »Mülltrennung ist ein ganz wesentlicher Integrationsfaktor, Katja, schon wegen der Nachbarn.« Mein Argument, dass es hier ja keine in Sichtweite gebe und wir alle nicht sonderlich gewissenhaft trennen, ließ sie nicht gelten. »Die Syrer werden nicht ewig auf der Kehr bleiben, sondern irgendwann in eine deutsche Stadt ziehen. Sie können sich viel Ärger ersparen, wenn ihnen dann schon in Fleisch und Blut übergegangen ist, was in die graue oder braune Tonne gehört, was in den gelben Sack kommt, was in einen Container geworfen wird oder gebündelt am Straßenrand abgelegt werden muss.«

Dass im Hof an der Kehre zumindest der Kunststoff sorgfältig aussortiert wird, hat der Schwelbrand jetzt ans Licht gebracht. Aber hat Marita den Syrern auch mitgeteilt, dass der Plastikmüll hier zweimal monatlich abgeholt wird?

Morgen, fällt mir siedend heiß ein; auch ich muss nachher unbedingt unsere gelben Säcke an die Laterne stellen. Die passen nicht in die eine gelbe Tonne, die in NRW den Anwohnern zur Verfügung gestellt wird. In einem Restaurant kommt schließlich eine Menge Kunststoff zusammen, wenn auch nicht ganz so viel wie bei diesen beiden großen Familien. Ihr Budget erlaubt ihnen nur, sich Obst und Gemüse bei den Discountern zu besorgen, wo Salatgurken, Paprika, Tomaten, Möhren, Kartoffeln und sogar Bananen eingeschweißt sind. Mit gesundem Essen kann man der Umwelt eben auch Schaden zufügen, wenn man nicht das Glück hat, im Großmarkt einkaufen zu können.

Vor dem glimmenden Unrat, den die beiden Frauen zusammenfegen, bremst urplötzlich ein Pick-up. Jupp springt mit seinem räudigen Fell heraus und stürmt in die Räucherhalle hinein. Ich bin so verdattert, dass ich Anouk nicht aufhalten kann, die ihren Eimer fallen gelassen hat, sich kurz die Hand ans Ohr hält und dann wie von der Tarantel gestochen ebenfalls durch das Tor in das verqualmte Gebäude rennt.

»Hakim! Hakim!«, höre ich Alima aufgeregt rufen, aber ich mache mir mehr Sorgen um Anouk und laufe ihr hinterher, Schon nach den ersten Metern bleibe ich überrascht stehen. Jupp, der am Eingang die letzten Rauchschwaden mit *Papas Mantel* gerade erstickt hat, sieht mich strahlend an. Feierlich zieht er das Schaffell herunter und enthüllt vor unseren staunenden Augen den integrativen Weihnachtsbaum. Der steht in einem alten, rostigen Ständer und wirkt beinahe so frisch, als hätte ihm das Feuerchen nichts anhaben können.

Also ist Klaus Quetsch vorhin im Sturm durch das Stalltor gefahren und hat die Tanne im Gebäude abgeladen. Beim Warten auf das Ende des Hagelschauers hat er wohl zwischen all dem Gerümpel den alten Weihnachtsbaumständer des verstorbenen Vorbesitzers aufgetrieben und seiner Bestimmung zugeführt.

»Schaut mal, der Baum brennt nicht mehr!«, erklärt Jupp stolz.

Während ich immer noch darüber rätsele, weshalb ein Baum ohne Kerzen überhaupt in Brand geraten kann, taucht Anouk aus einer hinteren Ecke auf. Sie hält einen rauchgeschwärzten, hustenden und weinenden kleinen Jungen an der Hand.

Alima stürmt herbei.

»Hakim!«

Der Junge streckt die Arme nach seiner Mutter aus. Dabei fällt ihm etwas aus der Hand und kullert zu Boden. Ich bücke mich und hebe ein Teelicht auf. Der Fünfjährige sieht kurz zu Anouk hin und flüstert verschwörerisch: »Tannenbaum.«

Wir Nordeuropäer begreifen sofort.

Vor allem, als wir den mit kleinen runden Metallteilen übersäten Boden rund um den Weihnachtsbaum wahrnehmen. Eine Nordmanntanne hat zwar schöne, dicht benadelte Zweige, aber Teelichter können sich ohne Befestigung höchstens so lange auf ihnen behaupten, bis ein Fünfjähriger den Dochten mit Feuerzeug oder Streichhölzern zu nahe kommt. Da kann schon etwas auflodern, wenn ein entzündetes Licht auf einen prall gefüllten gelben Sack unter dem Baum fällt.

Mir wird schwindlig vor lauter Erleichterung. Kein Brandanschlag, kein fremdenfeindlicher Hintergrund, kein wild gewordener Ernesto Fidel Bausch. Die Klammer, die sich bei all diesen Befürchtungen um meine Brust gelegt hat, ist zersprungen.

Messer, Schere, Feuer, Licht sind für kleine Kinder nicht. Schade, dass Anouk nicht mehr singt. Mit diesem sprachlich etwas fragwürdigen Vers könnte sie hier auf der Kehr einen pädagogischen Auftrag erfüllen. Ich pflücke einen langen Streifen Holzwolle von Hakims T-Shirt.

»Früher war mehr Lametta«, sage ich, ohne zu erwarten, dass irgendjemand diesen Satz versteht.

Josephine bricht in Gelächter aus. »Genau«, sagt sie. »Deshalb hab ich mal dasselbe mit den langen, dünnen Stahlspänen aus der alten Fabrik gemacht, als ich fünf war. Weil wir zu Hause kein Lametta hatten. Was habe ich mir die Finger an dem scharfen Metall geschnitten! Aber ich wollte unbedingt, dass unser Baum so aussieht wie in meinem alten Bilderbuch, ja, so war das damals. Aber Stahl brennt nicht so schnell wie Holzwolle. Mein Gott, ist das eine Aufregung!«

»Nichts gegen die von vorhin«, murmele ich und sehe Josephine von der Seite her an.

»Ja«, sagt sie unbekümmert. »Ich hab schon gehört, dass die Polizei bei Ihnen einen ausländischen Schleuser festgenommen hat.«

»Das war Marcel!«, ruft Jupp aufgeregt. »Ohne den wäre An…«

»… anderes geschehen«, beeile ich mich, seinen Satz zu beenden. Ganz offenbar hat niemand in der *Einkehr* den Mut aufgebracht, Josephine von dem Drama um das Messer am Hals ihrer Tochter ins Bild zu setzen. Ich klage zwar immer gern darüber, dass ich ständig alles selbst tun muss, aber in diesem Fall werde auch ich die Klappe halten. Den wahrscheinlichen Tobsuchtsanfall der Mutter vermag ich mir nicht einmal auszudenken. Zum ersten Mal bin ich froh darüber, dass Anouk stumm geworden ist.

»Gut gemacht!«, sage ich und deute auf den Weihnachtsbaum.

»War leicht. Viel leichter als das, was Marcel getan hat als er vorhin unter deinem Auto diesem Mann …«

»Wo sind die Äxte?«, frage ich scharf.

»Alle wieder zu Hause«, versichert er, »Aber unser Messer hat die Polizei mitgenommen. Weil es Anouk ja …«

»Anouk geht es gut«, schneide ich ihm wieder das Wort ab. »Wie uns allen.«

Jupp schüttelt das Fell aus. »Nur *Papas Mantel* nicht. Der ist jetzt hin. Aber er war ja heute schon zweimal nützlich, eben in der *Einkehr,* als der böse Mann …«

»… festgenommen wurde«, unterbreche ich eilig, bevor Jupp herausposaunen kann, wie umfassend gut das Erbteil seines Vaters dem Geiselnehmer, Anouk und mir gestanden hat. Ich entreiße ihm das Teil. »Echter Qualität kann so ein bisschen Rauch nichts anhaben, Jupp! Im Gegenteil, der Mantel müffelt jetzt nicht mehr so schlimm und wird Jumbo immer noch wärmen.«

»Meinst du wirklich?«

»Ich meine, dass wir jetzt nicht mehr über all das Schreckliche reden, sondern in die *Einkehr* fahren sollten. Anouk?«

Marcels Enkelin hört mich nicht. Sie hat nur Augen für ihre Mutter. Mit einer unwirschen Handbewegung fordert sie Josephine auf, ihr ins Haus zu folgen.

»Right, you get clean first«, ruft Alima ihr zu. Strahlend drückt sie den wiedergefundenen Sohn an sich und wischt ihm mit einem feuchten Tuch das verrußte Gesichtchen ab.

Doch Anouk geht nicht ins Badezimmer. Als wir das Wohnzimmer betreten, steht sie mit dem Rücken zu uns an der Kommode. Langsam wendet sie sich um und bannt ihre Mutter mit einem Blick, den ich nicht lesen kann. Abscheu? Entsetzen? Trauer? Verzweiflung? Vielleicht von allem etwas.

Josephine, die zu ihrer Tochter eilen wollte, bleibt abrupt einen Schritt vor ihr stehen. Anouk zieht die rechte Hand hinter dem Rücken hervor und hält ihrer Mutter den kunstvoll gefertigten Schlüssel so vor die Nase wie der Vampirjäger dem Blutsauger das Kreuz.

Josephine weicht einen Schritt zurück.

»Was soll das, Anouk? Woher hast du diesen Schlüssel?«

Das Mädchen bleibt regungslos wie eine Statue stehen. Die goldenen Fäden der Quaste am Objekt in ihrer Hand flimmern.

Josephine schüttelt ratlos den Kopf. »Hat ihn dir die Oma gegeben?«

»Nein«, melde ich mich. »Anouk hat ihn hier auf der Kommode gefunden. Marita Bausch hat diesen Schlüssel den Bewohnern dieses Hauses geschenkt.«

»Marita Bausch? Wer ist das denn?«

»Die Frau, die hier gestern Morgen vor dem Haus erschlagen worden ist.«

»Oh Gott, ach ja. Aber wie ist die an unseren Schlüssel gekommen?«

»Diese Frage wird Ihnen die Polizei nachher bestimmt auch stellen. Womöglich ist dies der Schlüssel zur Aufklärung der furchtbaren Morde. Jedenfalls scheint er die Tür zu einer möglichen Verbindung zwischen den beiden Fällen aufschließen zu können.«

Josephine taumelt. Ich nehme ihren Arm, führe sie zur Sitzecke und lasse mich auf dem Sofa neben ihr nieder. Bleich wie ein Geist folgt uns Anouk, den Schlüssel der Mutter immer noch anklagend vors Gesicht haltend.

»Was ist hier nur los?«, flüstert Josephine. »Wie kommt unser Schmuckschlüssel in dieses Haus? Ich verstehe das alles nicht.«

»Da sind Sie nicht die Einzige. Können Sie sich denn gar nicht vorstellen, was Marita Bausch mit der Schlüsselfabrik Ihrer Mutter zu tun gehabt haben könnte?«

Josephine denkt angestrengt nach und schlägt dann die Hände vors Gesicht. »Frau Dr. Bausch«, flüstert sie und versinkt noch tiefer im Polster. »Ja, ich glaube, so hieß sie.«

»Wer?«

»Die Mediatorin, die meine Mutter damals engagiert hat. Vor ein paar Monaten. Eine unangenehme Person. Tat erst freundlich und ist mir dann voll in den Rücken gefallen. Aber das kann doch unmögliche die gleiche Frau sein, die hier mit Flüchtlingen gearbeitet …«

»Ehrenamtlich«, unterbreche ich sie. »Hauptberuflich hat sie in Deutschland und Belgien als Ökonomin und Unternehmensberaterin gearbeitet. Wie's ausschaut, wohl auch für die Schlüsselfabrik Langer. Wozu brauchte Ihre Mutter überhaupt eine Mediatorin?«

»Für mich loszuwerden«, flüstert Josephine. Sie wirft ihrer Tochter einen verzweifelten Blick zu.

Mit versteinerter Miene hockt sich Anouk neben sie auf die Armlehne des Sofas.

»Und warum wollte sie das?«, frage ich.

»Die Frau war total altmodisch!«, fährt Josephine auf.

»Die *Frau* war Ihre Mutter. Und die ist jetzt tot«, erinnere ich sie sanft.

»Ja, das ist furchtbar, ganz schrecklich! Das wollte ich nicht!«

»Aha.«

Entgeistert greift Josephine nach meinem Arm. »Nein, Frau Klein, Sie verstehen mich nicht. Ich habe nichts damit zu tun! Damit, dass sie tot ist, meine ich! Um Gottes willen!«

Weil es immer aufschlussreich ist, ein Problem von allen Seiten zu beleuchten, bitte ich Josephine, mir die Beziehung zu ihrer Mutter kurz zu skizzieren. Doch da Marcels Tochter offenbar gar nicht weiß, wo sie anfangen soll, gebe ich ihr ein Stichwort: »Ihre Mutter hielt wohl nicht viel von Schlüsselkarten.«

Josephine stößt einen Seufzer aus. »Man muss mit der Zeit gehen«, erwidert sie dumpf.

Mühsam verkneife ich mir die Bemerkung, dass ihre Mutter selbst jetzt nun tatsächlich mit der Zeit gegangen sei. Sarkasmus wäre hier wohl kaum zielführend.

»Mutter hat überhaupt nicht begriffen, dass die Zeiten für Bart, Halm, Kragen und Reide längst vorbei sind!«

»Für was?«, frage ich verständnislos.

»Na, für die Fertigung alter Schlüssel! Wenn ich das Wort *Manufaktur* schon höre!« Josephine setzt sich auf, streicht sich die Haare aus dem Gesicht und rattert plötzlich drauf los. Auch eine Schlüsselfabrik müsse zukunftsorientiert produzieren. Wer auf diesem Markt heute bestehen wolle, komme nicht umhin, mechatronische, elektronische und digitale Schließanlagen und Alarmsysteme anzubieten, erläutert sie und ergeht sich in Beschreibungen von berührungsloser Technik, WLAN-vernetzten Schließzylindern und der Möglichkeit, alle Funktionen über eine zentrale Datenverarbeitung zu steuern.

Ihr Referat macht mich ganz benommen. Ich bin zu alt, um solche komplizierten Vorgänge begreifen zu müssen. Das total vernetzte Haus, in dem jede Wand mit der anderen, den Jalousien, dem Katzenklo, und sämtlichen Einrichtungsgegenständen kommuniziert, käme mir wie eine Party vor, bei der die Gäste niemals weggingen und für immer und ewig die gleiche Musik auflegten. Welch ein Albtraum wäre ein Kühlschrank, der mir vorschrieb, was ich wann einzukaufen hätte und dabei auch noch die Waage in meinem Badezimmer zurate zöge. Nein, auch ich weigere mich, mit einer Zeit zu gehen, in der man über ein Bändchen am Arm auf seinem Smartphone ablesen kann, wie viele Schritte man zurückgelegt und ob sich dies auf Gelenke und Eingeweide auch angemessen positiv ausgewirkt hat.

Während Josephines Ausführungen massiere ich meinen Hausschlüssel in der Jackentasche. Sehr beruhigend, dass er immer noch Bart trägt.

»Und natürlich sollte man auch Zeitzonen an Schlüsseln programmieren können«, schließt Josephine, sieht erstmals nicht in eine imaginäre Ferne, sondern mir ins Gesicht und setzt hinzu: »Das ist keine Zukunftsmusik, Frau Klein, das ist schon längst Gegenwart.«

Ich gönne meinem Schlüssel noch eine Streicheleinheit und hebe dann ratlos beide Hände. »Für eine traditionsreiche Fabrik sicher eine enorme Herausforderung.«

»Der sich meine Mutter nicht stellen wollte. Darüber ist es zwischen uns zum Bruch gekommen. Das war sehr schmerzlich, bitte glauben Sie mir!«

Mir gegenüber hatte Claudia ihren Schmerz hinter Zynismus verborgen: *»Von Kontinuität hat meine Tochter noch nie was gehört. Sie würde sich jeden neumodischen Schnickschnack aufschwatzen lassen, ganz gleich, was das für die Firma und die Mitarbeiter bedeuten könnte.«*

»Vielleicht wollte Ihre Mutter ja das Handwerk vor dem Aussterben erretten«, merke ich vorsichtig an, »und ihre treuen, alten Schlosser vor der Arbeitslosigkeit.« Ich deute auf den Schlüssel in Anouks Hand. »Kann ein Computer etwa so einen schönen, edlen Gegenstand herstellen?«

Josephine schiebt die Unterlippe vor. »Der 3-D-Drucker kann das auch. Sogar noch akkurater. Dafür braucht man keine Fabrikhalle mit zig Mitarbeitern.«

Endlich begreife ich. Tradition mochte Claudia wichtig gewesen sein, aber in erster Linie ist es ihr wohl um die Menschen in ihrem Betrieb gegangen. Zum Beispiel um den Enkel jenes alten Schlossers, der ihr als kleinem Mädchen gezeigt hatte, wie der Schlüssel für ein Märchenschloss seinen letzten Schliff erhielt. *Sein Sohn hat später auch bei uns angefangen, und letzte Woche habe ich den Enkel eingestellt – wir sind eben ein richtiges Familienunternehmen, auch was die Belegschaft angeht. Das muss erhalten bleiben, sonst macht die Arbeit keine Freude mehr.*

Jupp steht mit Linus in der Tür. »Fahren wir jetzt?«, fragt er.

Mühsam richte ich mich auf. Nach dem Schleppen all der Wassereimer schmerzt jetzt auch mir der Rücken.

Ich nicke.

Shadia schiebt sich an Jupp vorbei und geht auf Anouk zu. Zögerlich hält ihr das Mädchen den Schlüssel hin.

Shadia schüttelt den Kopf. »Keep it, sad little girl«, sagt sie leise und setzt hinzu, ihren Familien habe dieser Schlüssel bereits die Tür zum neuen Leben eröffnet, womöglich könne er das jetzt auch bei Anouk bewirken. »May it be the key to your voice.«

Anouk neigt dankend den Kopf, steckt den Schlüssel ein und verlässt mit Jupp und Linus den Raum. Josephine bleibt mit leerem Blick auf dem Sofa sitzen. Wahrscheinlich hat ihr das Bändchen am Arm verraten, dass sie mit ihrem flammenden Plädoyer zu viel Lebensenergie an falscher Stelle losgeworden ist.

Shadia bittet mich um ein paar Worte unter vier Augen.

»Hallo, Frau Langer?«, rüttele ich Josephine auf. »Nehmen Sie mich bitte gleich zur *Einkehr* mit?«

»Entschuldigung«, flüstert Marcels Tochter. »Ich wollte Sie nicht mit all den Details bedrängen …«

»Schon gut, ich habe Sie ja gefragt, da muss ich die Antworten schon aushalten können. Auch wenn ich sie nicht verstehe.«

Josephine steht auf. Zerknirscht reicht sie mir die Hand.

»Danke, Frau Klein, Sie haben zugehört. Das hat mir schon gut getan. Für alles wieder selbst auf die Reihe zu kriegen.« Sie drückt meine Hand fest. »Bitte halten Sie mich nicht für herzlos. Ich hätte doch nicht sofort die ganze Belegschaft entlassen! Und das werde ich jetzt auch nicht tun. Aber ein gesundes Wirtschaftsunternehmen …«

Ich nehme meine Hand wieder an mich. »Wir reden nachher weiter, Josephine. Drüben beim Essen. Sie müssen inzwischen doch fast verhungert sein.« Hastig schiebe ich ihr den Teller mit den Mandeltropfen zu. »Schon mal was für den hohlen Zahn. Bin gleich wieder da.«

In der Küche fleht mich Shadia an, der Polizei bloß nichts von dem Mann zu erzählen, den Gudrun an ihrer Haustür gesehen hat. Er sei ganz bestimmt nicht Maritas Mörder und sehr wichtig für sie und die ganze Familie.

Ein gefährlicher Mann, entgegne ich, und rücke jetzt doch mit Anouks Geiselnahme und deren Ende heraus. Shadia wird blass und beginnt zu weinen. Jetzt wäre ihre Schwester verdammt, in Aleppo zu bleiben, schluchzt sie. Dieser afghanische Schleuser sei ihre letzte Hoffnung gewesen, Jamila und deren Familie heil aus der umkämpften Stadt zu bekommen. Dafür hätten sie dem Mann schon eine Menge Geld bezahlt.

Was kann ich ihr darauf nur antworten? Dass der Mann womöglich ein Betrüger ist? Dass ihre Schwester und deren Kinder zumindest nicht im Mittelmeer ertrinken können? Dass Allah ihre Schwester vor Bomben schützen und der Krieg bestimmt bald vorbei sein werde? Alles kein Trost, sondern nur lauter zynische Bemerkungen.

Wortlos nehme ich die junge Frau in die Arme und weine mit ihr. Sonst hab ich überhaupt nicht nah am Wasser gebaut, aber die verzweifelte Ausweglosigkeit dieser Menschen macht auch mir zu schaffen.

»Can we do something for Anouk?«, fragt Shadia, als wir uns die Tränen trocknen.

»The key is good«, erwidere ich und sage ihr, sie könne später im Restaurant noch jede Menge Speisen abholen. Gudrun habe unablässig gekocht und die Polizei längst nicht alles aufgegessen.

Hinterher schäme ich mich dieser abschließenden Worte. Es geht um Leben und Tod einer Familie und mir fällt nichts anderes ein, als Almosen anzubieten?

Zeitgleich mit Josephines Auto hält wieder ein Mannschaftswagen der NRW-Polizei vor der *Einkehr*. Zu meiner Überraschung steigt aber nur Roland Kölln aus.

»Zurück op de Kier«, ruft er mir fröhlich zu.

»Ist das nicht ein etwas großes Auto für nur einen Passagier?«, frage ich.

Er klopft an die Seite des Wagens.

»Unser allradgetriebener VW Bulli T4, Frau Klein. Ideal für dieses Wetter, diese Gegend und vor allem für die Waldwege, in die sich Gauner verdrücken. Wie die, die vorhin den Blitzeinbruch in Stadtkyll begangen haben.«

»Geschnappt?«

Seine Augen leuchten.

»Klar doch. Und den Kollegen in Rheinland-Pfalz bereits ordnungsgemäß übergeben.« Galant öffnet er Josephine und mir die Restauranttür. »Und weil ich interessante Neuigkeiten habe, wollte ich die eben bei Ihnen vorbeibringen.« Er nickt in den hell erleuchteten Gastraum hinein. »Gut, dass Herr Bausch auch noch da ist. Für den habe ich eine gute und eine schlechte Nachricht. Guten Abend allerseits.«

Abend. Ein bisschen früh noch für diesen Gruß, aber es ist tatsächlich schon dunkel geworden. Dieser lange unerträglich ereignisreiche Tag neigt sich allmählich seinem Ende zu. Ich kann es kaum erwarten, ihn zu verabschieden.

»Zieh dich um!«, ruft Josephine ihrer Tochter zu, die auf dem Boden in der Ecke hockt und Linus streichelt. Anouk ignoriert die Aufforderung.

»Dann eben nicht«, seufzt die Mutter. »Sehen hier ja auch noch andere komisch aus.«

Kopfschüttelnd weist sie auf Marcel. Seine völlig verdreckte Uniform hat er gegen einen schlabbrigen Jogginganzug ausgetauscht, der wohl aus Davids Kleiderschrank stammt. Meine tüchtige Gudrun hat wirklich alles unter Kontrolle.

Josephine schiebt einen Stuhl zwischen Brix und Bausch, die mit allen anderen am großen, runden Tisch sitzen.

Auch Erwin Hannen ist wieder zurückgekehrt. Er begrüßt den Kollegen aus Schleiden mit Handschlag. Marcel entschuldigt sich, wegen seines Rückens nicht aufstehen zu können, und nimmt bescheiden lächelnd das kurze Kompliment entgegen, das ihm Kölln zur trittsicheren Aktion gegen den Schleuser macht.

»Auch Kommissar Kölln hat gerade einen Einsatz in Rheinland-Pfalz erfolgreich abgeschlossen«, beeile ich mich, das Thema zu wechseln, bevor Josephine die ganze Geschichte erfährt. »Die Ganoven sind hinter Schloss und Riegel.«

Marcel hebt die Augenbrauen.

»Dürfen Sie das denn überhaupt, Herr Kollege, in einem fremden Bundesland wildern?«

Kölln lacht. »Nicht wildern. Wir sind gerufen worden. Passiert oft, weil wir in Schleiden hier meistens näher dran und schneller da sind als die Rheinland-Pfälzer.«

»Möchten Sie Kaffee?«, fragt ihn Gudrun.

»Lieber was Herzhafteres …«

Marcel wechselt zur vertraulichen Anrede über: »Dann schütt ich dir auch mal einen.«

Da erst sehe ich, dass mein edelster Single Malt mit bereits beklagenswert niedrigem Pegel auf dem Tisch steht.

»Guck nicht so, Katja«, weist mich Marcel zurecht, als er Kölln ein Sherryglas bis zum Rand einschenkt. »Du hast doch bestimmt noch mehr Flaschen aus Luxemburg rübergeschmuggelt.«

»Was macht dein Rücken?«

»Whisky hilft.«

»Wir sind ja nicht mehr im Dienst«, springt ihm Kölln bei.

»Dafür offenbar im wilden Westen«, setze ich hinzu und stelle die Flasche wieder aufs Buffet.

»Genau!« Kölln prostet mir zu. »Wussten Sie übrigens, Frau Klein, dass ich der bin, der mit dem Wolf tanzt?«

Erstaunlich, wie schnell der Alkohol bei manchen wirkt. Vielleicht sollte der allradgetriebene VW Bulli T4 auf meinem Parkplatz übernachten.

»Da hat er recht«, meldet sich Erwin, »die Wache in Schleiden ist nämlich der westlichste Außenposten Deutschlands.«

»Die letzte Bastion vor Belgien!«, bestätigt Kölln, stößt mit Erwin an, leert sein Glas und blickt hinüber zu Volker-Hagen Bausch. Der beißt gerade in den würzigen Roquefort-Birnen-Nusskuchen, den Gudrun vor zwei Tagen gebacken hat. »Aber deswegen bin ich jetzt nicht hier. Es gibt interessante Neuigkeiten. Ich wollte Ihnen mitteilen, Herr Bausch, dass meine Kollegen vor ein paar Stunden Ihren Sohn gefasst haben.«

Bausch verschluckt sich, läuft rot an und beginnt zu husten. Nachdem ihm Gudrun kräftig auf den Rücken geschlagen hat, fängt er sich wieder. »Gefasst?«, keucht er.

»Genau. Mit einem Kilo Marihuana. Da wird er sich auf Eigenbedarf wohl kaum rausreden können.«

»Und was ist dann die gute Nachricht?«, will ich wissen.

»Dass er seine Mutter nicht ermordet haben kann.«

»Aber ist er denn nicht um die fragliche Zeit in Manderfeld geblitzt worden?«

»Stimmt«, versichert Erwin und mustert Kölln gespannt.

Der führt aus, Ernesto Fidel Bausch habe es für einen mörderischen Zwischenstopp auf der Kehr viel zu eilig gehabt. Das belege das Foto einer mobilen Radarkontrolle, die gemeinerweise kurz hinter dem bekannten Starenkasten in Blankenheim Rasern aufgelauert hatte. Nach Köllns Information hat der junge Drogenkurier offenbar unter Zeitdruck gestanden, den Stoff aus Holland bei seinem Hauptabnehmer in Köln abzuliefern. All der teuren Eile zum Trotz sei er aber tatsächlich zu spät gekommen und habe heute versucht, das Marihuana anderswo loszuwerden. Zu seinem Pech sei er dabei an einen Drogenfahnder geraten. »Jetzt sitzt er in Köln in Untersuchungshaft«, schließt der Kommissar aus Schleiden.

»Wieso ist er überhaupt von Holland über Belgien nach Köln gefahren?«, frage ich erstaunt.

»In Belgien wird weniger kontrolliert«, versetzt Kölln mit einem Seitenblick zu Marcel.

Herr Bausch erhebt sich mühsam.

»Ich muss meinen Sohn besuchen«, flüstert er. »Geht das heute noch?«

»Nein, aber vielleicht morgen.« Kölln schiebt dem unglücklichen Vater einen Zettel zu. »Melden Sie sich da.«

Kraftlos sinkt Bausch wieder auf seinen Stuhl. Zu seiner Stärkung wird Gudrun bestimmt noch weitere vegetarische Speisen auffahren.

Ich wende mich an Erwin.

»Und was hast du inzwischen herausgefunden?«

»Möchte noch jemand etwas von dem Roquefort-Birnen-Nusskuchen?«, ruft Gudrun in den Raum.

Uwe Brix blickt von seinem Laptop auf und verzieht das Gesicht.

»Nein, danke. Ich hätte lieber eine Suppe. Wenn Sie so was da haben?«

»Sicher doch, unsere ganz besondere Rinderbrühe, mache ich Ihnen gleich klar.« Und schon ist die Küchenfee des Tages wieder verschwunden.

Ich blicke Erwin forschend an. »Du hast noch nicht geantwortet.«

»Och«, sagt er und sieht zu Marcel hinüber. »Ich hätte schon so einiges zu erzählen.«

»Dann mal los!«

»Aber da sollten alle zuhören. Gudrun, komm zurück, die Suppe kannst du auch später aufwärmen!«

»Schon fertig!«, klingt es aus der Küche.

Ich rufe Anouk: »Lass Linus schlafen. Der arme Hund ist völlig fertig.«

»Bin ich auch«, höre ich Josephine neben mir flüstern.

Marcel rückt seinen Stuhl ganz dicht neben meinen, um Platz zwischen sich und Kölln zu schaffen.

»Komm mal her, Anouk!«

Das Mädchen lässt von Linus ab und blickt zu seinem Opa hinüber.

»Hol den da!«, sagt er und deutet neben das Buffet, wo auf einem Hocker Kehrschaufel und Handbesen liegen. Damit hat Gudrun wohl die letzten Krümel unseres Polizeibesuchs vom Boden getilgt.

Anouk schleicht herbei, hebt die Putzgeräte auf und setzt sich mit ihnen auf den Hocker, ohne ihn näher an uns heranzurücken. Sie blickt auf ihren Schoß und streicht langsam mit dem harten Besen über das Kehrblech, swusch, swusch, swusch. Kurz schlägt sie mit dem Griff des Besens auf den Metallrand und swuscht dann auf der Kehrfläche weiter, immer schneller. Es klingt wie der Auftakt zu einem Trommelwirbel.

Gudrun kommt aus der Küche, blickt entgeistert auf die Zweckentfremdung ihrer geliebten Gerätschaft und will den überschwappenden Suppenteller schnell loswerden. Doch Brix starrt immer noch auf den Laptop vor sich. Als Einziger hat er sich der Kehrmusik gänzlich entzogen.

»Ihr Essen!«, faucht Gudrun.

Der Nerd klappt den Deckel zu und räumt seinen Computer umständlich in eine schwarze Tasche. Anouk swuscht jetzt wieder langsamer über das Blech.

»Woran arbeiten Sie eigentlich die ganze Zeit?«, frage ich Brix.

Er taucht den Löffel in die Suppe.

»Köstlich! An vielem, Frau Klein, ich muss eben immer online erreichbar sein. Das ist das Los des freischaffenden Unternehmers.«

»Tag und Nacht?«, fragt Erwin.

Josephine dreht sich zu ihrer Tochter um. »Anouk, hör endlich auf, mit dem Besen herumzuspielen! Das nervt.«

»Keineswegs«, meldet sich Hein, »für mich ist das Musik.«

»Zu der uns Erwin offenbar was zu sagen hat!«, erkläre ich ungeduldig.

»Vielleicht.«

»Mach's nicht so spannend. Du bist ja noch schlimmer als Marcel.«

»Nehme ich mal als Kompliment. Ich habe aber erst mal einige Fragen. Zum Beispiel an Anouk.«

»Viel Glück damit«, sagt Uwe Brix trocken.

»Danke. Anouk, als gestern die Kühe los waren, bist du doch in die *Einkehr* gerannt, nicht wahr? Bisher haben wir alle geglaubt, dass du vom Campingplatz hier raufgelaufen bist. Aber das stimmt nicht, hab ich recht?«

Anouk hält den Blick gesenkt, fegt weiter über das Blech und wippt im Takt mit den Füßen.

»Herr Kommissar, Sie wissen doch, dass meine Tochter nicht spricht.«

Hein legt einen Finger auf den Mund.

»Aber sie summt. Hört doch!«

Alle blicken auf Anouk, die zum Takt des Besens jetzt tatsächlich sehr leise, melodische Töne hervorbringt.

»Was für ein trauriges Stück«, sagt Hein, »nichts geht doch mehr zu Herzen als ein ordentlich gestimmter Besen …«

»Halt die Klappe«, fahre ich ihn an.

Denn jetzt beginnt Anouk zu singen.

Als **Zwölftes** geht es taktvoll zu,
bis eine Selbstbezichtigung in den Raum gestellt wird,
die da nicht bleiben kann.
Belgien und Deutschland gehen erfolgreich
eine unbürokratische Union ein,
während eine überraschende Rückkehr
eine Flucht verhindert.
Zum Schluss steht der Wiedervereinigung
nichts mehr im Wege,
but it ain't over till the fat lady sings.

Blue Lady Cocktail für Minderjährige:

Über einen Eiswürfel alkoholfreien Curaçao Blue und Limettensaft schütten, gezuckerte Blaubeeren - zur Not aus dem Tiefkühlfach - pürieren, darunter rühren und mit Bitter Lemon und Ingwersud aufgießen.

Nach verhaltenem Summen fügt sich Anouks Stimme plötzlich erstaunlich kräftig in das Bürsten des Blechs ein:

»*Die Oma, die sagt mir:*
Pass auf, was du sagst, dear,
Die Oma, die sagt mir
Dann sag lieber nichts hier, uuh!«

Der bedrohlich klingende letzte Laut bleibt lange in der Luft hängen, während Anouk mit dem Besen im gleichen Takt weiter übers Blech schrappt. Plötzlich blickt sie auf und schaut uns herausfordernd an.

Hein schlägt mit beiden Händen auf die Tischplatte.

»Kenn ich! *Blues in the Night*. Von Amy Winehouse.«

»Nein.« Josephines Flüstern übertönt kaum die rhythmischen Kehrgeräusche. »Ella.« Nach einem Seufzer, der direkt aus ihren Eingeweiden aufzusteigen scheint, stößt sie aus: »Ella Fitzgerald. Bin ich mit groß geworden. Leider.«

Hein wischt über sein Tablet. »Stimmt. Ist von ihr.« Er räuspert sich, schlägt mit der Gabel im Takt zum Handfeger an sein Glas, glotzt auf den Bildschirm und grölt:

»My mamma done told me
When I was in pigtails …«

»Aufhören! Sofort aufhören!« Josephine laufen Tränen über die Wangen. Verzweifelt hebt sie die Arme. »Ich halt das nicht aus!«

Recht hat sie. Jeder Männerchor würde Hein vor die Tür setzen. In seinem früheren Leben war er gut beraten, Castingshows nur zu organisieren, den Auftritt aber anderen zu überlassen. Musik kann wehtun. Mit Heins unmusischem Beitrag hat Josephines Schmerz allerdings weniger zu tun. Der stammt aus ihrer Kindheit. In der Claudia der Tochter den Schlagerkanal abstellte und sie auf Jazzliebhaberin trimmen wollte.

»Zu Qualitätserzeugnissen hat sie leider ein gestörtes Verhältnis«, hatte Claudia gestern Nacht bedauert. »Ganz gleich ob es um Schlüssel, Männer oder Musik geht. Josephine folgt immer der Herde, passt sich dem Mainstream an und entwickelt nie einen eigenen Geschmack. Mangelndes Selbstwertgefühl. Bin ich wohl schuld dran. Magst du Jazz, Katja?«

Ich gestand, mich darauf nicht intensiver eingelassen zu haben, sondern eher bei Beatles, Stones, Pink Floyd, Cat Stevens und Leonard Cohen stehen geblieben zu sein, dem Mainstream meiner Jugend eben.

»Alors, das geht ja grad noch«, hatte Claudia ein wenig zu gönnerhaft geantwortet, »jedenfalls besser als der süßliche Kitschkram, mit dem sich meine Tochter die Ohren vergiftet. Wie kann man von Ella und Louis nur unberührt bleiben?«

Auf Dauer eben nicht, wie Josephines Reaktion jetzt beweist.

Von der sich Hein aber nicht beeindruckt zeigt:

»My momma done told me
A man is a two-face
A worrisome thing
Who'll leave you to sing …«

Marcel erhebt sich und fasst sich mit einer Hand an den Rücken. Mit der anderen greift er über den Tisch, entzieht Hein die Textgrundlage zur Jamsession und legt das Tablet vor mich hin. Stöhnend lässt er sich wieder auf seinen Stuhl fallen.

Die Solistin auf dem Hocker schrappt weiter und singt:

»Die Oma, die sagt mir
Sag lieber nichts hier,
Mach besser ein Lied draus
Sonst hältst du es nicht aus, neeeeeh …«

So viel Schmerz in einer Silbe. Jetzt schießen auch mir die Tränen in die Augen. Ich sehe mich verstohlen um. Die anderen sind genauso bestürzt. Erwin schluckt schwer, hält wohl mühsam die Frage zurück, was es denn sei, das Anouk nicht aushalte. Der ununterbrochen kauende Herr Bausch hat die Gabel zur Seite gelegt und starrt mit einer Mischung aus Verwunderung, Entzücken und Entsetzen auf die schrappende Vierzehnjährige. Jupp hat die Hände vors Gesicht geschlagen, seine Schultern beben. Das Gesicht von Uwe Brix kann ich nicht sehen, weil es in Josephines Haaren verschwunden ist. Der Nerd zeigt tatsächlich Gefühle, hat seine weinende Lebensgefährtin in den Arm genommen und streichelt tröstend ihren Rücken. Roland Kölln sitzt auf der

Stuhlkante. Er sieht aus, als würde er sofort eingreifen, wenn jemand Anouk des Mordes verdächtigen sollte.

Und Marcel hat meine Hand ergriffen. Er hält sie sehr fest. Ein Anblick, der Gudrun erheblich mehr zu interessieren und zu berühren scheint als die traurigen Töne vom Hocker. Hein ist wohl der Einzige, der Anouks künstlerische Darbietung als solche zu würdigen weiß. Er nickt und wippt im Takt des Gewusches. Wie ein Impresario macht er eine Handbewegung, die so etwas wie *weiter im Text* ausdrücken soll. Wenn er schon selbst nicht mitsingen darf.

Anouk nickt ihm zu und holt Luft.

»Die Oma sagt nichts mehr
Das ist auch für mich schwer
Denn ich rief sie hierher«

Swusch, swusch, swusch, swusch

»Zum Tod auf der Kehr, neeeeh.«

Swusch, swusch, swusch, swusch.

Josephine reißt sich von Brix los und springt auf.

»Nein, Anouk! Du hast deine Oma nicht umgebracht! Das ist unmöglich!«

Swusch, swusch, swusch, swusch.

Anouk hält den Kopf wieder gesenkt.

»Natürlich ist das unmöglich«, sagt Marcel verärgert. »Sie war die ganze Zeit bei mir.«

»Das Kind kannte Marita doch gar nicht«, murmelt Bausch.

»Hat sie die SMS also doch geschrieben?«, Kölln blickt zu Erwin. Der hebt nur die Augenbrauen und macht sich zur Sphinx.

Es ist wirklich nicht zum Aushalten.

Ein Stuhl wird sehr geräuschvoll gerückt. Jupp steht auf, stellt sich vor den Hocker und breitet die Arme aus, als wollte er das Mädchen vor einer herannahenden Horde von Angreifern schützen.

»Setz dich bitte, Schatz«, sagt Hein. »Anouk ist noch nicht fertig.«

Jupp bleibt stehen, rückt aber ein Stück zur Seite und gibt den Blick auf den Hocker wieder frei.

»Die Oma sagt nichts mehr
Das ist auch für mich schwer,
denn wo kommt jetzt das her …«

Anouk legt den Besen auf den Boden, ergreift vom Buffet neben sich den orientalischen Schlüssel und schlägt ihn gegen das Blech.

»Ich sag jetzt mal gar nix
Es macht zu viel Mühe
Am Besten ihr fragt Brix,
Auch der sah die Kühe, muuuh.«

»Was!?«

Ich glaube dieses Wort ist aus uns allen herausgeplatzt. Auch aus Uwe Brix.

Er springt auf.

»Was sagst du da, Anouk?«

»Sie sagt nichts, sie singt«, flüstert Gudrun verwirrt.

Jupp rückt wieder näher an den Hocker heran.

Brix weicht einen Schritt zurück.

»Herr Brix hat dich gestern in seinem Wagen zur Einkehr gefahren. Das meinst du doch?«, meldet sich Erwin plötzlich.

Eine Sekunde lang ist nur das Swuschen des Besens zu hören.

»Quatsch!« Josephine fährt sich mit beiden Händen durch das Haar. Sie reißt sich sichtlich zusammen. »Die beiden waren im Grenzmarkt einkaufen und tanken, und da ist Anouk dem Uwe weggelaufen.«

»Die läuft ja dauernd weg«, bestätigt Gudrun.

»Genau. Sie ist zur Kehr rauf. Uwe ist dann gleich wieder zum See gefahren.«

»Ohne sie zu suchen?«, fragt Marcel grimmig.

Josephine wendet sich ihrem Vater zu, wischt über die Wimperntusche auf der nassen Wange und starrt dann auf ihre schwarzen Fingerkuppen.

»Er wusste ja, wo sie hinwollte«, sagt sie dumpf. »Weil ihr jemand auf dem Camping gesagt hat, dass ihr Opa hier verkehrt.«

»Nicht jemand.« Erwins Stimme ist eiskalt. »Herr Brix. Der hat es ihr gesagt.«

Mit offenem Mund starrt Josephine auf ihren Lebensgefährten.

»Stimmt das?«, krächzt sie.

Brix ruckelt an seiner Brille.

»Und wenn schon! Josie, du weißt doch selbst, wie sie genervt hat! Opa kennenlernen und so. Ich hab sie nicht aufgehalten, das ist alles.«

»Aber woher wusstest du …«

»Internet«, murmele ich. »Da stehen wir drin.«

»Und Marita?«, donnert es.

Alle blicken erschrocken auf. Ein lautes Wort hat niemand aus dieser Ecke erwartet. Es ist wohl das Schicksal des Herrn Bausch, dass man ihn selbst in einer so kleinen Runde erst zur Kenntnis nimmt, wenn er die wohlklingende, sonore Stimme ordentlich erhebt.

»Ist auch im Internet«, erwidert Erwin sanft. »So hat Herr Brix wohl erfahren, dass die Frau, die ihm seine Zukunft versaut hat, hier Flüchtlinge betreut.«

»Häh?« Nicht nur Marcel ist schwer von Begriff.

»Herr Brix ist pleite«, erklärt Erwin genüsslich. »Die total digitalisierte Schlüsselfabrik hätte ihn gerettet. Aber dann ist seine künftige Frau ja aus dem Laden ihrer Mutter geflogen. Traum kaputt. Jedenfalls so lange, wie die Chefin noch lebt. Die hatte nämlich auf den Rat von Frau Bausch gehört und der Tochter gekündigt.«

Der belgische Polizeiinspektor genießt sichtlich seinen Informationsvorsprung. Wir alle hängen an seinen Lippen.

Und bekommen daher zunächst nicht mit, dass sich Uwe Brix blitzschnell davonschleicht. Das merken wir erst, als die Tür ins Schloss gefallen ist.

Wir stürzen hinterher, bedrängen einander, treten uns gegenseitig auf die Füße, quellen aus dem Eingang, stolpern in einem Pulk die drei Stufen runter und sehen Brix auf den Saab zurennen.

»Stehen bleiben!«, ruft Kölln mit der Autorität dessen, der mit dem Wolf tanzt. Er zückt seine Waffe. Wir alle weichen entgeistert zurück.

»Ganz ruhig. Ich schieß nur auf die Reifen.«

Das erweist sich als überflüssig. Denn plötzlich biegt mit Karacho ein fremder Wagen auf den Parkplatz ein. Der Fahrer bremst scharf, stößt dann die Autotür so weit auf, dass er mit ihr den Flüchtenden fällt.

Ehe der sich aufrappeln kann, haben ihn schon zwei Polizisten aus zwei Staaten festgesetzt. Der dritte, nämlich Marcel, hat schmerzverkrümmt auf halber Strecke schlapp gemacht.

»Ich hoffe, das war okay so?« Mit breitem Grinsen steigt David aus dem Wagen. Seine Reflexe funktionieren offensichtlich noch blendend. Der Ex-Army-Mann hat die Lage schnell begriffen.

»Das nenne ich einen gelungenen Auftritt«, sagt Hein, der sich als Erster von der Überraschung erholt.

Gudrun fliegt in die ausgebreiteten Armen ihres Liebsten. »Oh, David, David, du bist hier, du bist bei mir!«

Das Reimvirus greift um sich.

»Wieso eigentlich?«, rätsele ich.

»Du hast mich doch gestern angerufen«, sagt David. »Bin dann sofort los. Ist das der Mörder von der Frau?«

»Von zwei Frauen«, sage ich.

»Zwei Morde?!«

»Marcels Frau auch«, stöhnt Gudrun und schmiegt sich wohlig an den so lang Vermissten.

»Marcels Frau?!«

Davids Blick folgt Marcel, der sich hinter den Kollegen die drei Stufen zur *Einkehr* raufquält. Ich ahne, welche Gedanken in dem Texaner umgehen: Marcel muss nach unserer Trennung überstürzt geheiratet haben, wahrscheinlich Schwester Kati, und weil die jetzt gemeuchelt worden ist, schleicht er als gebrochener Mann durch die Gegend.

»Der hat nur Rücken«, sage ich ungeduldig. »Erklären wir alles später. Jetzt kommt schon rein, damit wir endlich erfahren, was wirklich passiert ist.«

»Wie geht's deiner Mutter?«, fragt Gudrun.

»Hab ich mitgebracht. Und meinen Sohn auch. Sind drüben in unserm Haus.«

»Daniel ist auch hier? Oh, wie schön! Dann geh ich mal direkt rüber …«

»Später«, sage ich in dem Befehlston, der mir früher oft angekreidet wurde und den ich mir mit Mühe abgewöhnt habe. »Komm erst mit rein. Marcel braucht einen Kaffee.«

Gudrun beugt sich den Prioritäten.

»Ohne meinen Anwalt sage ich gar nichts.« Uwe Brix sitzt jetzt mit Handschellen am runden Tisch.

»Wir brauchen kein Geständnis. Die Indizienlage ist erdrückend«, versichert Erwin. »Alles passt zusammen.«

Und dann beginnt er zu erzählen.

Der erste Verdacht sei ihm in der Tat auf meinem Parkplatz gekommen. Er glaubte sich zu erinnern, den Saab am Morgen des Vortags an der Tankstelle des Grenzmarkts in Losheim gesehen zu haben.

»Aber ja, er war da tanken!«, rief Josephine. »Das habe ich doch schon gesagt! Und da ist ihm Anouk weggelaufen.«

»Eben nicht«, sagt Erwin. »Sie blieb im Auto sitzen. Das zeigen die Aufnahmen der Sicherheitskamera von der Tankstelle.«

»Dann ist sie eben später aus dem Auto gesprungen. Der Uwe war es bestimmt nicht. Der kannte Frau Dr. Bausch ja überhaupt nicht.«

Erwin deutet auf die Computertasche von Brix, die neben Roland Kölln steht. »Sollen wir mal nachsehen, wie oft er sie gegoogelt hat?«

Marcel sitzt neben seiner Tochter. Sie lässt zu, dass er einen Arm um sie legt. »Josephine«, sagt er leise. »Das mit dem modernen Kram für die Schlüsselfabrik ist doch nicht auf deinem Mist gewachsen. Den Floh hat der dir doch ins Ohr gesetzt, stimmt's?«

»Aber es wäre gut für die Firma gewesen!«

»Vor allem für die von Uwe Brix«, fährt Erwin fort. »Wie er das mit den Kühen hingekriegt hat, weiß ich noch nicht, nur, dass er die allgemeine Verwirrung ausgenutzt hat, um Frau Bausch kaltblütig aus dem Weg zu räumen …«

»Nicht kaltblütig! Ich wollte die Frau doch nicht umbringen! Das war ein Unfall!«

Schweigen legt sich über den Raum. Niemand wagt zu fragen, wie man so unglücklich in eine Axt stürzen kann, dass sie einem den Kopf spaltet, nicht einmal Hein.

Verzweifelt blickt Brix um sich. Und dann bricht es aus ihm heraus. »Ich wollte mit der Frau doch nur reden. Sie bitten, ihren Rat zurückzunehmen, noch mal auf Josephines Mutter einzuwirken …«

»Was hast du mit Anouk gemacht?«, fragt Josephine tonlos.

»Die wollte ich vorher am Restaurant absetzen. Aber das ging ja nicht, weil doch diese dämlichen Kühe die Straße versperrt haben …«

Also hat er anhalten müssen. Da ist Anouk herausgesprungen und wohl zu dem Zeitpunkt ins Restaurant gehuscht, als Gudrun und ich dem Viehtrieb beiwohnten. Brix hat seinen Wagen halb im Straßengraben abgestellt und ist mit dem Warndreieck zur Kehre gelaufen.

Dunkel erinnere ich mich, das sogar gesehen zu haben. Aber er ist dann nicht zu seinem Saab zurückgekehrt, sondern die Einfahrt hinaufgegangen, die Marita gerade hinunterwanderte. Wahrscheinlich wollte sie nachsehen, was für ein Tumult sich ein paar Hundert Meter weiter oben gerade abspielte.

Brix behauptet, sie höflich um ein Gespräch gebeten zu haben. Sie habe das mit sehr unwirschen Worten abgelehnt.

»So was konnte sie«, flüstert Bausch.

Es kam zu einem heftigen Wortwechsel, in dessen Verlauf Marita ihn des Hofs verwies und androhte, Claudia Langer über seine prekäre wirtschaftliche Situation aufzuklären.

»Keine Ahnung, wie sie erfahren hat, dass es meiner Firma schlecht geht.«

»Internet?«, schlage ich vor.

Erwin schüttelt den Kopf.

»Da findet man nichts. Frau Bausch hatte Zugang zu unseren Quellen«, erklärt er geheimnisvoll.

Die Auseinandersetzung fand neben dem Holzblock statt.

»Und da muss ich einen Blackout gehabt haben. Anders kann ich es mir nicht erklären.«

Erst als er wieder auf der Straße gestanden und das Blut auf seiner Warnweste gesehen habe, sei ihm klar geworden, was er angerichtet haben musste.

»Ich bin wie in Trance ins Auto gestiegen und einfach weggefahren.«

»Ohne das Warndreieck«, bemerkt Erwin.

»Ja, das fiel mir am Abend wieder ein. Da habe ich dir

eine Schlaftablette in den Tee getan …« Er sieht Josephine nicht an, »und Anouk war bei ihrem Opa. Also bin ich in der Nacht noch mal los.«

Als er am Restaurant vorbeifuhr, fiel ihm Claudias Wagen auf. Er stieg aus, ging ums Haus, sah den Hackblock mit der Axt und stellte fest, dass die *Einkehr* verwaist war. Doch im Gebäude auf der gegenüberliegenden Seite brannte noch Licht.

Wie oft sind es die Kleinigkeiten, die den entscheidenden Unterschied ausmachen! Hätte ich meine Vorhänge zugezogen, würde Claudia vielleicht noch leben. Dann hätte Brix nicht sicher sein können, dass sie bei mir übernachten würde. So aber beobachtete er, wie wir ihr Bettzeug auf die Wohnzimmercouch schleppten. Da reifte der furchtbare Gedanke in ihm.

Marita Bausch hatte er im Affekt erschlagen. Er hatte einen Menschen ermordet, dessen Tod ihm nicht aus seiner ausweglosen Lage helfen würde. Der von Claudia schon. Josephine würde die Firma erben, sein Neustart wäre gesichert und alles würde wieder gut werden. Wirklich, so hat er das formuliert.

Er beugt sich zu den Aufnahmegeräten vor, die Roland Kölln und Erwin Hannen auf den Tisch gestellt haben. Der Mann, der zunächst ohne seinen Anwalt nichts hatte sagen wollen, holt tief Luft und legt mit gänzlich ausdrucksloser Stimme ein volles Geständnis ab.

In aller Herrgotts- oder besser gesagt Teufelsfrühe hat er im Kapuzenpulli also die Hütte am Kronenburger See verlassen, hintenrum, um der Webcam auszuweichen. Auf dem E-Bike ist er erst nach Belgien geradelt, um dort von einem Prepaid-Handy den Lockruf an Claudia abzusetzen.

»Die SMS kam von knapp hinter der Grenze«, meldet sich Erwin. »Damit konnten wir Anouk als Absenderin ausschließen.«

»Nur weil ein belgischer Polizist einem anderen glaubt, wenn der sagt, die Enkelin sei zu der Zeit bei ihm in St. Vith gewesen?«, wirft Kölln ein.

»Ja«, erwidert Erwin. »Und weil der Nachbar mit den beiden geredet hat.«

Marcel fährt auf. »Du hast ihn wirklich gefragt?«

Erwin kneift ein Auge zu. »Was spielt das noch für eine Rolle?«

»Nur fürs Protokoll«, sagt Kölln und wendet sich wieder Brix zu.

»Und niemand hat Sie gesehen, als Sie von Belgien aus auf die Kehr gefahren sind?«

Brix schüttelt den Kopf.

»Ja, und da ist es dann passiert«, endet er hilflos und erspart uns die Details.

Totenstille herrscht im Restaurant. Wir mühen uns, den Gedanken zu verkraften, dass dieser Mann vor etwa zwölf Stunden hinter der *Einkehr* auf die Frau gewartet hat, die nicht mehr lange genug zu leben haben würde, um seine Schwiegermutter zu werden.

Warum habe ich mein Beil im Hackblock stecken gelassen?

Bei Jupp dauert die Erkenntnis etwas länger.

»Die Axt …« Erschüttert ringt er die Hände.

Josephines Kehle entweicht ein grauenhafter Laut. Heiseres Röcheln mündet in schrilles Kreischen, das in wahnsinniges Geschrei übergeht. Es hätte uns allen das Blut in den Adern gefrieren lassen, wenn das monoton hervorgebrachte Geständnis dies nicht bereits bewerkstelligt hätte. Dafür sind wir jetzt wie gelähmt. Eine solche Manifestation menschlichen Leids lässt sich nicht wie ein Schlagersender abschalten.

Wohl aber durch ein einziges Wort.

»Mama!«

Anouk rutscht von dem Hocker, den sie nicht einmal verlassen hat, als Uwe Brix aus dem Lokal geflohen ist. Sie ergreift die Hände, mit der sich die Mutter das Haar zerrauft, und legt ihren Kopf auf Josephines Schulter.

»Es ist alles furchtbar traurig, Mama, aber wir haben ja noch uns. Ich hab dich lieb.«

Josephine verstummt.

Gudrun bricht in Tränen aus. Marcels Hand zerquetscht mir fast die Finger. Um mich herum höre ich es schniefen.

Roland Kölln räuspert sich.

»Dann wollen wir mal«, sagt er zu Uwe Brix und wendet sich an Erwin: »Danke für die tolle Zusammenarbeit. Ihr Belgier seid wirklich flott beim Herbeischaffen wichtiger Infos. Wenn ich daran denke, wie lange das bei uns dauern kann, bis ich zum Beispiel solche Verbindungsdaten kriege …«

Dass die Vorgehensweise à la belge vor einem deutschen Gericht nicht unbedingt standhalten würde, dürfte in diesem Fall zweitrangig sein. Uwe Brix sieht nicht so aus, als würde er sein Geständnis widerrufen. Im Gegenteil. Er scheint auf seltsame Weise erleichtert zu sein, dass alles vorbei ist. Als der dünne Mann abgeführt wird, erlaube ich mir den Gedanken, ob diesem harmlos wirkenden Nerd auch nur ein Mensch im Knast abnehmen wird, dass er als Axtmörder die Kehr fast zwei Tage lang in Angst und Schrecken versetzt hat.

Herr Bausch erhebt sich. In den vergangenen Stunden ist er um mindestens zehn Jahre gealtert. »Ich muss jetzt auch gehen. Die Rechnung bitte, Frau Gudrun.« Er wirft ihr einen herzzerreißenden Blick zu. Welch ein Tag! Für ihn ist alles den Bach runtergegangen und am Ende nicht einmal die liebreizende Kellnerin übrig geblieben.

Gudrun löst sich aus Davids Armen und steht ebenfalls auf. Sie pflückt Bausch ein langes, weißes Haar vom grauen Pullover und reicht dem Mann die Hand. »Keine Rechnung, Herr Bausch. Sie sind unser Gast.«

Das ist zwar nicht abgesprochen, aber durchaus in Ordnung.

»Danke …«

Gudrun zieht ihren Liebsten von seinem Stuhl. »Ich will Ihnen David vorstellen, meinen …«

»… Mann, ich weiß«, flüstert Bausch und verneigt sich überaus tief vor dem Amerikaner, der ihm die letzte Hoffnung auf einen Hauch von Glück geraubt hat.

»Ich muss auch.« Erwin zieht den Abschied nicht in die Länge. »Marie-Anita wartet auf mich. Wir reden morgen, Marcel.«

»Danke.«

Marcel versucht aufzustehen, lässt es aber mit einem Schulterzucken bleiben.

»Gute Besserung«, ruft Erwin, als er mit Bausch das Lokal verlässt.

Über all das Abschiednehmen ist mir entgangen, dass sich Anouk und ihre Mutter an einen Nebentisch gesetzt haben und leise miteinander reden. Hein nähert sich ihnen mit zwei Gläsern, die bis zum Rand mit einer blauen Flüssigkeit gefüllt sind.

»Something blue for you, Lady of the Blues.« Er stellt ein Glas vor Anouk ab. »Ein Cocktail zur Stärkung. Ohne Alkohol natürlich.«

»Was macht ihr jetzt?«, fragt Marcel in den Raum hinein.

»Rüber zu Daniel und Mathilde gehen!«, ruft Gudrun vergnügt. »Ach, wie schön, dass die beiden hier sind! Dann können wir mit Familie heiraten, David!«

»Ich glaube, Marcels Frage war an andere gerichtet«, meldet sich Hein.

»Nach Hause«, stöhnt Josephine.

»Nein«, sagt Anouk und hebt das Glas an die Lippen. »Du kannst so nicht fahren, Mama.« Sie sieht zu Marcel. »Und du hast zu viel getrunken, für uns zu fahren, Opa.«

»Wir haben Platz«, sagt Jupp. »Ihr könnt bei uns übernachten, das geht doch, Hein?«

»Natürlich«, sagt sein Partner. »Dann kümmert sich Anouk morgen früh um Jumbo, und du schläfst endlich mal aus.«

»Wo ist eigentlich Linus?«, fragt David.

»In Katjas Haus«, antwortet Jupp. »Hab ihn rübergebracht. Wegen der Aufregung hier. Ist ein alter Herr.«

»Wir holen ihn mit, ja, Katja?«, bittet Gudrun.

Klar doch, wenn Daniel wieder hier ist, bin ich bei meinem Hund ohnehin abgemeldet. Ich nicke.

»Tür ist offen«, sagt Jupp und fängt sich einen strafenden Blick von Marcel ein.

»Ihr werdet es nie lernen.«

»Und jetzt?«, frage ich Marcel, als alle gegangen sind.

»Jetzt gehen wir rüber«, knurrt er. »Oder soll ich meinen vermurksten Rücken lieber hier im Hinterzimmer betten?«

»Du willst zu mir ...«

Ein schief gestutzter Schnurrbart hindert mich daran, die Frage auszuformulieren.

Er ist wieder da, es ist wieder da, jubelt es in mir. Ist das schön, wieder in den Arm genommen und geküsst zu werden! Ich kann gar nicht genug davon bekommen.

»Wollen will ich schon«, sagt er, nachdem wir wieder Luft geholt haben. »Aber du musst Geduld mit mir haben, Katja. Mein Rücken ...«

»... braucht jetzt erst mal Wärme«, unterbreche ich ihn.

»Menschliche Wärme«, setzt er hinzu. »Ganz viel davon.«

Wie könnte ich ihm das verwehren?

Endlich, endlich, singt alles in mir, als wir wenig später von allen Kleidungslagen befreit aneinandergeschmiegt in meinem Anderthalbpersonenbett kuscheln.

»Eins verstehe ich nicht«, sagt er. »Warum hat Anouk die ganze Zeit nichts gesagt?«

»Weil sie Angst hatte und sich nicht sicher war, glaube ich. Und verwirrt. Sie ist ein Kind, Marcel, wenn auch ein besonders kluges ...«

»C'est vrai«, sagt er stolz. »Und sie sah sehr hübsch aus in dem Kleid.«

»Das wiederum ist Geschmackssache. Sie stand unter Schock. Die geliebte Oma tot. Davor Marita. Sie wusste, dass Brix diesen Mord begangen haben könnte. Aber wieso sollte er eine wildfremde Frau erschlagen? Der Schlüssel war der Schlüssel. Da konnte sie nicht mehr schweigen.«

»Sie ist so musikalisch. Wo sie das wohl herhat?«

Ich schieße hoch.

»Katja! Was ist los?«

»Die gelben Säcke!«, stöhne ich. »Hab ganz vergessen, sie rauszustellen!«

»Doch nicht jetzt, Katja! Wo's grad so schön ist.«

»Ich muss. Die werden erst wieder in zwei Wochen abgeholt. Was meinst du, was sich bei uns da ansammelt!«

Marcel bricht in Gelächter aus, als ich den langen Kaschmir-Abendmantel aus dem Schrank ziehe, den ich vor mehr als einem Jahrzehnt von einem Berliner Designer geschenkt bekommen habe.

»So stellst du den Müll raus?«

»Ist am praktischsten.«

Nach einem Blick vor die Tür schlüpfe ich in meine Moonboots. Es hat wieder zu schneien begonnen.

Nachdem ich endlich die Klobürste aus dem Sandtopf gezogen habe, binde ich sicherheitshalber die fünf Säcke an der Laterne fest. Aus Richtung Prüm sehe ich die orangefarbenen Lichter des Räumfahrzeugs näher kommen.

»Swusch, swusch, swusch, swusch«, summe ich leise und lasse den Ohrwurm frei, der seit Stunden in meinen Gehörgängen festsitzt. Und den Text, der sich meinem Hirn eingeprägt haben muss, als ich während des Geständnisses von Uwe Brix auf Heins Tablet gestarrt habe.

»My momma done told me
When I was in pigtails
My momma done told me
A man is a two-face
He'll give you the big eye …«

Mit Motorengeräusch und kratzendem Swuschen fährt der Räumwagen vorbei.

»And when the sweet talking is done
A man is a two-face
A worrisome thing
Who'll leave you to sing
The blues in the night.«

Höchste Zeit, zu dem Kerl zurückzukehren.

Ich danke

Nathalie Heinen, die wie immer meinen deutschsprachigen Belgiern aufs Maul geschaut und sich mit weiteren nützlichen Anregungen und krimineller Leidenschaft an den Verbrechen auf der Kehr beteiligt hat;

Erwin Hannen, dem ich zwar im echten Leben seinen Ruhestand gönne, nicht aber in meinen Krimis, wo er als belgischer Polizeiinspektor unermüdlich weiter ackern muss und bereit war, hier höchstselbst eine größere Rolle zu spielen;

Arno Knoll, dem Mann, der als Polizeioberkommissar in Schleiden mit dem Wolf tanzt und dem ich manche weitere schräge Formulierung und ermittlungstechnische Erkenntnis verdanke. Eine gewisse Ähnlichkeit mit Kommissar Roland Kölln ist durchaus beabsichtigt;

Martin Quetsch, dessen Kühe ich auf die freie Wildbahn schicken durfte – in Erinnerung an jene Silvesternacht, in der einst eine ähnliche Stampede meinen Garten auf der Kehr verwüstet hat;

Klaus Quetsch für die Weihnachtsbäume, die er mir im Laufe meiner Kehr-Jahre geschenkt hat und dafür, dass ich ihn auch Katja bedenken lassen durfte;

Anneliese Quetsch für immer wieder Neues von der Kehr;

Martina Blair und *Karin Hall,* von denen ich einiges über das Leben geflüchteter Syrer erfahren habe;

Helmut Schreiner, dem Verwalter des Campingplatzes am Kronenburger See, der mich über das Gelände geleitet und mir eine Fuhre Mist angeboten hat;

Brigitte Ahrens, Mieke Jenniges und *Katharina Schubert* für Kritik und Zuspruch;

Michael Heinzel, dem Autor des Buches »Wo ist denn Bollenien?« (Antwort übrigens: im deutsch-belgischen Grenzgebiet rund um die Kehr) für die Geschichte über die Posthalterin Salome;

Marion Freyaldenhoven, geborene Quetsch, die im nordrhein-westfälischen Berk wohnt, das ähnlich wie die Kehr ins Rheinland-Pfälzische eingebettet ist, und mir die Geschichte der Notrufnummern erzählt hat. Da ich einst im rheinland-pfälzischen Teil der Kehr gewohnt habe (siehe Holzhaus auf der Karte) ist mir dieser Zustand zuvor gänzlich unbekannt gewesen – im Gegensatz zu

Hildegard Sieberath, die sehr schnelle Hilfe benötigte, als ihr Vater in ihrem Haus auf der NRW-Seite der Kehr einen Schlaganfall erlitten hatte. Die Leitstelle Trier erklärte sich erst bereit, einen Krankenwagen zu schicken, als sie androhte, ihren Vater selbst ins Krankenhaus nach Prüm zu fahren. Die kluge Hildegard, die ihr ganzes Leben auf der Kehr verbracht hat, ist ein unerschöpflicher Quell von Informationen über Geschichte, Gegenwart und Zukunftsperspektiven ihres Heimatfleckens. Immer, wenn ich denke, dass ich jetzt alles über dieses Nest weiß, kommt sie mit neuen Erstaunlichkeiten um die Ecke;

Peter Fleischhauer, meinem Freund und Nachbarn, dem ich die Idee zum Titel dieses Krimis verdanke: Der begnadete Drummer ist Bandleader des »King of Swing Orchesters« und zeigte uns mal in gemütlicher, kleiner Runde, wie gut sich mit Kehrblech und Besen musikalische Stimmung erzeugen lässt;

Werner Kirsch für den scharfen Blick, den er nicht nur bei seinen inspirierenden Fotografien einsetzt, sondern auch dem Manuskript dieses Krimis geschenkt und damit manchen Fehler ausgemerzt hat;

Ralf Kramp für das angemessene Zuhause, das sein Verlag Katja & Co. gegeben hat;

Julia Eisele, weil sie KBV erlaubt hat, die vom Piper Verlag ersonnene tierische Coveridee weiter zu verfolgen;

Volker Maria Neumann für sein kompetentes und sensibles Lektorat;

meinem Mann *Michael*, der mich nicht nur wieder mordsmäßig unterstützt, sondern mir sogar Marcels fulminanten Tritt persönlich vorgeführt und somit jegliche Zweifel an dessen Machbarkeit und Folgen beseitigt hat.

M. K. Juni 2016

KBV KRIMINALROMAN

Jacques Berndorf

AUF EIGENE FAUST / BIS DER HASS EUCH BINDET

Taschenbuch, 288 Seiten
ISBN 978-3-95441-299-0
10,95 EURO

Zwei Frühwerke des Kultautors zum ersten Mal als Buch!

Auf eigene Faust
Am Flughafen Düsseldorf wird der Bankkaufmann Gert Anderson Zeuge einer Schießerei. Es gelingt ihm, eine junge Frau aus der Gewalt zweier Männer zu befreien. Sie ist die Sekretärin eines Großindustriellen. Maria und ihr Retter kommen sich rasch näher, doch auch wenn er den ersten Mordversuch verhindern konnte, wird Maria am darauffolgenden Morgen tot im Treppenhaus gefunden. Die Polizei glaubt an einen Unfall, aber Anderson weiß es besser. Schon bald ist sein eigenes Leben in Gefahr.

Bis der Hass euch bindet
In Ascona hofft Dr. Andreas Krumm zu sich selbst zurückzufinden. Seine Ehe ist gescheitert, in der Klinik gibt es Schwierigkeiten. Er lernt die verzweifelte Vera Reiter kennen, die versucht, vor ihrer Schuld davonzulaufen. Als die beiden von einer Lawine in einem kleinen Dorf festgehalten werden, treffen sie auf vier junge Leute, die sich dort bislang in einem sicheren Versteck wähnten. Das Drama spitzt sich zu, als sich zwischen den Eingeschlossenen plötzlich brutale Gewalt Bahn bricht.